JN220176

「伊豆の踊子」論
現実と創造の境域

田村嘉勝

森話社

「伊豆の踊子」論　現実と創造の境域

目次

［凡例］
・引用文中の〔　〕は著者による注記、補足である。
・旧字体は極力新字体に改めた。固有名については旧字体のままにしたものもある。

はじめに

　大概の作品論研究についていえることであろうが、「伊豆の踊子」作品論を通時的に探ろうとすれば、それは、近代文学研究の足跡を辿ることになろうか。

　一九二六（大正十五）年『文藝時代』一、二月号に発表されて以来今日まで、「伊豆の踊子」に関する研究文献はどれくらいあるのか。二〇〇九（平成二十一）年十一月におうふうから刊行された『川端康成作品論集成　第一巻　招魂祭一景・伊豆の踊子』所収の山田吉郎による「『伊豆の踊子』研究文献目録」によると、七百本を超している。しかし、年号は、平成から令和に変わり、すでに十四、五年経っていて、この間、少なくとも今日まで数十本の新たな文献が間違いなく発表されている。

　これら「伊豆の踊子」の研究文献の何本かは、原善編『川端康成『伊豆の踊子』作品論集』（二〇〇一年一月　クレス出版）、そして、先の鈴木伸一・山田吉郎編『川端康成作品論集成　第一巻　招魂祭一景・伊豆の踊子』にそれら文献が採録されているので容易に閲覧できる。

一方、「伊豆の踊子」を多角的にしかも詳細に論じた文献もある。長谷川泉『第五版　近代名作鑑賞』（至文堂）、『川端康成論考』（明治書院）など、注釈書としては『日本近代文学大系　第42巻　川端康成　横光利一集』（角川書店）があげられる。また、羽鳥徹哉は『作家川端の展開』（教育出版センター）所収の「「伊豆の踊子」について」と題した論考で二十三の観点から作品を追究している。さらに、分量はそれほどではないが、山本健吉『近代文学鑑賞講座　第十三巻　川端康成』（角川書店）、林武志『鑑賞日本現代文学　第15巻　川端康成』（角川書店）などもその類の文献に入るであろう。

そして、必携とすべき文献は、川端文学研究会（現・川端康成学会）編『伊豆と川端文学事典』（勉誠出版）である。本事典は「一、小説、随筆、解説」、「二、人物、施設、地名」、「三、自然、風土、魅力」について、かなり詳細に分担執筆がなされている。

筆者は、これら研究の現在を常に視野に入れ、一部を常勤、非常勤を含めいくつかの大学・大学院で「国文学講読」なる授業で「伊豆の踊子」を取り上げてきた。その際には、もちろん、直近の研究文献はもとより、新たな資料にも注視し毎授業に吟味し講じてきた。

本書は、このような経緯のもと、従来、あまり多く触れられなかった内容、新たな資料提示によって変わる読み、新たな研究方法による試論を展開している。従って、これまで論じられてきた内容や参照・引用した文献にはかなりの取捨選択があった。

内容は、大きく四章からなる。

第一章「「伊豆の踊子」の事実と虚構」では、作品の発表経緯、川端及び周辺の人たち、モデル問題等に関する内容を実証的に紹介する。

第二章「「伊豆の踊子」の豊かな、そして確かな〈読み〉をめざして」では、作品の中のあまり注目されなかった内容に絞り、それらを詳述することにより、いかにして作品の読みがより鮮明に、具体化されるのかを展開する。

第三章「「伊豆の踊子」研究の展開」では、西河克己監督による二本の『伊豆の踊子』映画を、いわゆるアダプテーションの視点から論じる。

第四章「川端康成と「地方」――「伊豆の踊子」「牧歌」「雪国」の場合」では、川端はなぜ伊豆を訪問したのか。また、川端が東京を離れるとはどういうことなのか、発表作品との関わりから私論を展開する。

各章は細かく節を分けており、二十三節からなる。どの節も、注目に値する内容であると確信している。

第一章　「伊豆の踊子」の事実と虚構

一　「伊豆の踊子」執筆とその周辺

川端康成は、「伊豆の踊子」執筆と執筆時期について、多くのところで、次のような内容の文章を書いている。

私は「伊豆の踊子」の前半を大正十四年の十二月の初めに湯ケ島で書き、十二月三十一日から正月の二日まで南伊豆の旅に出かけ、やはり湯ケ島で十日ごろまでに後半を書いたのであった。(「「伊豆の踊子」の作者」昭42・5〜昭43・11『風景』)

「伊豆の踊子」は、周知の通り、『文藝時代』(大15・1、2)に発表された。一月号編集担当の南幸夫「編輯後記」には、

一、十一月一日同人会の席上、正月号創作号締切は同月十五日の旨発表す。

一、三日、同人各位へ締切二十日の旨通知す。

しかし、通知通りに原稿を送ってきた横光利一他を除くと集まり具合が悪かった。そんな状況下で、川端は、南が十二月初「催促状発送」したにもかかわらず、三日五日に「川端康成両三日中に送ると来翰。ノンキな話なり」と書かれている。そして、同月九日、「伊藤貴麿、諏訪三郎、川端康成三氏小説着」と、苦言を呈している。さらに「編輯予記」として南は、岸田以下四名を名指しで「その他五六篇の創作をのせる筈」とも記している。ともあれ、「伊豆の踊子」前半は何とか編集に間に合った。「「伊豆の踊子」の作者」によると、「大正十四年の十二月の初めに湯ケ島で書き」とあるので、前半は、比較的短い時間で書かれたことになる。それなりの構想はあったのであろうが、後半についてはそれほどまとまっているようではなく、大正十四年十二月三十一日、「「伊豆の踊子」の続篇を書くにも、下田方面を見ておいた方がいい」(「南伊豆行」大15・2『文藝時代』)ということで、急遽、思い立って南伊豆の旅に出かけている。大晦日を蓮台寺温泉「会津屋」で過ごし、新年を谷津温泉「中津屋」で迎えた。湯ヶ野から湯ヶ島にもどったのは、正月二日である。『文藝時代』二月号編集担当の前田重信による「編輯後記」には「清新な作品をものし川端氏の「伊豆の踊子」は好評を博したので進んで続篇を送つて来た」とあり、編集担当の指示通り締切りに間に合った。その続篇について、鈴木彦次郎は「私は読んだ——一月の創作——」(大15・2『文藝時代』）で「此の稿には続篇がある。その作者の言葉に、わたしはひたすら待ちわびて、更に読む楽を想ひながら、筆をおく」と予告発言をしているものの、鈴木彦次郎が「私は読んだ」を提出したのは「締切りの時が迫り」とあるので締切り間際と判断してよい。鈴木は川端から直接か、あるいは間接的にか続篇があることを耳にしていたか、もしくは早めに届けられた続篇「伊豆の踊子」を鈴木が読んで、そして「私は読んだ」を書いたのか、いずれにしても川端は続篇を既に予定していた。

ところで、川端は、「湯ケ島温泉」（大14・3『文藝春秋』）で、七年前一高生であった自分が踊子一行に会ったことを回想し綴っている。

私はこの地〔湯ヶ島温泉〕へ七年前から、毎年二度か三度は欠かさず来る。大正十三年は殆ど半年この地で送つた。
七年前、一高生の私が初めてこの地に来た夜、美しい旅の踊子がこの宿へ踊りに来た。翌る日、天城峠の茶屋でその踊子に会つた。そして南伊豆を下田まで一週間程、旅藝人の道づれにしてもらつて旅をした。
その年踊子は十四だつた。小説にもならない程幼い話である。踊子は伊豆大島の波浮の港の者である。

この時、伊豆の踊子との回想がなされ、同年十二月に「伊豆の踊子」を書いている。長く、しかも回数多く湯ヶ島に来ていて「伊豆の温泉はたいてい知つてゐる。山の湯としては湯ケ島が一番いいと思ふ」との理由だけで「伊豆の踊子」を執筆したとは考えられない。なぜ、この年に作品執筆があったのか。さらに、「湯ケ島温泉」での次の箇所に注目する。

二三年前のこと、大本教の出口王仁三郎が湯本館に滞在してゐた。湯本館の主人が大本教信者である。不思議や、小山から一條の湯気が立ち昇つた。湯本館からそれを見た王仁三郎は、金が出るのだ、神のお告げだ、と云つた。綾部から信者が来てその山の探掘をはじめた。去年の四月には四五十人も信者がこの小さい山村に入込んでゐた。大本教の青年が隊を組んで晴やかに山道を歩いてゐた。

○

王仁三郎は見なかつたが、大本教二代目教祖出口澄子とその娘の三代さんが湯本館に来た時には、私もそこにゐた。二三年前の夏だつた。

（中略）

大本教では、湯ケ島が聖地だといふことになつてゐる。

「『伊豆の踊子』の作者」に「『伊豆の踊子』の前半を大正十四年の十二月の初めに湯ヶ島で書き」とある。なぜ、この年に作品執筆があったのか、湯本館での大本教との関連を、併せて考える必要がある。

いずれにしても大正十五年一月号『文藝時代』に「伊豆の踊子」は発表されるが、好評を博し、同年二月号「続伊豆の踊子」は早々と編集に届けられたという。しかも、続篇があることに関しては鈴木彦次郎が予告発言をしているものの、鈴木彦次郎が「私は読んだ」を提出したのは「締切りの時が迫り」とあるので締切り間際と判断してよい。

また、全集「あとがき」（昭23・5『川端康成全集』第一巻）に「『伊豆の踊子』は大正十一年、私が二十四歳の七月、伊豆湯ヶ島温泉で書いた「湯ケ島での思ひ出」といふ百七枚の原稿から、踊子の思ひ出の部分だけを、大正十五年、二十八歳の時に書き直したものである」と書かれ、さらに「原稿紙の六枚目から踊子のことを書き出して、四十三枚目で踊子のことは書き終つてゐる。さうして踊子のこと以外の七十枚の大方は、この同性愛の思ひ出が書かれてゐる」と書かれているが、「湯ケ島での思ひ出」は既に川端自身によって焼却処分されてしまい、現在では「伊豆の踊子」と「少年」によってこの未定稿の作品を読むことができる。

一方、長谷川泉は「伊豆の踊子」の成立について、これは本書の第二節「「伊豆の踊子」成立史考」とも関わってくることであるが、『近代名作鑑賞——三契機説鑑賞法70則の実例』（昭52・3至文堂）で次のように書いている。

川端康成の青春彷徨の抒情詩的作品「伊豆の踊子」、そして不朽の伊豆風物誌「伊豆の踊子」を味読するためには、川端ひとたび処女作と呼んだことのある「ちよ」にまでさかのぼらなければならぬ。

「ちよ」にさかのぼることは、「処女作の祟り」に書かれているような川端の苦い初恋の体験を素通りしてすますことを許さぬ。そして、川端が選んだ少女相手の幼い初恋の体験は、川端の初期の作品群を妖しくも彩っているように、川端康成の人間形成と人生体験の切なさと、作品形成の秘密の鍵を解くことにもつながる。

大正七年十月三十日、東京駅を出発した川端は、その晩修善寺で一泊し、翌日は湯ヶ島に向けて歩き始めている。「伊豆の踊子」で「私はそれまでにこの踊子たちを二度見てゐるのだつた。最初は私が湯ケ島へ来る途中、修善寺へ行く彼女たちと湯川橋の近くで出会つた。」とある。この時が、踊子と川端との最初の出会いであった。近年、修善寺から湯ヶ島に向かう川端と、修善寺に向かう踊子たちがなぜ、湯川橋の近くで出会うことがあるのかと疑念を抱く見解があるが、別節で詳述する通り、踊子たちの当時の居住地を修善寺から湯ヶ島の間にあると想定すれば疑念は払拭されるし、その根拠はある。

さて、川端は大正七年に伊豆旅行をし、その時踊子たちに出会った様子を、翌大正八年六月、一高『校友会雑誌』に掲載された「ちよ」という短篇の中で発表する。その作品には「ちよ」なる女性三人が登場し、その一人として踊子「ちよ」が登場する。長谷川は、この部分に着目し、「「ちよ」には「伊豆の踊子」の原型が、すでに一部分定着されている」と説いている。その指摘の部分が以下である。

十日あまり伊豆の温泉場をめぐりました。その旅で、大島育ちの可愛らしい踊り娘と知り合ひになりました。――娘一人とでなく、その一行と知合ひになつたのですけれど、思ひ出のうちでは、娘一人と、云ひたい心持がしますから。一行の者は、その小娘を、

「ちよ」

と呼びました。

「千代」――

松と、

「ちよ」

私はちよつと変な気がしました。で、はじめて見た時の汚い考は、きれいにすてて――その上、その娘は僅か十四でした――一行の者と、子供のやうに仲よしに、心易い旅をつづけました。その小娘と、私は極自然に話し合ふやうになつたのでした。私が修善寺から湯ケ島に来る途中、太鼓を叩いて修善寺に踊りに行く娘に出逢つたのが、はじめです。そして痛く旅情を動かしました。(後略)

昭和二年五月、川端は『文藝春秋』の「第五短篇集」に「処女作の祟り」を発表し、

私はその金で伊豆の旅に出た。そして旅藝人の踊子に恋をした。彼女はちよと言つた。

と、伊豆で出会った踊子を書いているが、発表が昭和二年なので「伊豆の踊子」の発表後となる。「ちよ」が発表されてから、以後、川端自身によって焼却された、川端二十四の時、大正十一年に湯ヶ島温泉で書いた「湯ケ島での思ひ出」という百七枚の未定稿から、踊子との思い出の部分だけを取り出して、大正十四年に書き直したものが「伊豆の踊子」である。

ところで、そもそも一体なぜ川端は伊豆旅行を試みたのか。

「伊豆の踊子」には「二十歳の私は自分の性質が孤児根性で歪んでゐると厳しい反省を重ね、その息苦しい憂鬱に堪へ切れないで伊豆の旅に出て来てゐるのだつた」と書かれている。「二十歳の私」は、「第一高等学校南寮四番」にて起居していた。二年になって鈴木彦次郎らと同室になった。その鈴木の「新思潮前後」（昭47・8『太陽』）によると、「高く澄んだ秋空が仰げたある朝」、川端は突如、寮から姿を消したという。この日は、川端が伊豆に向けて出立した大正七年十月三十日である。同室の者たちも川端の消息を案じていたそうだが、「たぶん、それから八日目の夕方近く」に戻ってきたという。「白線帽に紺がすりの対、それに、小倉の袴」が川端の出で立ちであった。寮に現われて「うむ、急に思い立って、伊豆の温泉めぐりをしてきた」と話す。十月三十日から始まった川端の伊豆旅行は、同日は修善寺に、三十一日と十一月一日は湯ヶ島に、そして、二日から四日にかけては湯ヶ野で、最後五日目は下田に泊まり、翌六日朝には下田を発ち、七日朝に東京に着く。伊豆旅行の動機はやはり「その息苦しい憂鬱に堪へ切れない」といえそうであり、同室であった鈴木らも川端と親しくなったのは十月末であったというから、川端が部屋では孤独であったとの推測は可能である。

また、修善寺から出された川端松太郎宛葉書（十月三十一日）に注目すべき以下の二点がある。一点目は「お陰で、昨夜当地につきました。思つた〔とこ〕ほどよいところではありません。」で、修善寺温泉でのことであるが、修善寺温泉に対してなのか、それとも温泉そのものに対してなのか、おそらく前者であろうと推測する。修善寺に対して川端は、「修善寺付近には静かな寂がある」(「伊豆序説」昭6・2『日本地理体系』第六巻B「中部篇」下巻、改造社)、「歴史的温泉」(「伊豆温泉記」昭4・2『改造』)と、好感を抱いている。しかし、その好感が、修善寺温泉に入った瞬間に崩れてしまったといえそうである。当時、修善寺にはざっとみておよそ十一の温泉宿があり、夏目漱石宿泊の「菊屋」、芥川龍之介宿泊の「新井」などがあるものの、狭い空間に宿の数、滞在する客の数、そして温泉街の喧騒などに辟易したのではないか。二点目は泉質に関してで、川端が泊まった宿の泉質にもよるが、概して修善寺温泉の湯は「いづれも無色無臭の弱塩類泉でラヂウムエマナチオン含有量八、五マツヘ、温度百二十度乃至百八十度、リウマチス、神経諸病、呼吸器病、胃腸病、婦人病、皮膚病などに効く」と『改版日本案内記　関東篇』(昭5・3　鉄道省)に書かれている。ちなみに同書には湯ヶ島温泉の泉質についても「アルカリ性塩類泉で胃腸病、リウマチスなどに効く」と書かれている。葉書に「温泉につかつてよい気持になりました」とあるのは、修善寺温泉の湯が川端に適していたといえる。そして、十一月二日、やはり松太郎宛の葉書で「毎日当もない呑気極まる旅を続けてゐると身も心も清々と洗はれるやうです。東京へ帰るのが厭になります」と心境を語る。修善寺温泉に一泊し、湯ヶ島温泉に二泊するが、修善寺とは違って湯ヶ島温泉は、山に囲まれた狭い温泉地で、世古の滝に落合楼、小森館、湯川屋、西平に湯本館があるだけで、木立には一軒もない。ほかに、料金の安い宿として、いわゆる商人宿が朝日屋、世古館（世古楼）など一、二軒あったそうだ。飲み屋も「角屋」「林川」「畑山」世古館二階の「だるま」の四軒があり、梶井基次郎は友人が来ると決まって湯川屋向かいにある「だるま」にて主にビールを飲んでいたという。吉永小百合主演の映画『伊豆の踊子』には、旅芸人一行が泊まる宿に「世古館」が映し出されている。湯本館から梶井の「闇の絵巻」を彷彿とさせる暗い街道筋を歩いてその宿に入っている。東京での寮生活に辟易し、そして、スペイン風邪による患者の増加、それらが鬱屈とした川端の東京生活にあったので、静かな、そして川端の身体に適した温泉質、環境が松太郎宛ての二通目に書かれることとなった。旅芸人一行とりわけ踊子と出会ったこともあったろうが、やはり、一高での寮生活から解放されたいが故の旅であった。

ところで、これら二通の絵葉書は、一通目は修善寺から投函されているものの、二通目の投函地は書かれていないが、文面から察すると湯ヶ島と考えられる。しかし、二通とも宛先は川端松太郎となっているので、その理由を詮索する必要がある。この時期、一高生である川端は、休みともなればほとんど秋岡家に寄っていて、必要な諸経費は秋岡義一から受け取っていた。だが、伊豆からの便りが二通とも川端松太郎宛てに送付されていることから、通常は秋岡からの送金で生活していたものの、伊豆旅行の費用は、秋岡ではなく、松太郎からの送金だったことに注目せねばならない。つまり、伊豆旅行の費用の出所である。小説「ちよ」には、

「千代」――

松氏が感冒で死んだ報せでした。遺言によつて五十円送るといふのです。氏は、私への謝罪のしるしにそれを送つてくれと云つて、死んだといふのです。(中略)しかし、いろいろ考へた末、金を受取ることにしました。その金で、丁度一身上の面倒なことで苦んでゐた頭を休めるため、旅に出ることにしました。

十日あまり伊豆の温泉場をめぐりました。

と書かれている。その後、川端康成と長谷川泉による対談「青春を語るよき師、よき友に恵まれて」(昭46・3『川端文学への視点』明治書院)では、次のように語られている。

長谷川　費用などはどういうふうに……。

川端　覚えていませんがね。当時、まあ、宿屋が一泊一円五十銭か二円ですね。ですから十五円か二十円持っていったのかもしれませんね。

長谷川　小説では、いなかから送金があって、それで伊豆へ出かけるというふうにお書きになってておりますけど。

川端　あの「ちよ」というのは作り話です。

筆者が、一九七九（昭五十四）年九月十五・十六日、茨木市宿久庄に住む川端キヌエ（絹枝）と川端トミエ（富枝）に直接話を聞いたところによると、絹枝から以下のような発言があった。康成から川端松太郎（絹枝の父）に金銭の依頼があり、松太郎は康成に五十円を送金し、依頼の葉書も保存してあるという。康成は、茨木宿久庄に来ると、育った家のある川端岩次郎（松太郎実妹の夫）よりも松太郎の方に多く出入りしたようで、それで松太郎に願い出たのではないかと。康成は、菓子の金平糖が好きだったようで、絹枝はいつも用意していたという。つまり、伊豆旅行早々、川端松太郎に二通の葉書を送付したのは、葉書文面に「お陰で」とあるように、旅行費は松太郎から用意されたからであろう。その松太郎の生涯は、元治元年九月十七日生誕、大正九年五月九日の死去となっている。松太郎死去後の手紙等は、岩次郎宛に出されている。

参考に、鉄道省『温泉案内』（昭２・６　博文館）には、湯ヶ島温泉、湯ヶ野温泉の宿泊料が次のように紹介されている。

湯ケ島温泉　　静岡県田方郡上狩野村

湯ケ島温泉は世古の滝、西平、木立の三温泉に分れ、何れも無色透明の塩類泉で、温度百四度乃至百五十度、癥、疝、眼病、打撲症等に効がある。

旅館	室数	収容人数	宿泊料	何式の場合
落合楼	二〇	六五	二円以上四円	室料一日二十銭以上七十銭 寝具料十銭以上四十銭 食事料一品十銭以上六十銭
湯本館	一五	三〇	二円以上三円	室料一日五十銭以上一円 寝具料三十銭以下
湯川屋	一一	四〇	二円以上 三円五十銭	なし

湯ケ野温泉　静岡県賀茂郡上河津村

塩類泉で温度百度、皮膚病に効がある。温泉旅館は河津川の岸に寄り、流に臨み、前には一帯の天城山脈高く、後は一段高く下田街道が走り、眺望は開豁ではないが、土地高燥、山間の湯場の情調がしみじみ味はれる。

旅館	室数	収容人数	宿泊料	何式の場合

福田屋	一〇	二五	一円二十銭以上三円
湯本楼	六	二二	一円以上三円

室料一日三十銭
寝具料三十銭
食事料三十銭
其　他二十銭

湯本館については、安藤公夫編『梶井基次郎と湯ヶ島』（昭53・5　偕美社）所収の「座談会・思い出すままに」で、出席者の一人杉山たきが、大正から昭和にかけて、「その時分は、お神楽が年に一度、必ず来ましたよ。主に三島から来たですね。一番長くやるのが、この辺りでは湯本館でね。皆で見に行きました」と語る。時期的には秋で、たいていは稲の刈り取りが終わる十一月下旬であったという。踊子一行が湯本館を訪れたのは十月三十一日と翌月の一日で、これら神楽と同様に考えると、こういった旅芸人、香具師、門付け等が訪問するのは、十一月あたりから暮れ、そして正月にかけてなので、踊子一行の訪問も他訪問人たちと同じであると考えられる。そして、一行が湯本館に入り込んだかというのも、旅館が少ないことがあるものの、湯本館が旅芸人たちに対して寛容であったと想定できる。

湯ヶ野の宿、木賃宿について、板垣賢一郎『文学・伝説と史話の旅　伊豆天城路』（昭45・6　板

富書院）で、

学生の湯ヶ野の宿は福田屋。これは周知のとおりだが、踊り子たちの泊った木賃宿は巷間に誤り伝えられている。大野屋という木賃宿が、江戸屋の坂を上った所、現在の相馬ふじさん宅付近にあったが、この家だそうだ。これは川端先生が言っておられるというから、間違いあるまい。

しかし、余事だが、筆者宅附近には、当時は平田屋が料理屋をやっており、近江屋という木賃宿もあったから、小説の旅芸人たちも平田屋に座敷がかかり近江屋に泊った公算も大である。平田屋は湯ヶ野で軽飲食を営業している。これは大正中期まで梨本で前記の営業をしていた。

と記されている。さらに、太田君男・木村博・後藤治巳・佐藤小一郎『写真集　明治大正昭和　伊豆東海岸』（昭62・12　国書刊行会）では、次のように紹介されている。

天城山中から南に流れる、河津川の清流に臨む湯ヶ野温泉は、今も変わることのない素朴な風情を残し、川端康成の「伊豆の踊子」の舞台として紹介された湯の里である。大正三年頃には川の両岸に江戸屋・三階屋（湯本楼）・玉屋・福田屋・料理店などがあり、夏は川風涼しく、避暑地として最適な温泉場である。

現在の「福田家」は、かつては「福田屋」として掲載されている。

また、「私」が下田で泊まった宿については、鈴木邦彦が『文士たちの伊豆漂泊』（平10・12 静岡新聞社）で次のように書いている。

この宿屋は下田市広岡の泰平寺の隣にあった「山田屋」という旅館である。現在は下田市柿崎に移り「ホテル山田」として営業している。当主の山田孝志さん、孝子さんご夫妻によると「前町長」というのは四代前の山田藤十郎さんのことで、川端から送られた『伊豆の踊子』の本が残っているという。

ところで、瀬沼茂樹は「『伊豆の踊子』―成立について―」（昭32・2『国文学 解釈と鑑賞』）で、「伊豆の踊子」本文の「私は振り返り振り返り眺めて、旅情が自分の身についたと思つた」を引用し、さらに「作者は『湯ケ島での思ひ出』が「湯ケ島へ来たといふ感動、東京を逃れたといふ感動に調子づいてゐる」」と述べ、「感動」に注目する点は鈴木の見解に一脈通じるものがある。

そして、長谷川泉は「三 伊豆の踊子」（『近代名作鑑賞――三契機説鑑賞法70則の実例』先掲）で、

「川端をして、「暗いところを脱出」させ、「前よりも自由に素直に歩ける広場」に引き出すことになった要素は二つある。一つは人の好意と信頼であり、他の一つはそれに感応する自省の念である。高校の寮生活で、幼少の時からの精神の病患が強く意識にのぼり、自己憐愍と自己嫌厭に堪えられなくなって逃れた伊豆の旅空」と指摘している。

「伊豆の踊子」薫に、川端初恋の女性の面影を指摘した川嶋至は、『川端康成の世界』(昭44・10講談社)で「そのある冬は、人の不可解な裏切りに遭つて」伊豆を旅した川端について「氏は心のよりどころを求めて伊豆に旅しなければならなかった」と語る。とすると、大正七年に川端が伊豆を旅したのは一高での寮生活に辟易した自身を癒すためであったといえる。

林武志は「川端康成と塚越亨生」(昭51・5『川端康成研究』桜楓社)で、大正六年二月に倉崎先生が死に、一か月後の三月(死亡記事は四月)には亨生が没し、大正六年三月に清野少年との別離があり、十二月には『亨生全集』の発刊があったことに注目し、これ等の連続の事柄が川端の「孤児根性」をゆり動かし、反省への旅立ちをさせる「充分なエヴェント」であったろうと説く。

「峠の茶屋」について触れておきたい。「南伊豆行」には、次のように書かれている。

峠のトンネルに入る。その北口に茶店が見えない。「伊豆の踊子」に書いた茶店だ。婆さんと中風の爺さんがゐた茶店だ。あの家も無くなつてしまつたか、爺さんも死んだのか、なぞと思ふ。自分は八年振りで天城を越えるのだ。

そして、

料理番に聞けば、矢張り天城北口の茶屋は店も無くなり、中風の爺さんは死に、婆さんは修善寺近くの峠にゐる由。

川端が大正七年十一月に峠のトンネルを越えた時には茶店は存在していたものの、大正十四年の暮に訪れた時にはすでにその茶店はなくなっていたという。羽鳥徹哉は『作家川端の展開』（平5・3　教育出版センター）、『伊豆と川端文学事典』（平11・6　勉誠出版）で明治四十二年当時、峠の茶店に立ち寄った蒲原有明、島崎藤村、田山花袋の文章を引用し、爺さんは丈夫で氷製造に関わっている一方、婆さんは茶店を切り盛りしている、その婆さんについて、蒲原は「恐ろしく口達者である」、藤村は「能く喋舌る婆婦」、花袋は「饒舌の婆」と各々が様子を紹介している。土屋寛『天城路慕情』（昭53・11　新塔社）によると、水生地は天城山で一ばん寒気のきびしいところなので、天然の氷を作る製造所があった。爺さんはこの氷製造所で働いていた渡辺という姓であった。爺さんは氷製造場で、婆さんは茶店を切りもりすることでこの夫婦は長年、この山中で過ごしていた。そのうちに乗物で通過する人が多くなって歩行者は減るし、茶店も爺さんが大正九年に死んだのちは、婆さんも店をたたんで山を下ることになる。

と記されている。しかし、近年、河津町林写真館主の林良之が筆者宛の手紙に「一九二三年二月二八日に同じ所から写した写真がありますが、茶屋は写っていません。この間に強盗が茶屋に入り、悲惨な結末になったと聞いております」と書いている。この写真館主の祖父良平が一九一六（大正五）年九月六日に撮ったという写真があり（筆者も所持）、その時にはもちろん茶屋はあったという。料理番の発言、林良平の発言のいずれが確かなのかは筆者としては詳らかにしない。

湯ヶ野を出立した川端、旅芸人一行は、近道の広尾峠を越えて下田街道を南下し、下田に入る。下田「甲州屋」は、甲州から下田に来た幡野荒吉により開業された。甲州屋（現在は、宿主も変わり「ゲストハウス甲州屋」になり営業中）の位置は現在と同じであるが、当時は玄関が広く、階段を上ると天井の低い、十畳程度の中二階があったという。一方、川端が案内された「前町長が主人だといふ宿屋」は、九代目の下田町長山田藤十郎（明45〜大5・3）が経営する「山田旅館」である。

また、「私」と踊子・薫が約束した「活動」は写真館「湊座」であり、木造二階建てで北向きに建っていた。活動写真館の前は旅廻りの芝居を上演する芝居小屋であった。三、四百人位で満員になるそうである。当時、下田には、日活系の「湊座」の外に、天活系の「宝館」があり、大人は十銭で見ることができたという。出立の朝、「栄吉」が「私」のために購入したものについて佐藤小一郎は地元民から聞いた話として、「敷島」は「たる屋」、柿は「大川屋青果店（現フルーツハウス大川屋）」、カオールは「車谷薬局」ではないかと「伊豆の踊子　そのころの下田③」（平4・10・13『伊豆新聞』）で紹介している。船の切符・はしけ券を購入した藤井廻漕店は、『下田の栞』（大3・8　下田己酉倶楽部）に以下のような広告を出している。

東京湾汽船株式会社　取扱店　藤井佐兵衛　下田港波止場　電話下田二六番

この広告には、ほかに「東京　横浜　小田原、国府津東豆航」「沼津清水西豆航」「焼津遠州航」「尾三州熱田四日市航」「伊豆各島航」取扱店、「日本製氷株式会社　下田販売所　藤井店」と書かれている。

そして、川端が東京・霊岸島まで乗った船は「賀茂丸」（二百六十三トン、六〜八ノット）、貨物船に便乗して人が運ばれるというもので、下田、河津、見高、稲取、伊東、網代、熱海、東京霊岸島に着く。下田から東京までの船賃は百八十銭だった。

二　「伊豆の踊子」成立史考

川嶋至は自著『川端康成の世界』（先掲）で、川端の伝記的事実に即して、川端が伊豆旅行を大正七年秋に行い、三年後の大正十年に「みち子との一件」があり、その翌年の十一月に「湯ケ島での思ひ出」を、さらに四年後の大正十五年に「伊豆の踊子」を完成させたという経緯を指摘し、これに対して、川端は、「「伊豆の踊子」の作者」（先掲）で、次の発言をしている。

山本氏が「作品全体の抒情的な地模様」といふのを、細川氏はさらに詳細にわたり、具体におよんで、「四年前の踊子は、『湯ケ島での思ひ出』を書く川端氏の眼前に、一年前のみち子（『非常』のヒロイン）の面影を帯びて現われたのである。四年前の、印象も薄れかけた踊子の姿を、失恋の記憶もなまなましいみち子の面影によつて肉づけするということは、あり得ないことではない。もしそうであつたとすれば、川端氏にとつて、『伊豆の踊子』は、古風な髪を結い、旅芸人姿に身をやつした、みち子に他ならなかつたのである。」と言ひ、「みち子に対する強い慕情を踊子に対する淡い恋心にすりかえるという作業を通して成立した作品であることは、ほぼ確実であろう。」と言ひ、「一見素朴な青春の淡い思い出をありのままに書き流したかに見えるこの『伊豆の踊子』という作品は、氏の実生活における失恋という貴重な体験を代償として生まれた作品だつたのである。」と見る。しかし、細川氏はこのやうな洞察、推論を、一応みづから「大胆な仮説」と呼んではゐる。

文中の「細川氏」とは、当時、「みちこ」の地元、岩谷堂に足繁く通った岩手大学勤務の川嶋至のペンネームで、「細川皓」という。川端らしい反応の仕方であるが、否定をしてはいない。

一方、長谷川泉は、多くの著作で書き綴っているが、『日本近代文学大系　第42巻　川端康成・横光利一集』（昭47・7　角川書店）の「補注」で、

「伊豆の踊子」に書かれた川端康成自身の原体験は、一高二年生の二〇歳の時、大正七年の秋に、初めての旅行らしい旅行で、伊豆の温泉場を訪れ旅情をかきたてられた踊子らの一行との出会いと同行とのことがあった。この体験は、たいせつにあたためられて「伊豆の踊子」に結晶するまでに三つの原型を持った。

（一）「ちよ」（一高の「校友会雑誌」大8・6）（二）未完の未定稿、一〇七枚の「湯ケ島での

思ひ出」（湯ヶ島の湯本館で執筆、大正一一年、七月から八月にかけて成った。）（三）「篝火」（「新小説」大13・3）がそれである。

と、「伊豆の踊子」における三つの原型を重視する。当然、本文章では、先の川端と川嶋のやり取りに触れ、「伊豆の踊子体験と、千代体験とは別の像を結んでいると考えた方がよいと思う。作者としての川端の反論の方をとる。」という一方で、その一年前に刊行された『川端文学への視点』（先掲）では、長谷川は次のように述べている。

大正十二年は千代との恋愛事件が前々年末破局に終わり、川端の心に傷痕を印していた年である。みち子と伊豆の踊子との二重映しの問題を鋭く提起したのは細川皓（川嶋至）であったが、そのことは川端自身によって否定されている。さきにあげた「篝火」は、大正十三年の発表であり、川端の心の整理は大正十二年の時よりできていたとも思えるが、みち子に対し恋情を告白するならば「落日もかへり、山も動かん。」としるしているような内燃した恋心を日記に書き残している年でもある。「篝火」ではみち子の裸身と、踊子の裸身とは「二つの記憶」としてたしかに峻別されている。だが、この「二つの記憶」が、一時に蘇っているところに、微妙なものを感じさせる。どちらかといえば、私も、川嶋説に賛したい気持が起こる。

林武志は、「『伊豆の踊子』成立考」（先掲）の中で以下のように述べる。茨木中学における清野少年との一年間（大正五～六年）を過し、なお清野少年と文通を続け、大正七、八、九年には茨木及び嵯峨を訪ねたという、その時期に、すなわち大正七年秋に川端は伊豆を旅し、踊子一行に出会う。清野少年とともにあったこの時期の川端の「精神」のありようを俯瞰すると、大正七年の伊豆での「精神」の体験そのものが実は「清野少年の思ひ出の記」のヴァリエーションであり、清野少年と川端との交流を念頭に置き、清野少年によって与えられた「精神の途上の一つの救い」、「生れて初めて感じるやうな安らぎ」（「思ひ出」）が、「伊豆の踊子」の「いい人ね」の一節に繋がるのではないかという。つまり、「湯ケ島での思ひ出」が「少年」と「伊豆の踊子」とに切り離され、「伊豆の踊子」が挿入・加筆され成立したとき、清野少年とともにある「いい人ね。」もその一部としてあった。その意味では、〈清野少年への感謝〉と等質の意味を持つことになったのであるという。

「伊豆の踊子」成立について、三者の見解を提示したが、いくつか問題は残る。その一番目は、「伊豆の踊子」の原型が「ちよ」、「湯ケ島での思ひ出」、あるいは「篝火」であったとしても、「伊豆の踊子」は何故、大正十五年一月に発表されたのか。これは第三節とも関わるので後述する。二番目は、川端は『文藝時代』（大15・2）に「續伊豆の踊子」と日記と目される「南伊豆行」を同時発表しているが、既に「續伊豆の踊子」は予定されていたのか。その「南伊豆行」には「十二月

三十一日　街道を歩き居れば寒風強し。インバネスの袖拡りて蝙蝠の如し。忽ち南伊豆行を思ひ立つ。「伊豆の踊子」の続篇を書くにも、下田方面を見ておいた方がいい。」と書かれている。同誌には、先に紹介した鈴木彦次郎と前田重信の文章が載っている。鈴木は「私は読んだ——一月の創作——」で「伊豆の踊子」に触れて「此の稿には続篇がある。その作者の言葉に、わたしはひたすら待ちわびて、更に読む楽を想ひながら、筆をおく。」と。そして、前田は「編輯後記」に「清新な作品をものし川端氏の「伊豆の踊子」は好評を博したので進んで続篇を送つて来た。」と書いている。つまり、川端は最初から「伊豆の踊子」と「續伊豆の踊子」を予定していたのかということである。『文藝時代』二月号の発行日は奥付では二月一日となっているが、実際の発行は一月中である。「南伊豆行」には、「大正十四年十二月三十一日」から翌十五年「一月三日」までが書かれている。従って、「伊豆の踊子」と「續伊豆の踊子」は当初から予定されていたと考えられる。後日、鈴木彦次郎は「新思潮前後」（先掲）で伊豆旅行を終えたばかりの川端について書いている。川端は同室の者に無断で旅に出たようで、鈴木や石浜金作らがひどく心配していたところ、川端は「飄然として、寮に現われ」、「急に思い立って、伊豆の温泉めぐりをしてきた」と話したという。その晩、川端は楽しそうに伊豆の天城の麓で踊子一行と出会い下田まで同行したことを、二人に打ち明けた。

そして、川端が、

「いや、恋愛なんてものじゃないが、ぼくは、あの踊子にめぐりあったことが、この上もなくあ

りがたい感じなんだ」と話すと、鈴木は、

「だが、さっきから聞いていると、すばらしい小説の素材になるんじゃないか。どうだい、書いてみろよ」と突っ込んで話したという。

その後の話の展開は詳らかではないが、思うにこの伊豆の話は小説に進展し、少なくとも鈴木辺りは知っていたのであろうか、だから鈴木は「此の稿には続篇がある。」と書いたのではないか。

そして、近年、これは作品成立とは無関係であるが、菅野春雄が自著『誰も知らなかった「伊豆の踊子」の深層』（平23・7 静岡新聞社）で、「湯ケ島での思ひ出」に書かれている「私」と踊子たちが湯川橋で出会う場面に疑義を呈している。


私はそれまでこの踊子たちを二度見てゐのだつた。最初は私が湯ケ島へ来る途中、修善寺へ行く彼女たちと湯川橋の近くで出会つた。


この場面はおかしいというものであるが、踊子たちが湯川橋より湯ヶ島方面に住んでいたとしたら、湯ヶ島に向かう「私」と修善寺に向かう踊子たちとが湯川橋の近くで出会うことに不思議はない。

これは、前の第一節とも関係するので併せて後述することにしたい。

三　「伊豆の踊子」発表時期への疑問——偶然か必然か

当初、川端は「「伊豆の踊子」は「文藝時代」の大正十五年一月号と二月号に発表したのだが、その下書は数年前に出来てゐたから、私の旅の小説の幼い出発である。」（川端康成「第二巻あとがき」（昭13・5『川端康成選集第二巻（第二回配本）伊豆の踊子』改造社）と発表年月を語っていたが、これは川端の記憶違いである。しかし、「下書きは数年前に出来てゐた」とすれば、該当するのは大正八年七月発表の「ちよ」であり、大正十一年に執筆しながらも自身で焼却してしまった「湯ケ島での思ひ出」である。

「ちよ」には三人の〝千代〟が登場し、二番目に伊豆の温泉場で知り合いになった踊子〝ちよ（千代）〟がいて、書き出しは、

十日あまり伊豆の温泉場をめぐりました。その旅で、大島育ちの可愛らしい踊り娘と知合ひになりました。——娘一人とでなく、その一行と知合ひになつたのですけれど、思ひ出のうち

では、娘一人と、云ひたい心持がしますから。一行の者は、その小娘を、

「ちよ」

と呼びました。


とある。この部分は、川端研究者の間では「伊豆の踊子」の原型といわれている。

また、「岩波文庫版『伊豆の踊子・温泉宿』あとがき」(昭27・2)には、次のように書かれている。


「伊豆の踊子」は大正十一年(一九二二年)、私が二十四歳の七月、伊豆湯ケ島温泉の湯本館で書いた、「湯ケ島での思ひ出」といふ百七枚の草稿から、踊子の思ひ出の部分だけを、大正十四年(一九二五年)、二十七歳の時に書き直したものである。


川端のいう数年前からの下書きとは、この二作品といっていいだろう。

そこで、先ずは「伊豆の踊子」発表の経緯から確認するとして、川端と『文藝時代』同人周辺に注目する必要がある。南幸夫が「編輯後記」(大15・1『文藝時代』)に「伊豆の踊子」が掲載発表された経緯を次のように記している。

一、十一月一日同人会の席上、正月号創作号締切は同月十五日の旨発表す。
一、三日、同人各位へ締切二十日の旨通知す。(後略)
一、十日、南幸夫、石浜金作両氏小説出来。
一、二十日、横光利一氏小説出来、着。
一、下旬、催促兩回。
一、三十日、佐々木味津三氏小説着。
一、十二月始、催促状発送。
三日五日、(前略)川端康成兩三日中に送ると来翰。ノンキな話なり。

七日、片岡鉄兵氏小説着。同日最後の通牒を発す。

八日、鈴木彦次郎氏戯曲着。同日編輯重大会議。九日中に着せざるものは正月号に採用せざることを決議す。

九日、伊藤貴麿、諏訪三郎、川端康成三氏小説着。


「伊豆の踊子」は十二月九日に届けられた。この前日、「編輯重大会議」が開かれ「九日中に着せざるものは正月号に採用せざることを決議す」との議決があった。「伊豆の踊子」はぎりぎりに間に合い、正月創作号に掲載されることになった。
この編集担当である南の逼迫した状況下で、川端はどこで何をしていたのか。
川端の書いた「十四年落書」（大14・12『文藝時代』）には、

大正十四年文藝界の感想——ちつとも書きたくない。原稿紙を白紙のまま編輯へ送つて置きたい。しかしまさか原稿紙を写真板にして印刷するわけにも行かぬから、落書する。

○

殆ど一年中伊豆の温泉にゐた。私生活には何の風波もなかつた。

○

（中略）

さて来年は？やつぱり東京にゐないつもりだ。二月に一つくらゐ短篇を書いて、楽に暮せる暖かい田舎はないかと捜してゐる。

『川端康成全集35』所収の川端年譜によると、

大正十四年（一九二五年）二十六歳

伊豆湯ケ島湯本館に一年の大半滞在する。次第に多くの文学者が訪れて、文士の伊豆滞在が盛んになつた。

この川端の様子を盛岡に帰省していた鈴木彦次郎は、「郷里の秋」（大14・11『文藝時代』）で次の如く書き記している。伊豆湯ヶ島に籠っている川端を慮っている。

貸別荘の湯ぶねにつかり、渓流の音を耳にし、秋空に輝く星を窓越しにみつめ、伊豆にまだ居るであらう、かの温泉好きの川端康成君をなつかしく思つた。
川端君よ、だが、東北の山の湯は、まるで伊豆と情趣が違ふ。冷い冴えた気持がしみじみする。天城は雨に煙つてゐても暖かい。東北の山々は、もう霜を待ちこがれて、きびしい姿だ。

こんな鈴木の文章を湯ヶ島にいる川端は読んだか読まぬかはわからないが、「伊豆の踊子」続篇執筆のために南伊豆行を試みる。伊豆地元民は、伊豆を知るには天城峠の南伊豆を知る必要があるという。川端は地元民の言葉通り必要性を抱き南伊豆行を試み、その後の「南伊豆行」（先掲）には、次のような内容が書かれている。

十二月三十一日

街道を歩き居れば寒風強し。インバネスの裾拡りて蝙蝠の如し。忽ち南伊豆行を思ひ立つ。「伊豆の踊子」の続篇を書くにも、下田方面を見ておいた方がいい。二十分ばかりの間に、そそくさと準備して、一時過ぎの下田行定期乗合自動車に乗る。天城の山道を流星のやうに走る。峠のトンネルに入る。その北口に茶店が見えない。「伊豆の踊子」に書いた茶店だ。婆さんと中風の爺さんがゐた茶店だ。あの家も無くなつてしまつたか、爺さんも死んだのか、なぞと思ふ。自分は八年振りで天城を越えるのだ。

一月二日

提燈さげて街道へ行きし時、中條百合子氏に出会ふ。村芝居へ行くのだらうか。料理番に聞けば、矢張り天城北口の茶屋は店も無くなり、中風の爺さんは死に、婆さんは修善寺近くの峠にゐる由。

この「南伊豆行」からわかることは、先ず、「伊豆の踊子」には続篇があるということである。川端は続篇を書くために大正十四年大晦日に南伊豆行を思い立ち実行することになった。鈴木彦次郎が「私は読んだ——一月の創作——」（大15・2『文藝時代』）に、伊豆の踊子（川端康成氏）山間を流れる岩清水、その清冽と新鮮さと更に流れるに従つて、伸びたぎるその水――それに伴ふ聯想的感覚を、すべて網羅しつくすこの作品を発表した川端氏の精神美にうたれ、その表現に感動し、わたしは、この伊豆の友達を机辺に感じてゐる。（中略）此の稿には続篇がある。その作者の言葉に、わたしはひたすら待ちわびて、更に読む楽を想ひながら、筆をおく。（中略）締切りの時が迫り、枚数が、もう困ると手を振つてゐる。

と書いているが、この文章は、締切り間際の提出と考えてよい。一方、川端の「伊豆の踊子」続篇は、前号発表の「伊豆の踊子」が、好評を博した事実を『文藝時代』（大15・2）の編集担当の前田重信が「編輯後記」で「一作毎に世評の高い鈴木氏が又復、清新な作品をものし川端氏の「伊豆の踊子」は好評を博したので進んで続篇を送つて来た。」と述べているものの、なぜ、鈴木彦次郎が「伊豆の踊子」には続篇があることを知っているかである。それは川端が、『文藝時代』一月号で好評を博した「伊豆の踊子」の続篇執筆に早々に取り組み、早めに提出したのに、それに引き換え鈴木の場合は締め切り間際の提出であったため、鈴木は川端から直接か、あるいは間接的に続篇があることを耳にしていたか、もしくは早めに提出された続篇「伊豆の踊子」を鈴木が読んで、そして「私は読んだ」を書いたのか、いずれにしても川端は続篇を予定していた。

さらに、この「南伊豆行」から、川端が大正七年に旅したときに立ち寄った、天城トンネル北側の茶店がなくなっていたことがわかる。その時目にした中風の爺さんは死に、婆さんは修善寺近くに住んでいると聞く。

また一方、作品執筆に気が進まない川端を執筆の方向に促した理由はほかにあったと考えられる。これに関しては、全集「あとがき」（昭23・5『川端康成全集』第一巻）に注目する必要がある。

「伊豆の踊子」は大正十一年、私が二十四歳の七月、伊豆湯ケ島で書いた「湯ケ島での思ひ出」といふ百七枚の原稿から、踊子の思ひ出の部分だけを、大正十五年、二十八歳の時に書き直したものである。

「温泉場から温泉場へ流して歩く旅芸人は年と共に減つてゆくやうだ。私の湯ケ島での思ひ出は、この旅芸人で始まる。」

と、原稿紙の六枚目から踊子のことを書き出して、四十三枚目で踊子のことは書き終つてゐる。さうして踊子のこと以外の七十枚の大方は、この同性愛の思ひ出が書かれてゐる。

「湯ケ島での思ひ出」を読み返してみるのも、「伊豆の踊子」を書いて以来、二十年間に多分なかつたことである。「湯ケ島での思ひ出」を書いた時には、踊子よりも同性愛が私に心深いものであつた。

この「あとがき」での「大正十五年」には実際「伊豆の踊子」は発表されているので、「書き直した」のは、大正十四年十二月九日以前ということになる。先揭の「ちつとも書きたくない」、そして、「『湯ケ島での思ひ出』を書いた時には、踊子よりも同性愛が私に心深いものであつた。」と書いているにもかかわらず、川端が、何故「伊豆の踊子」を書く気になったのか、「二月に一つくらゐ短篇を書いて」のおもいを前倒しして書いただけではあるまい。大正十四年も終わり近くになって何故「伊豆の踊子」を書いたのか、再考の余地はある。

これは、「伊豆の踊子」の成立史、あるいは踊子のモデル問題（モデル問題については別節で詳述する）とも関わってくることだが、林武志は『鑑賞日本現代文学　第15巻　川端康成』（昭57・11角川書店）の「作品成立の過程」で、「大正十五年に至って現「伊豆の踊子」が分離・独立したかについては大正十四年五月の秀子夫人との出会いとその後の交渉（川端秀子「川端康成の思い出」）にあったと思われるが詳細は避ける。」と書いているが肯定も否定もその余地はない。

北條誠は『川端康成　文学の舞台』（昭48・2　平凡社）で、「踊り子の名は「たみ子」、薫は兄の名で、お袋の姓は加藤。千代子というのは小説の中の百合子の名だったという。」と書き、この文脈から「下の娘はたみ子」が踊り子「薫」であると報告されたのは、これが最初であり、その後、土屋寛が『天城路慕情』（先揭）に次のように記載する。

文太夫・ふく夫婦が南信州を畳んで波浮の港に引き移ってきたとき、おさない子を別に二人の娘たちを連れていた。上の娘は千代子、下の娘はたみと言い、近所の人たちは二人とも実の子であると思っていた。

そして、長谷川泉が「踊子街道ゆく」（昭55・5『知られざる魅力　伊豆』読売新聞社）で、「踊子の名は「ちよ」ではちよとされており、「伊豆の踊子」では薫とされているが、実名は加藤タミである」と記しており、これが踊子の実名を「加藤タミ」と称した最初である。しかし、『天城路慕情』で紹介されている松沢要（岡本文太夫）・井堀フク夫婦の縁者の見解によると、『天城路慕情』には間違いが多くあり、修正が必要であるというし、長谷川のいう「加藤タミ」の出所も明かされてはいない。この縁者は大正五年、長野県で生まれている。当時、文太夫は長野県岡谷に大きな製糸工場を持ち、医者、劇場等を持っていた。文太夫は役者ではなく、興行師で、生活は貧しいものではなかったという。この文太夫が、後に、伊豆を流して歩く旅芸人になるには紆余曲折があったがそれはやはり別節で記すことにし、この縁者を含めた文太夫一行が旅芸人として伊豆を流して歩き、大正十三、四年頃に川端と遭遇している。「伊豆の踊子」の「真裸」に疑問を抱きつつも、この縁者を考えあわせれば、決して辻褄合わせの解釈ではなく、説明がつく。

つまり、大正十四年、川端は文太夫一行と出会うことにより、大正七年に出会った踊子一行を彷彿とさせられたのではなかったか。「湯ケ島での思ひ出」を書き終えてからしばらくは踊子たちの存在が自身の脳裡から離れかけていたそのとき、はからずも大正七年に出会った踊子一行とは異なるものの、それは小さな小説までにした踊子一行を想起させることになったのではないか。川端が出会った第二の旅芸人との出会いが、川端に「伊豆の踊子」を書かせる決定的要因になったのではないかと考えられる。

大正十四年暮れ近くに「伊豆の踊子」を書く必然性が川端にはあったといえるのである。

「伊豆の踊子」が「ちよ」を踏まえ、そして川端の幼い婚約とその婚約破棄の心の傷痕と、そして、「大黒像と駕籠」（大一五・九「文藝春秋」）などで深刻に記述されている孤児として育ってきた川端の過去の生涯のすべてを背負っているものとして見られるときには、「伊豆の踊子」の色調は変わってくることを知らなければならぬ。

というように、「伊豆の踊子」は、踊子の原体験、伊藤ハツヨによる一方的な婚約破棄、孤児として育った体験、これらを関係づけて読み、理解する必要がある。すなわち、長谷川の見解である。

しかし、同時に長谷川は「伊豆の踊子」の踊子に伊藤初代の像を重ねて見る考え方には賛同しない。二人は、対極をなすメカニズムに生きる人物像である。作者の川端自身も「『伊豆の踊子』の作者」の中で「踊子と「みち子」とのちがひは、まだ二十代の私の記憶で明らかだつた」ことを述べ、さらに「湯ケ島での思ひ出」について「傷心がこれを書かせる動機となったのではあつたらう。」と述べている。

四　被恩恵者根性――精神面と物的面

川端の大正十二年一月六日の日記に次のように書かれている。

この頃、下宿の人、親切なり。独居のとき、なすこと思ふこと、些少なことに、いやしさ現る。孤児根性、下宿人根性、被恩恵者根性。

同年一月十四日の日記には、

余一人にて訪れしと知らば、何か例の仕事〔か〕の要求か、金談と思〔は〕ふべし、と推して不快なり。

とあり、さらに、後年の、「私は幼くから孤児であつて、人の世話になり過ぎてゐる」（「文學的自叙伝」昭9・5『新潮』）など、これらは家族もなく孤児であると川端自身が認識しているがゆえに抱く感情であり、他者への憶測・邪推・推察が生じている。それを川端自身は「いやしさ」「邪推」と受け止め孤児根性、下宿人根性、被恩恵者根性と表現している。このうちの孤児根性は「伊豆の踊子」にも次のように書かれている。

二十歳の私は自分の性質が孤児根性で歪んでゐると厳しい反省を重ね、その息苦しい憂鬱に堪へ切れないで伊豆の旅に出て来てゐるのだつた。

この苦痛・苦悩を抱き伊豆に出てきたのであったが、踊子の一言、そしてそれを肯う嫂の一言により、「私」は「人の好意を、こんな人間の私に対してもと、一入ありがたく感じて来た。」（「少年」）となる。つまり、「下田の宿の窓敷居」「汽船の中」で「こころよい涙」を流したのは、すべてこの踊子の一言によるという。

これまでも多く指摘されていて、「私」は川端の分身といえるのであり、この意味では私小説的な作品といえる。

しかし、「少年」を書いた頃、川端も五十歳を迎え、かつて、あるいはこれまで自身を「奇形」「欠陥」「異常」と表現してきたが、今この時期、「感傷の誇張が多分にある」と振り返る。

そこで、「伊豆の踊子」では、どう書かれているか、注目してみる。

「いい人ね。」

「それはさう、いい人らしい。」

「ほんとにいい人ね。いい人はいいね。」

この物言ひは単純で明けつ放しな響きを持つてゐた。感情の傾きをぽいと幼く投げ出して見せた声だつた。私自身にも自分をいい人だと素直に感じることが出来た。晴れ晴れと眼を上げて明るい山々を眺めた。瞼の裏が微かに痛んだ。二十歳の私は自分の性質が孤児根性で歪んでゐると厳しい反省を重ね、その息苦しい憂鬱に堪へ切れないで伊豆の旅に出て来てゐるのだつた。

この部分を、孤児根性で歪んでいた「私」が踊子たちの会話によって「世間尋常の意味で自分がいい人に見えることは、言ひやうなく有難いのだつた」と、精神的に癒される「被恩恵者根性」の一面と考えられる。

さらに、

明日の朝早く婆さんを上野駅へ連れて行つて水戸まで切符を買つてやるのも、至極あたりまへのことだと思つてゐた。何もかもが一つに融け合つて感じられた。

これまでずっと「私」は人の世話になることを当然のように受け止めていたのだが、作品最後になって、「私」は人の世話を当然のように引き受ける。恩恵者根性と被恩恵者根性とが「私」には明確に区別され、具体的行動となって「私」は語るのである。

もう一場面を提示する。

肌が寒く腹が空いた。少年が竹の皮包を開いてくれた。私はそれが人の物であることを忘れたかのやうに海苔巻きのすしなぞを食つた。そして少年の学生マントの中にもぐり込んだ。私はどんなに親切にされても、それを大変自然に受け入れられるやうな美しい空虚な気持だつた。

この部分を、物的な「被恩恵者根性」の一面と考えられる。

川端は、すなわち「伊豆の踊子」の「作者」ひいては、「語り手」である「私」自身も、この「被恩恵者根性」を至極当然の如くに、意識し、容認している。

突つ立つてゐる私を見た踊子が直ぐに自分の座布団を外して、裏返しに傍へ置いた。「ええ……。」とだけ言つて、私はその上に腰を下した。坂道を走つた息切れと驚きとで、「ありがたう。」といふ言葉が咽にひつかかつて出なかつたのだ。

先行研究には、「踊子のしつけなり礼儀なり」を指摘する一方に、「私」の女性蔑視、無頓着・無配慮が表現されているという見解もある。しかし、それらの見解を容認しつつも、「私」、ひいては作者川端の生来的な「被恩恵者根性」が露呈されているといえる。「走つた息切れと驚き」とは事実そうであったために多くを語れなかっただろうが、言葉で表現ができなくとも、身体的表現はできたはずである。

さらに、

「この下に泉があるんです。大急ぎでいらして下さいつて、飲まずに待つてゐますから。」水と聞いて私は走つた。木蔭の岩の間から清水が湧いてゐた。泉のぐるりに女達が立つてゐた。「さあお先にお飲みなさいまし。手を入れると濁るし、女の後は汚いだらうと思つて。」とおふくろが言つた。

私は冷たい水を手に掬つて飲んだ。女達は容易にそこを離れなかつた。

この場面でも、「私」の女性蔑視、四十女の家（家庭）の秩序の露呈が指摘されるものの、「私」は一言も彼女たちにいうこともなく、飲んでしまう。これも孤児根性ゆえの、物的な「被恩恵者根性」のあらわれである。

五　孤児が抱く家族への憧憬

二十歳の私は自分の性質が孤児根性で歪んでゐると厳しい反省を重ね、その息苦しい憂鬱に堪へ切れないで伊豆の旅に出て来てゐるのだつた。

周知の通り両親、祖母、姉を亡くした川端は、盲目の祖父との二人だけの生活を強いられた。「行燈」（昭37・10〜昭39・12『風景』）に当時を回想して、

私の幼い魂の芽立ちは、行燈のわびしい火影であつた。私は八歳（数へ年）から十六歳まで、この半盲の祖父と二人きりで暮した。

さらに、

中学生になるころからは、毎晩友だちの家へ遊びに出かけた。ひとりきりの祖父のさびしさも、もうわかる年なので、悪いとは思ひながら、しかしこちらもさびしくて、夜になると家にじつとしてゐられなかつた。

実際、「大正三年三月三日」の日記（「少年」）に、春夜、友の家に遊びに行ったことが書かれている。

例の如く父母をも交へて五人火鉢を囲みて団欒す。話題あれこれと走馬灯の如し。いつに変らぬこの一家の人々の温情こそ嬉しけれ。父母なく兄弟なき余は万人の愛より尚厚き祖父の愛とこの一家の人々の愛とに生くるなり。

大正三年といえば、川端は十四歳、中学三年で寄宿舎に入った時分である。当時の川端にとって、他者・他人との繋がりで唯一の救いは祖父以外ではこの友の家であり、友の家族との団欒だけであった。

川端自身、孤児であるという意識は既に大正五年にはあった。「あとがき」（昭23・5『川端康成全集』第一巻）に「親のない子は哀れなものだ」「孤児のあはれさが私の処女作から底流れてゐるのは、いやなことである」、「十六歳の日記」においても「日記の筆を止めて、呆然と祖父死後のことを考へる。ああ不幸なるわが身、天にも地にも唯ひとりになる」、さらに「あとがき」（昭23・8『川端康成全集』第二巻）においても「「伊豆の踊子」、「篝火」などにも、この孤児は顔を出してゐる」「この「孤児」は私の全作品、全生涯の底を通つて流れるものなのかもしれない」と書かれている。そして、川端康成「あとがき」（昭23・10『川端康成全集』第三巻）の「大正11年4月4日」の日記にも「孤児根性のことしきりに嘆きあり」と記している。大正三年五月に祖父が死去し家族をすべて亡くしてしまう。

ところで、この孤児であることが「私」にしてみれば性質が「歪んでゐる」と反省をする一方に、孤児であるがために抱く家族への憧憬も見逃せない。孤児であることが川端の実体験であるとすれば、孤児であるがために生じる家族への憧れも事実あったといえる。川端康成「古い日記」（昭34・9〜12『新潮』）には、郷里盛岡に帰省している鈴木彦次郎を思い大正十年三月二十七日の日記に「鈴木君は郷里盛岡で、第二の母と弟妹達との関係に、先づ自分に鋭く感じる不快を強ひて抑へて、心砕いてゐるだらう」と記している。また、川端の身を案じて今東光の家族から誘いを受けた様子は大正十二年一月一日の日記に、「予てより大晦日に来れと、今東光に招かれてゐる。午後行く。東光宅の吉例、年越しの祝ひに余も加へられしなり。余の境遇を思ひての同情なるべし」と、自他認めるところであった。この家族への憧憬は、大正十二年一月五日の日記に、奥さん、親戚の娘も加はり、十一時まで花を引く。泊れとの言もありしも、沢山の人家にある故、泊れる筈もなく、辞す。これにて、〔久々〕長々の心苦しき無音一部の申訳立つ。一家の人々の好意に感ずるも、吾不所存故の疎隔を、僻みにや、少し〔心〕感ず。

と書いている。

また戦後になって、これはすべて孤児に由来するとはいえないが、石濱恒夫『追憶の川端康成』（昭48・4　文研新書）にも、

ただ、終戦直後の昭和二十一年ごろのことだったと思うが、大阪住吉のわが家へ、ひとり、ふらりと来られたことがあった。その食事のさい、父とぼくとが酒を汲みかわしていると、飲めない川端さんは、ご飯を口に運ぶ箸をとめて、ふと、こんなことを言われたのを、おぼえている。「うらやましいですネ。ぼくには、そういう親子の経験がないンですヨ」

と書かれ、川端が石濱父子を羨望の眼差しで見ている様子がうかがえる。この文章以前に、川端の自殺が報道された『読売新聞』（昭47・4・17　夕刊）にも石濱は「あれは戦後間もなくのことだが、

先生が私の家へたずねてこられ、父と私が酒をくみかわすのを見て〝うらやましいね。私にはそういう経験がないんですよ〟といわれたことがある」と語っている。少年期から抱き続けていた孤児としての感情は潜在的に川端には消えることなくあった。このことは「伊豆の踊子」に、

親子兄弟であるだけに、それぞれ肉親らしい愛情で繋がり合つてゐることも感じられた。

と、一般的には極普通に見える家族関係も「私」には素直に語られなければなかったのである。

そして、この肉親、家族への憧憬は、川端が十六歳の伊藤ハツヨ（初代）と結婚する理由にもなっている。「文學的自叙傳」（昭9・5『新潮』）に、次のような内容を書いている。

川端が二十三歳の時、小石川中富坂に住む菊池寛を訪ねて、「娘を一人引き取る」ことになったので「翻訳の仕事でもあれば紹介してほしい」と頼んだ。菊池は「引き取る」ことは「結婚するのか」「いつしよにゐるやうになれば結婚ぢやないか」と話した後、

僕は近く一年の予定で洋行する、留守中女房は國へ帰つて暮したいと言ふから、その間君にこの家を貸す、女の人と二人で住んでればよい、家賃は一年分僕が先払ひしておく。

と、話す。川端にとっては「あまりに夢のやうな話で、むしろ呆然と聞いてゐた」ほどであった。しかし、結果としては、菊池の洋行も駄目になり、娘の引き取りはその洋行以前に終わっていた。「結婚の口約束だけはしたものの、しかし私はこの娘に指一本触れたわけではなかつた」娘と結婚したいと思う川端の真意は、川端自身同様、相手の十六歳の娘も家族に恵まれず、子供心を忘れてしまっている自分たちが、結婚することで互いに子供心を取り戻すことにあったという。

その伊藤ハツヨの生涯に関しては、既に川嶋至、長谷川泉、羽鳥徹哉、菅野謙らによってある程度調べられ、まとめられていたが、それら調査はかなり局所的であった。川嶋はハツヨの父伊藤忠吉が岩手県岩谷堂出身であることに注目し調査を開始した。そして、川嶋の調査報告を知った菅野謙は、昭和二十三年三月から昭和三十四年三月まで岩谷堂小学校長であった関係から、川嶋とは違った調査もしていた。当然、校内の沿革誌等を見れば、川端作品、書簡等に出てくる人物の確認は難なくできた。

鹿野新八　同校在職　大正五年十二月から昭和三年四月
伊藤忠吉　同校在職　大正四年から昭和五年三月

筆者が昭和四十九年に面会した及川武は、「南方の火」には直接描かれていないが、川端らが同校を訪問したとき忠吉と一緒に勤務していた。及川は同校在職が大正六年九月一日からで、『岩谷堂小学校　百年誌』（昭48・11　岩谷堂小学校創立百周年記念事業推進実行委員会）によると、当時の子どもたちからも評判がよく「小使いさんが水をくんでくれた」「当時は石井さん、泉野さん、及川武はすごく若かった」との記録が残っている。そのためか、昭和十五年「郡教育表彰規定」により表彰されている。この穏やかな人柄は筆者が面会した当時も変わってはいなかった。当時の江刺市長佐藤菊蔵と共に話を聞かせてくれた。とにかく川端等の来校は驚きの一言であったという。「南方の火」（昭2・10・9〜10・29『中外商業新報』）に「小使いはひどく驚いた早口だつた」とある。確かに忠吉は普段の喋りも早口であったが、その時は低い声で通常より早口であったということである。

鹿野新八は、川端が鈴木彦次郎ら四人でハツヨとの結婚許諾を求めて岩谷堂小学校に赴いたとき、忠吉との仲介を引き受けてくれた教員である。東京に戻った川端は早速鹿野に「御礼手紙」を書き、そして忠吉にも手紙（大正十年十一月二日附）に「昨日鹿野先生に御礼手紙を書いた」とか「鹿野先生に御願ひして置きましたから、先生に御相談下され度く」としたためられている。また、「南方の火」にも「宿直室だつた。当直の教員が敵意を含んだ堅苦しい姿で坐つてゐた」と描かれている。

また、「処女作の祟り」（昭2・5『文藝春秋』）の、彼女の父の承諾を得ようと東北の町へ行くと、その町始まつて以来の腸チブスの恐ろしい流行で小学校は休んでゐた。

この記述には、確たる根拠があり、同校の沿革史、『岩谷堂小学校　百年誌』（先掲）にも、以下の記載がある。

大正10・10・26～　チフス大流行の為め臨時休校となる（一週間）。

その後、川嶋、菅野の著作に触発されて地元の篤志家が本にまとめるようになった。先述の佐藤菊蔵は『川端康成文学碑建設記念講演集』（昭50・6　江刺文化懇話会）を刊行し、菊池一夫は『川端康成の許婚者　伊藤初代の生涯』（平3・2　江刺文化懇話会）、『伊藤初代の生涯　続篇　エランの窓』（平5・10　江刺文化懇話会）を刊行しているが、自身の調査による記述ではなくほとんどが引用であるため多くの間違いがある。それら間違いをただすべく筆者は「伝記的事実の信頼性について」（平4・1『解釈』）で修正している。同様の事柄が近年、水原園博の『川端康成と伊藤初代――初恋の真実を追って』（平28・5　求龍堂）や、森本穫の著作にも垣間見られる。両者とも事実を語るには資料不足が否めなく、近親者等からの聞き書きによるところが多く、公的に記述された資料によるところが少ない。これには、法的制度による制約があり、やむを得ない現実があること も承知はしているが、人づての話には記憶違い、創作等があり、事実としてはやや不正確な所があ る。事実は正確で、詳細でなければならず、憶測や第三者を経由しての話を伝記として記すのは可能であっても、事実としての理解には無理がある。事実には、確たる物的証拠が必要である。筆者は、この森本の著作に多くの訂正箇所を確認し、「書評　森本穫著『川端康成の運命のひと　伊藤初代　「非常」事件の真相』」（令5・7　川端康成学会編『川端文学への視界 38』叡知の海出版）で一部修正をしている。

川端とハツヨとの婚約破棄は既知の通り、今ではハツヨから川端宛の一通の手紙により明かされる。これは「非常」にも作品化されている。大正十年十一月七日の手紙で、

私は今貴女様におことわり致したいことが有るのです!!!
私は貴女様とかたくおやくそくを致しましたが私にはある非常が有るのです。それをどうしても貴女様にお話しすることが出きないのです。私今此の様なことを申し上ればふしぎに思いになるでせう。貴女様は其の非常を話してくれとおゝせでせう。私は其の非常を話すくらいなら死だ方がどんなに幸福でせう。どうか私の様な物は　此の世にいないと思つて下さいませ。

一方的に川端は婚約破棄をされてしまう。「非常」の中身に関しては森本穫がハツヨの子息桜井靖朗から聞いたとして公表しているが、疑問は残る。

　結果として、川端とハツヨとの結婚は成立しなかったが、川端が結婚に求めた一見解として「大黒像と駕籠」（大15・9『文藝春秋』）でうかがい知ることができる。


　二十三の秋から二十五の夏まで、私は幼稚な恋愛小説を書き渋り書き渋りして苦しんでゐた。その恋愛を失つた原因が、自分に粘りついてゐる厭なもののせゐだと思つたからだつた。自分の境遇から来てゐる心の欠陥に触れるのが苦しかつたからだつた。自責と自嘲の気持とが交り合つて私を冷くした。總てのものを見る眼が濁りを含んで来た。だから、自分の才能に対する自信も失つてしまつた。

　私はその娘の膝でぐつすりと寝込んでしまひたいと思つてゐたのだつた。その眠りからぽつかり目覚めた時に、自分は子供になつてゐるだらうと思つてゐたのだつた。幼年らしい心や少年らしい心を知らないうちに、青年になつてしまつたと云ふことが、堪へ難い寂しさだつたのだ。娘を失ふと同時に、子供にもなり損つたのだつた。

この「大黒像と駕籠」は小説ではあるが、川端がハツヨとの結婚に期待していた真意をうかがい知ることができる。さらに、「父母への手紙」（昭7・1『若草』）には「さういふ少女を子供心に帰すことによつて、自分もまた子供心に帰らうといふのが、私の恋のやうであります」とも書かれている。小説ではあるが川端の生涯における結婚の意味を赤裸々に語っている。

この恵まれない家族関係のために「子供心」を忘れてしまっている現実は、「伊豆の踊子」に作品化されている。

「さうでしたか。あの上の娘が女房ですよ。あなたより一つ下、十九でしてね、旅の空で二度目の子供を早産しちまつて、子供は一週間ほどして息が絶えるし、女房はまだ体がしつかりしないんです。あの婆さんは女房の実のおふくろなんです。踊子は私の実の妹ですが。」

「へえ。十四になる妹があるつていふのは……。」

「あいつですよ。妹にだけはこんなことをさせたくないと思ひつめてゐますが、そこにはまたいろんな事情がありましてね。」

それから、自分が栄吉、女房が千代子、妹が薫といふことなぞを教へてくれた。もう一人の百合子といふ十七の娘だけが大島生まれで雇ひだとのことだつた。栄吉はひどく感傷的になつて泣き出しさうな顔をしながら河瀬を見つめてゐた。

栄吉と薫の家族に如何なる事情があるのか語られていないため、如何なる事情があって親元を離れているのか、あるいは親は既に他界しているのか、知る由もないが、栄吉にしてみれば、自分たち旅芸人が社会的に最下層の身分を自認しつつも薫を同行させることへの戸惑いもあったであろうし、薫は現在十四であるものの、いつから旅芸人をしているかは詳述されていないが、本来ならば同年齢の娘たちと同様に親の元で髪を結い、きれいな着物を着て、習い事でもするべきはずがなされていない。栄吉の「妹にだけはこんなことをさせたくない」は、真意を吐露しているのであり、「栄吉はひどく感傷的になつて泣き出しさうな顔」からは薫への謝罪と自分ではどうにもできない歯がゆさ、あるいはもどかしさを読み取ることができる。

川端の生い立ちと、栄吉や薫のこれまでの生活には違いがあるものの、家族を喪失している者たちの結果が描かれている。

川端康成「あとがき」（昭23・8『川端康成全集』第二巻）には、次のように記されている。

「伊豆の踊子」、「篝火」などにも、この孤児は顔を出してゐる。「伊豆の踊子」に、「二十歳の私は自分の性質が孤児根性で歪んでゐると厳しい反省を重ね、その息苦しい憂鬱に堪へ切れないで伊豆の旅に出て来てゐるのだつた。だから、世間尋常の意味で自分がいい人間に見えることは、言ひやうなく有難いのだつた。」とあるのは、私としては重要なのだつた。しかし果たして「厳しい反省を重ね」たか、ほんたうに根性が「歪んでゐる」と考へたか、それは疑はしいものである。

（中略）

この「孤児」は私の全作品、全生涯の底を通つて流れるものなのかもしれない。自分ではさうは思はない、けれども、さうであつたにしたところで、今はもう煩憂としない。

「孤児の顔」は確かに小説「伊豆の踊子」には、はっきりと書かれている。

一八九九（明治三十二）年六月十四日に誕生した川端は、翌年の一九〇一（明治三十四）年一月十七日に父栄吉を結核で亡くし、さらにその翌年一月十日、結核に感染した母ゲンを亡くす。両親を亡くした川端は、たった一人の姉芳子とも別居生活を余儀なくされ、父方の祖父三八郎と祖母カネと共に宿久庄字東村に越して来る。しかし、祖母は一九〇六（明治三十九）年九月に死去した。この年の四月、川端は豊川小学校に入学している。以後、盲目の祖父との二人だけの生活を強いられる。その祖父の死期を詳細に日記に書きとどめていたのをもとに、川端は二十七歳の時「十六歳の日記」として発表している。

早くに両親を亡くした川端を憂慮する祖父母や、川端が学校に行くのを嫌がる朝の様子などは

「父母への手紙」に次のように描かれている。

私が学校へ行きたくない朝だと——毎日村の学童達が神社の前に集合して学校へ行くのが習はしであり、村々の出席率が競争になつてをり、欠席はその村の子供全体の責任となるので、休む子供の家へは、神社の前から勢揃ひして連れ出しに来るものですから、それを恐れて祖父母は（と言つても、祖母は私が小学校へ入学した年の夏に死にましたけれども）一旦あけた雨戸をまたすつかりしめ、私を誘ふ子供達の声に怯えて、老人と私とがひつそり身をすくめてをりますと、外の子供達は次第に罵り騒ぎ、雨戸に石をぶつけ、やがて遅刻しさうに時間が迫つて、敵共が引き上げて行くと、

「もう大丈夫、行つてしまつたよ。」と、祖父がほつと安心して雨戸をあけてくれる（後略）

また、たった一人の姉芳子とも別れての生活であったが、その姉は明治四十二年七月十六日に亡くなった。川端が十歳の時である。芳子とは明治三十五年に別れてから一度しか会っていなかった。やはり、「父母への手紙」に、

私より五つ六つ上の姉は、あなた方の記憶を多く持つてゐたでありませう。それに女のことで

はありますし、ほんの少女の十五で死んだゆゑ、姉は一生のうちに、親が早く死んで助かつたと思ふほど厭らしくはなれずじまひだつたでありませう。

と記されている。両親を亡くし、祖母を亡くし、たった一人の姉を亡くし、そして、とうとう祖父までも亡くしてしまった川端は、いわゆる、「孤児」としての生涯を歩み始める。

「伊豆の踊子」に、

「あいつですよ。妹にだけはこんなことをさせたくないと思ひつめてゐますが、そこにはまたいろんな事情がありましてね。」

それから、自分が栄吉、女房が千代子、妹が薫といふことなぞを教へてくれた。もう一人の百合子といふ十七の娘だけが大島生れで雇ひだとのことだつた。栄吉はひどく感傷的になつて泣き出しさうな顔をしながら河瀬を見つめてゐた。

と、家族、とりわけ薫を思いやる栄吉の言動が語られる。そして、一行の血縁のない、いわゆる、疑似家族ではあるが、「私」は、次のように受け止めるのである。

彼等の旅心は、最初私が考えてゐた程世智辛いものではなく、野の匂ひを失はないのんきなものであることも、私に分つて来た。親子兄弟であるだけに、それぞれ肉親らしい愛情で繋り合つてゐることも感じられた。

川端の周辺を見るならば、今東光の家族であり、石濱恒夫の家族であり、さらに少年時代に遡れば、夜、盲目の祖父を一人にして近所の家に遊びに行き、両親の揃った家族があり、その家族に憧れる。これらの体験が「伊豆の踊子」にも作品化されたとしても不思議ではない。

六　川端康成、清野少年、そして大本教

「少年」に登場する「清野少年」については、「中学校の寄宿舎で清野と一室に暮したのは、大正五年の春から大正六年の春までで、私は五年生、室員の清野君達は二年生であった。」（「少年」）と書かれているが、この少年についての調査は、早い時期に林武志によってなされ、「「伊豆の踊子」成立考」（昭51・5『川端康成研究』桜楓社）に詳述されている。林は「清野少年」とは、実名「小笠原義人」であることを明かした。しかし、近年、片山倫太郎が林の未調査の部分に注目した。その内容は、小笠原家が大本教に入信した正確な時期の解明、入信の経緯を文献等をもって確認し、「茨木中学後輩・小笠原義人に係る資料二点」（令元・2『川端康成　官能と宗教を志向する認識と言語』叡知の海出版）に発表している。

大正五年四月、川端は五年生になって寄宿舎の室長になった。同室に、二年生の小笠原義人がいた。小笠原義人は明治三十三年十一月十一日、小笠原義之の長男として誕生。小笠原義之は京都府上嵯峨村（現・京都市右京区）に大本教の収容所を設けた人である。

川端による「當用日記」（大正五年四月六日）に、「初めての室長はん生活であり室員も新しいので愉快である」と、室長になったことが記されている。小笠原は同日記（大正五年四月九日）の中の「それから宮田が行かぬとい〔ふ〕を残し小笠原竹内と九篠山に遊ぶ」にはじめて登場する。

湯本館の主人が大本教の信者であったこと、そして湯本館が説教の場であったこと、さらに湯ヶ島は〈大本教の聖地〉であることは「湯ケ島温泉」（大14・3『文藝春秋』）に書かれている。「湯ケ島温泉」には、「二三年前のこと、大本教の出口王仁三郎が湯本館に滞在してゐた」や、この時川端は王仁三郎を見なかつたが大本教二代目教祖出口澄子とその孫の三代さんを見たことが書かれている。さらに「去年の四月には四五十人も信者がこの小さい山村に入り込んでゐた」と書いている。大本教と湯本館に関しては、野田宇太郎が『湘南伊豆文学散歩』（昭30・12　英宝社）で、若山牧水を紹介し、牧水が大正十一年三月二十八日から湯本館に滞在していたころの様子を次のように書いている。

牧水は湯本館で、例によつて酒の生活であつた。丁度その頃吉奈温泉から湯ケ島温泉の落合楼に落着いて療養してゐた日夏耿之介は或日、牧水を訪ねてずらりと並んだ銚子の行列を見たといふ。又その頃は同じ宿に大本教の出口王仁三郎が逗留して、毎日神がかりとなつて歌を書きなぐつてゐた。湯ケ島はその頃大本教の本山のやうであつたといふ。

そこで、先ずは、「少年」に書かれている清野少年について引用してみる。

二

十八九歳で、私はその大正六年に中学を出た。それから「湯ケ島での思ひ出」と題するものがある。二十四歳の夏書いた。この前半を二十八歳の時に書き直して、「伊豆の踊子」といふ作品が出来た。後半には中学の寄宿舎で同室にゐた少年への愛の思ひ出が書かれてゐる。

四

大正三年三月三日の日づけがある。

（中略）

私より一級か二級上の兄にも、私より一級下の弟にも、私は親密であつたが、それは異性に対する思慕に似たところがあつた。少年の愛情はたいていさうのやうだ。私は兄弟の父母にも同じであつた。

しかし同性愛といふやうなことはなかつた。

五

大正五年の九月十八日から大正六年の一月二十二日までの日記には、同性愛の記事がある。

（中略）

この清野少年とのことは「湯ケ島での思ひ出」にも長々と六七十枚書かれてゐる。「湯ケ島での思ひ出」を書いた時私は二十四歳で大学生であつた。また私は高等学校の時に清野少年あての手紙を作文として提出した。教師の採点を受けてから実際の手紙として清野に送つたと記憶する。しかし彼にも見せたくない部分は手もとに残した。それが今日まで保存されてゐて、原稿紙の二十枚目から二十六枚目までである。三十枚前後の長い手紙だつたとみえる。書簡体に託した、これも思ひ出の記である。

してみると私は清野少年との愛を、そのことのあつた中学生の時に書き、高等学校の時に書き、大学生の時に書いたわけである。

六

僕はいつともなくお前の腕や唇をゆるされてゐた。ゆるしたお前は純真で、親に抱かれるくらゐに思つてゐたに相違ない。あるひは今ごろはそんなこともまるつきり忘れてしまつてゐるのかもしれない。しかし受けた僕はお前ほど純真な心ではゐなかつた。

（中略）

勿論、僕はお前に、腕、唇、愛などといふ言葉をひとことも言つたためしはなく、全くいつともなく与へられてゐた。それより先の交りは空想はしたにしろ、実現しようなぞとは夢にも思はなかつた。それはお前がよく知つてゐてくれる。

しかしまた、下級生を漁る上級生の世界の底まで入りたくなかつた、あるひは入り得なかつた僕は、僕達の世界での最大限度までお前の肉体をたのしみたく、無意識のうちにいろいろと新しい方法を発見した。（中略）お前は私の人生の新しい驚きであつた。

（中略）

家に女気がなかつたため性的に病的なところがあつたかもしれない僕は、幼い時から淫放な妄想に遊んでゐた。そして美しい少年からも人並以上に奇怪な欲望を感じたのかもしれない。受験生時分にはまだ少女よりも少年に誘惑を覚えるところもあつたし、今もさうした情欲を作品に扱はうと考へてゐる僕だ。お前が女だつたらと、せつなく思つたのは幾度だつたらう。

「清野少年」と「私」が相互に愛撫するには距離があった。「清野少年」にしてみれば、これはあくまで「私」の一方的な思い込みであるが、「純真で、親に抱かれるくらゐ」にしか思っていなかったかもしれないが、しかし、「私」は「お前ほど純真な心ではゐなかつた」という。それは、「家に女気がなかつたため性的に病的なところがあつた」ために「幼い時から淫放な妄想に遊んでゐた」こともあり、結果、「美しい少年からも人並以上に奇怪な欲望を感じた」かもしれないという。「少女よりも少年」に誘惑を覚えた。ただ、作品「少年」には、「私」のほかにも、あるいは宿舎では異常ではなかったようにも受け取れる少年同士の同性愛的なものがあったことは否めない。例えば、「私」と同室の下級生「垣内」は少年に対して「お前をほしがつていたやうだつた」と記され、結局は「本人の性向」という理由で退学をしてしまう。少なくとも「私」が受験生であった当時は「少女よりも少年」に誘惑を覚えたので、「湯ケ島での思ひ出」を書き直したものが「伊豆の踊子」であるという前提に立てば、「私」が「踊子」に好意を持ったとしても、あるいは「少年の学生マントの中にもぐり込んだ」ことにも疑問を抱かない。「四」章で「私」は踊子の年齢を確認するものの、しかし、「へえ。十四になる妹があるつていふのは……。」と発言するため、そうすると、「私」は、以前に、おそらく峠の婆さんあたりから、「十四になる妹」をのことを聞いていたのではなかったか。十四である踊子も「十七八」に見えていた。「少年」における「清野少年」の年齢は「私」より二つ下で「十四歳」である。「私」の感情が「少女よりも少年」に誘惑を覚えたと記されている以上、また、「お前が女だつたらと」と「せつなく」思うこともあったとすれば、踊子「薫」と「少年」との年齢が近似の状態にあるので、この二人に抱く感情は、「少年」に描かれている「私より一級か二級上の兄にも、私より一級下の弟」にも「異性に対する思慕」を感じるということにも繋がってくる。そして、「伊豆の踊子」での受験生、年齢は十七であると想定するが、「少年」「踊子」「私より一級か二級上の兄にも、私より一級下の弟」、そして、「受験生」に対する「私」の感情には共通するものがあることを指摘する必要がある。ただ、「私」の年齢の違いも考慮せねばなるまいが、「私」の「少女よりも少年」そして、「お前が女だつたらと」とのおもいは共通する。

七

「湯ケ島での思ひ出」は四百字づめ原稿用紙で百七枚書いてある。未完である。
六枚目から四十三枚目までは旅芸人と天城を越えて下田へ旅をした思ひ出で、これを後に「伊豆の踊子」といふ小説に書き直した。踊子と歩いたのが大正七年で私は二十歳、「湯ケ島での思ひ出」を書いたのは二十四歳で大正十一年、「伊豆の踊子」は二十八歳の作である。
さうして「湯ケ島での思ひ出」の踊子の部分を除いた大方は、清野少年の思ひ出の記である。

（中略）

――この書き出しで、七月の終わりか八月の初めに「湯ケ島での思ひ出」を書いたことが知れる。

（中略）

「湯ケ島での思ひ出」の二枚目から三枚目にかけても、私は書いてゐる。「私は伊豆にも思ひ出を懐いてゐる。思ひ出であれば、感傷もいい。この湯ケ島は今の私の第二の故郷と思はれる。私はしばしば東京からここ天城山の北麓にはしる。そのある秋は、跛者になつてしまふのではないかと憂へながら足の病ひで、そのある冬は、人の不可解な裏切りに遭つて潰えようとする心を辛うじて支へてだつた。ひきよせられるのは郷愁と異らない。」

「そのある秋は」とは、一高三年の秋である。すなわち、大正八年の秋である。「私は右脚が痛んで、踊子と旅をした次の年の秋の末、湯ケ島に来た。」と「少年」に書かれている。

また、「そのある冬は、人の不可解な裏切りに遭つて」とは、四緑丙午の娘とのことで、「「湯ケ島での思ひ出」を書く前の年、私が二十三歳の秋のことである。私が十六の娘と婚約したことである。——破れなければ二十三と十六で今日では珍しい早婚の経験であつたがと思ふ。」と、やはり「少年」に書かれている。

十一

清野は私を神に選ばれた人間であると言つた。その言ひ方はいやみでもいこぢでもなく、童心の流露であり、素直な信心であつた。愛と敬ひとの現はれであつた。かうして清野は彼の神と私とを重ねて一つにしてゐるかと思へることがあるやうになつた。無意識のうちにその神の座へ私を据ゑてゐるかと思へることがあるやうになつた。

清野少年が「私」に好意を示した。あるいは、「私」の行為に反発することもなく、受け入れてくれたその理由は、清野にいわせれば「私」が「神に選ばれた人間である」からであり、その結果、「私」は清野が「私を神に選ばれた人間である」と思っていると考え始めた。中学時代の「私」と清野少年との関係の根源である。

十三

大正六年一月十八日。木曜。はれ。

昨夜消灯後四十分ほどして暗い冷たい寝床に入ると、それまで起きてゐた清野が腕や胸や頬で、私の冷え切つた手をあたためてくれたのが実にうれしかつた。今朝、熱い長い抱擁。誰が見たつて変に思ふだらう。清野がなんと思つてしてゐるのかさつぱりわからぬ。しかし私にはこれ以上のことは求め得られないのた。

この清野少年が、実は大本教の信者であることが判明する。

十七

私は大正九年に高等学校を出た。清野の最後の手紙の大正十一年には、私は二十四歳、「湯ケ島での思ひ出」を書いた年である。清野を上嵯峨に訪ねたのは前々年、二十二歳の夏であつた。私は二十三歳の春に同人雑誌「新思潮」を出し、またその年、十六歳の少女と結婚しようとした。

清野は中学を出てから一年兵隊に行つたとみえる。「いづれお目にかかる時もあると思はれます。その時は二人はどんなになつてゐるでせう。」と清野の最後の手紙にあるが、嵯峨の奥に訪ねてから三十年、私は清野に会つてゐない。しかし感謝は持ちつづけてゐる。

私は今この「少年」を書いたので、「湯ケ島での思ひ出」も古日記も清野の古手紙も焼却する。

瀬沼茂樹が「『伊豆の踊子』成立について」（先掲）で、「伊豆の踊子」の「野の匂ひ」について触れ、「作者流にいえば、「野の匂い」があるわけだが、その「野の匂い」は、ここの「野の匂い」ではなく、大本教を借りていう「鎮魂帰神」に通じるかしこの「野の匂い」であつたにちがいない。」と発言しているが、精査する必要があろう。

七　川端、踊子、清野少年、初代〈ハツヨ〉——慰安と苦悩

川端の「少年」には次のように書かれている。

「湯ケ島での思ひ出」は四百字づめ原稿用紙百七枚書いてある。未完である。

　六枚目から四十三枚目までは旅芸人と天城を越えて下田へ旅をした思ひ出で、これを後に「伊豆の踊子」といふ小説に書き直した。踊子と歩いたのが大正七年で私は二十歳、「湯ケ島での思ひ出」を書いたのは二十四歳で大正十一年、「伊豆の踊子」は二十八歳の作である。

　さうして「湯ケ島での思ひ出」の踊子の部分を除いた大方は、清野少年の思ひ出の記である。

（中略）

「私は湯ケ島の春を知つてゐる。秋も冬も知つてゐる。しかし夏だけは知らなかつた。それが今年は夏の盛りを湯ケ島で凌がうとしてゐる。

　七月の末日に……。」

三島駅で大仁行に乗り換へる時、駿豆線の切符売場にいかにも感じのいい娘がゐたので、「これはいい旅にちがひない。」と私はさわやかにつぶやいた。
——この書き出しで、七月の終りか八月の初めに「湯ケ島での思ひ出」を書いたことが知れる。また湯ケ島へ来る私のみづみづしいよろこびも知れる。

長谷川泉は『近代名作鑑賞——三契機説鑑賞法70則の実践』（先掲）で、川端と踊子、そして清野との精神的な繋がりを、

中学時代の寄宿舎生活で得た同性愛の体験は、愛というものに餓えていた川端の心に薫染してゆく度合いでは、異性としての伊豆の踊子に対するのと同様に、人生への開眼の点から重要な契機をなすものであった。（中略）「幼少から、世間並ではなく、（中略）それを苦に病んでゐた。」と書かれている部分は踊子の純情に対するくだりであるが、このことばは、清野のけがれないすなおな心情に対するものとしても、そのまま通用する。

と書いていて、それは踊子に対する異性としての感情が清野少年との同性愛であったとしても、実際、川端は「少年」の中で「大正五年の九月十八日から大正六年の一月二十二日までの日記には、

同性愛の記事がある」と書いて「同性愛」を自認しているので、このことを長谷川は指摘し、これらは共通するものであるという。つまり、川端の踊子に対する感情も清野少年に対する感情も、たとえ男と女の相違はあったとしても同じ感情であったというのである。例えば、よく引用される「大正五年十一月二十六日」(「少年」)の日記で、

「思つてゐて言はないことはなにもあらしません。」と、ふとしたときに言つた。

「ほんたうか。ほんたうか。」と、しつつこくたづねる。

「ほんまでつせ。なんぞ思つて黙つてたら、心配で心配でゐられやしまへん。」

　清野はこんな少年だつた。大変負け惜しみが強いけれど、正直な子である。

「私のからだはあなたにあげたはるから、どうなとしなはれ。殺すなと生かすなと勝手だつせ。食ひなはるか、飼うときなはるか、ほんまに勝手だつせ。」


と、川端と清野少年との交情が書かれている。ただ、同日の次の一文にも注意しておく必要がある。

　どうしたつて肉体の美のないところに私のあこがれはもとめられない。

川端が清野少年に抱いた感情、すなわち、胸、腕、唇、歯などに抱いた感情である。また、「大正五年十二年一日」(「少年」)の日記には、

清野がほんたうに好きになつた。
「私のヘングインになつてくれ。」と言ふと、「なつてあげまつせ。」と言つた。

さらに、「同年十二月七日」(「少年」)の日記では、

今朝もほんたうに清野の胸や腕や唇や歯の私の手への感触が可愛くてならなかつた。

と、清野に対して抱く感情の根源が書かれている。しかし、一方、「同年十二月六日」(「少年」)の次の日記にも注目すべきである。

湯屋で知る人も、若い人も、女もあたりにゐないのを見すました私は、初めてつくづくと私の肉体を鏡に写すことが出来た。
肉体の美、肉体の美、容貌の美、容貌の美、私はどれほど美にあこがれてゐることだらう。

私のからだはやはり青白く力がない。私の顔は少しの若さも宿さず、黄色く曇つた目が鋭く血走ると言つてもいいくらゐに光る。

川端がなぜ清野少年の胸や腕や唇や歯に関心を持ったのかといえば表面的には、自身の体に欠損している肉体を他者に求めたといえ、それが最初であったと考えられる。つまり、この感情は、清野少年だけではなく、ほかの少年、時には少女に対しても抱いた感情である。

そして、大正六年一月十八日の日記（「少年」）には、

昨夜消灯後四十分ほどして暗い冷たい寝床に入ると、それまで起きてゐた清野が腕や胸や頬で、私の冷え切つた手をあたためてくれたのが実にうれしかつた。今朝、熱い長い抱擁。誰が見たつて変に思ふだらう。清野がなんと思つてしてゐるのかさつぱりわからぬ。しかし私にはこれ以上のことは求め得られないのだ。

「今朝、熱い長い抱擁。誰が見たつて変に思ふ」と書いている。川端の清野少年への「愛情」の高まりを示している。

後日、川端は「少年」で「清野少年と暮した一年間は、一つの救ひであつた。私の精神の途上の

一つの救ひであつた」という。過去に抱いた「同性愛」は払拭されている。清野少年は「私」に帰依したのであり、そのことで「私」は「自分を浄化し純一」することができ、「新しい精進」を思ったのだという。

長谷川は、さらに、

青春の哀歓を秘めた「伊豆の踊子」——人の純粋な気持に感応する精神位相は、早く、清野によってつちかわれたところであり、伊豆の踊子の純情に涙を流す「伊豆の踊子」そのものに密接につながってゆくからである。

と書き、川端の精神位相の形成は、踊子と清野によって「つちかわれ」たという。

長谷川は詳細には指摘していないが、「少年」には大正五年十一月二十四日の日記に次のような記述がある。

昨日まで一年のNと呼ぶ少年に注がれたのと同じやうに、私の目はやはり一年のMといふ少年に注がれることになつた。

昨日午頃、寄宿舎の旧自修室に催されてゐる展覧会場で、私は美しい頰を見出した。目深に帽子をかぶつてゐる、その下から目や眉や額をのぞいた。今日は帽子をかぶつてゐない、その頬を見た。通学生でMといふ。こころよいのは薔薇色の頬である。私はあんなに生き生きしい頬を初めて見た。大きい目と濃い眉とを薔薇色がつつんでゐる。子供らしいいたづらげのまだ少し残つてゐるところが、殊に可愛い。

また、山本健吉は自著『近代文学鑑賞講座　第十三巻　川端康成』（先掲）で、

旅の動機を書くことが、『湯ケ島での思ひ出』のモチーフなのではない。だからこの作品では、第五章にわずかに旅の動機に触れているだけで、むしろこの作品のモチーフは、この伊豆の旅でもたらされた精神の快癒に対する感謝であり、それがこの回想記を素直なものに仕立てている。人の愛情に飢えていた孤独な「孤児」が、「単純で明けつ放し」な踊子の愛情に触れ、自分のいじけた畸型な心が、春の氷が解けるように、暖い人間的感情を回復して行く歓びが奏でられているのである。

と記し、さらに長谷川は次のように書く。

して、「大黒像と駕籠」（大正一五・九「文藝春秋」）などで深刻に記述されている孤児として育ってきた川端の過去の生涯のすべてを背負っているものとして見られるときには、「伊豆の踊子」の色調は変わってくることを知らなければならぬ。

そして、林武志は『鑑賞日本現代文学　第15巻　川端康成』（先掲）で、「「伊豆の踊子」のモデルは、「雪国」のモデルと違い、作者とは、心身ともに遠い存在にあり、それゆえにこそとりわけ肉体の「省略」も「美化」も、結果として「孤児根性からの脱出」も可能だった」とし、踊子の内実、心的位相は「湯ケ島での思ひ出」に託された清野少年に拠るところが大きいと指摘している。

清野少年以外に抱いた川端のおもいである。川端の感情は、「頬」、すなわち「肉体」であり、「生き生きしい」、すなわち「活気」であり、「子供らしい」ものに傾く。そして、この傾情の真意は「いやしい」ものであるという。この「いやしい」とは、性的な感情を含むものであり、それは同日の次の文から察せられる。「赤木桁平さんのを読んだ時私の女に遭ふまでは童貞でゐたいと思つた」（「少年」）、と。

八 「伊豆の踊子」の新たなモデル問題

すでに、川端によって、例えば、「伊豆行」に「『伊豆の踊子』にはモデルがある。四十四五年、消息は絶えてゐるが、生きてゐれば、もう五十五歳から六十歳のあひだである」(昭41・5『落花流水』新潮社)と書かれているが、後年、地元篤志家や研究者によって踊子薫の追跡調査がなされた。その一人、土屋寛は自著『天城路慕情』(先掲)で「上の娘は千代子、下の娘はたみと言い」と書き、長谷川泉は「踊子街道をゆく」(『知られざる魅力　伊豆』先掲)で「『伊豆の踊子』では薫とされているが、実名は加藤タミである」と書いている。いずれも踊子薫の実名を明かしたものとしては最初である。

ただ、松沢要、井堀フク夫婦の縁者の見解によると『天城路慕情』には間違いがあり、修正が必要であるというし、長谷川のいう「加藤タミ」の出所も明かされていない。長谷川は「『弓浦市』の作品構造と背景」(昭55・11『川端康成研究叢書8　哀艶の雅歌』教育出版センター)で、

「伊豆の踊子」の十四歳の踊子薫は、もちろん作中では実名ではない。兄の栄吉は、川端康成の実父の名であった。そして千代子という一行中の女性、栄吉の妻（十九歳）とその母が出て来た。「伊豆の踊子」の実名は、加藤タミで、現在は波浮にはいない。土屋寛の「天城路慕情」（昭和五十三・十一、新塔社）によれば、岡本文太夫（死去）の娘として居所不明、死亡したと察せられている。私の加藤タミについての調査は未了であるが、川端康成の青春の抒情詩「伊豆の踊子」のモデルの詮索については、この詩情に富み、川端康成の実際の体験を背景にしているとはいっても、あくまでも作品世界の中の展開なのであるから、ことさらの詮索は無用と考えるのである。

と記し、また、北條誠も『川端康成　文学の舞台』（先掲）で、「波浮の港でやっとつかんだ「話」は少しちがっていた。踊子名は「たみ子」、薫は兄の名で、お袋の姓は加藤。千代子というのは小説の中の百合子の名だったという」と書いている。

林武志は、従来の所説をもとに『鑑賞日本現代文学　第15巻　川端康成』（先掲）で、

踊子のモデルは、㈠居所不明・消息不明の〈たみ〉あるいは〈薫〉がモデルであった、㈡〈たみ〉ないし〈薫〉とは全く別人物がモデルであった、㈢上記二者が複合的にモデルとなってい

る、と三つの考え方があり得る。多分、㈡(ないし㈢)が正しいだろうと推測しているが何分確証を欠く。ただ言い得ることとは、作中の旅芸人一行の構成と、実際に松沢一家が旅に出た時の家族構成とはかなり違うということである。「事実に近い小説」であり、「すべて書いた通り」で「事実そのままで虚構はない」という作者の自解と相当ずれてくることは確かである。しかし、総てが虚構だというつもりはない。おそらく、〈実〉の間に〈虚〉を点綴させることによって総体としてやはり虚的世界となっていると見てよいのではないか。「伊豆の踊子」のモデルは、「雪国」のモデルと違い、作者とは、心身ともに遠い存在にあり、それゆえにこそとりわけ肉体の「省略」も「美化」も、結果として「孤児根性からの脱出」も可能だった、と言ってよいだろうと思う。

と記し、踊子の内実、心的位相は「湯ケ島での思ひ出」に託された清野少年に拠るところが大きいという。

同書が執筆されたころには、既に多くの事柄が新たに解明されていたが、遺族、親戚縁者のゆかりなどから公にすることを避けてきた。その例が、松沢要、井堀フクなどに関する記載である。

大正七年十月末から十一月初めにかけて伊豆旅行をし、踊子、そして旅芸人一行と出会った川端は、旅での経緯を小説に著わし、翌八年六月、『校友会雑誌』掲載の「ちよ」に次のよう書いている。


十日あまり伊豆の温泉場をめぐりました。その旅で、大島育ちの可愛らしい踊り娘と知り合ひになりました。——娘一人とでなく、その一行と知合ひになつたのですけれど、思ひ出のうちでは、娘一人と、云ひたい心持がしますから。一行の者は、その小娘を、

「ちよ」

と呼びました。

「千代」——

松と、

「ちよ」

私はちよつと変な気がしました。で、はじめて見た時の汚い考は、きれいにすてて——その上、その娘は僅か十四でした——一行の者と、子供のやうに仲よしに、心易い旅をつづけました。その小娘と、私は極自然に話し合ふやうになつたのでした。私が修善寺から湯ケ島に来る途中、太鼓を叩いて修善寺に踊りに行く娘に出逢つたのが、はじめです。そして痛く旅情を動かしました。

この踊子、とりわけ踊子のモデルについて、川端はいくつかを自解している。
「河出書房版『三代名作全集・川端康成集』あとがき」（昭17・4）には、「旅芸人と歩いたことは大体作品の通りだが、多少の潤色は加へてある。」とある。
「私の七箇條」（昭4・2『文章倶楽部』）には、次のようにある。

モデル小説は嫌ひだ。自分をモデルにすることも嫌ひだ。まして、私生活の事件その儘を書く事は滅多にない。創作の喜びが感じられない。
「伊豆の踊子」はモデル小説だが、例へばあの踊子の兄と嫂とは、梅毒の大きい腫物を出して、床の中でも温泉の中でも痛がつてゐたのが、ほんとの姿だし、嫁の母の汚さと云つたらなかつたが、モデルのそんな点を描くことは、どうしても私には出来ない。

さらに、次の文章は、「「伊豆の踊子」の作者」（先掲）に書かれたものである。

湯ケ野温泉に「伊豆の踊子」の文学碑を建てる世話人が、踊子のモデルを大島に甲府にさがしもとめたと聞いて、私はぎよつとしたが、なんの手がかりもなかつたさうで、ほつとした。

「一」

「しばらく文通」とはあいまいだが、踊子の兄から二三度はがきが来ただけで、私も兄に二三度手紙を書いただけで、その「しばらく」は長くなくて、たよりはとだえてしまつたやうである。「一」

「伊豆の踊子」はすべて書いた通りであつた。事実そのままで虚構はない。あるとすれば省略だけである。私はさう思つてゐる。「十二」

「伊豆の踊子」はあれだけの話で、あれだけの作品である。しかけはない。書くだけのことは書いたという意味では、行文の稚拙はあつても、あれはあれでいい作品と言へるであらうか。「十八」

「伊豆の踊子」の踊子の墓はどこにあるのですか、「伊豆の踊子」が背負つて歩いた太鼓は現在どこかに保存されてゐるのですか。（中略）「伊豆の踊子」は私には稀なモデル小説である。「十九」

しかし、川端は「少年」（「湯ケ島での思ひ出」）に、

心の潰えと体の衰へと、寒さも加はつたせゐの足の痛みで、去年の暮にも、私は湯ケ島に逃れて来たのであつた。四緑丙午の小娘のためである。
その四緑丙午は、私が初めて足の病ひで湯ケ島に来て東京に帰つた冬、その時十四であつたが、もう足はおよろしいですか、と私に言ったはずなのである。（中略）「そのある冬は、人の不可解な裏切りに遭つて……。」といふのは、四緑丙午の娘のことである。「湯ケ島での思い出」を書く前の年、私が二十三歳の秋のことである。私が十六の娘と婚約したことである。
——破れなければ二十三と十六で今日では珍しい早婚の経験であつたがと思ふ。

と、書いたことについて、山本健吉が『近代文学鑑賞講座　第十三巻　川端康成』（先掲）で次のように述べている。

相手の不可解な心変りで、あっけなく、わけも分らずに別れた。その心の波は強く、幾年も尾を曳いたと氏は言っており、『篝火』『非常』『霰』『南方の火』『写真』『日向』『弱き器』『火に

行く彼女』『雨傘』『伊豆の帰り』などの作品に、その事件はいろいろに描かれている。『湯ケ島での思ひ出』を書いた大正十一年は、恋愛が破局に到った直後の、心にもっとも大きい打撃を負っていた時で、少年時代の同性愛の相手や、ほのぼのとした愛情を掻き立てた伊豆の踊子を思い出すことで、心の傷を医そうとしているもののようである。（中略）十六歳の少女との恋の余韻が、この十四歳の踊子への思慕を書き綴った作品の全体に、一種のリリシズムとして波打っている。

さらに、この山本の見解に対し、細川皓（川嶋至）は、当時、岩手大学に勤務していたこともあり、伊藤初代の由来する岩手県岩谷堂に近いという利点を生かし調査を始めた。自著『川端康成の世界』（先掲）で、川端の伝記的事実に即して、川端が伊豆旅行を大正七年秋に行い、三年後の大正十年に「みち子との一件」があり、その翌年の十一月に「湯ケ島での思ひ出」を、さらに四年後の大正十五年「伊豆の踊子」を完成させたという経緯を辿りながら、

「伊豆の踊子」が、四年前に出逢った記憶も薄れかけた踊子の姿を、一年前に別れていまだ印象も鮮やかなみち子の姿で補色し、氏のみち子に寄せる追慕の情を踊子に対する淡い恋心にすりかえるという作業を通して成立した作品であることは、ほぼ確実であろう。

と、いい、そして

一見素朴な青春の淡い思い出をありのままに書き流したかにみえる、「伊豆の踊子」という作品は、氏の実生活における失恋という貴重な体験を代償として生まれた作品だったのである。

と、締めくくる。踊子は、失恋の相手「みち子」にほかならないとするこの見解に、川端康成は、次のような文章を「「伊豆の踊子」の作者」（先掲）に残している。

「伊豆の踊子」の草稿である「湯ケ島での思ひ出」を書いた、大正十一年、二十三歳の私は、恋愛（ではないやうな婚約）の「破局」の「直後」だから、相手の娘は強く心にあつた。「湯ケ島での思ひ出」を書く予定で伊豆へ行つたのではなかつたが、傷心がこれを書かせる動機となつたのではあつたらう。してみると、「伊豆の踊子」は「失恋という貴重な体験を代償として生まれた作品」といふ細川氏の見方は的確なのだらうか。批評はみなあたつてゐるし、みなはづれてゐる、さういふ考へが古くから私にあるのは、私自身が批評を書いた、その時のあきらめと言ひわけであつたが、自作が受ける批評も、さういふ風に承服し、また抵抗するのは、作家の常であらう。「十三」

しかし、長谷川泉は、「三　伊豆の踊子」（『近代名作鑑賞――三契機説鑑賞法70則の実例』先掲）で以下のように記している。

「伊豆の踊子」の踊子に伊藤初代の像を重ねて見る考え方には賛しえない。二人は、対極をなすメカニズムに生きる人物像である。作者の川端自身も「『伊豆の踊子』の作者」のなかで「踊子と『みち子』とのちがひは、まだ二十代の私の記憶で明らかだつた」ことを述べ、さらに「湯ケ島での思ひ出」について「傷心がこれを書かせる動機となったのではあつたらう。」と述べている。

踊子の裸身の場面とみち子の裸身と「並記」してあったというが別人であり、「伊豆の踊子」での踊子と清野少年は川端にとって、伊藤初代とは「対蹠的に浮かびあがってきた回想の鎮魂」であると長谷川はいう。しかし、「湯ケ島での思ひ出」を書くきっかけにはなったと指摘している。

そこで、何はともあれ先ずは大正七年に出会った踊子を⑴伊豆で出会った踊子、⑵岡本文太夫一行の踊子、⑶伊藤ハツヨ、と分けて論述してみたい。

(1) 伊豆で出会った踊子

踊子の実名を記したものに北條誠、土屋寛、長谷川泉の著作がある。

北條誠は『川端康成　文学の舞台』(先掲)で、「波浮の港でやっとつかんだ「話」は少しちがっていた。踊子の名は「たみ子」、薫は兄の名で、お袋の姓は加藤。千代子というのは小説の中の百合子の名だったという」と書いている。また、生前、筆者は踊子の行方を長谷川に質問したところ、「踊子なる女性は落ちるところまで落ちた。詮索する必要はない」との回答を得た。

(2) 岡本文太夫一行の踊子

そこで、北條、土屋、そして長谷川の見解をもとに真偽のほどを確認してみたい。

すでに、川端によって、例えば、「伊豆行」(先掲)に「「伊豆の踊子」にはモデルがある。四十四五年、消息は絶えてゐるが、生きてゐれば、もう五十五歳から六十歳のあひだである」と書かれているが、後年、地元篤志家や研究者によって踊子薫の追跡調査がなされた。その一人、土屋寛は自著『天城路慕情』(先掲)で「上の娘は千代子、下の娘はたみと言い」と書き、長谷川泉は「踊子街道をゆく」(先掲)で「「伊豆の踊子」では薫とされているが、実名は加藤タミである」と書いている。繰り返すが、いずれも踊子薫の実名を明かしたものとしては、最初である。

ただ、松沢要、井堀フク夫婦の縁者の見解によると『天城路慕情』には間違いがあり、修正が必要であるというし、長谷川のいう「加藤タミ」の出所も明かされていない。

当時、岡本文太夫（本名・松沢要）は長野県岡谷に大きな製糸工場を持ち、医者、劇場等を持っていた。文太夫は役者ではなく、興行師で、生活は貧しいものではなかったという。その縁者の話をもとに岡本文太夫について詳述するが、ここでは便宜上、松沢要で説明したい。

松沢要は、長野県の養蚕学校を卒業。結核で夫を亡くした室野フジと結婚。フジとの間には三人の子ども（二男一女）をもうけたが、フジは産後の肥立ちが芳しくなく間もなく死去する。死因は、土屋寛『天城路慕情』によれば産褥熱だという。縁者によれば結核で死去したという。しかし、文太夫は、そのころ信州に赴いていて、フジの瀕死の知らせを受けながらも、臨終には間に合わなかった。残された三人の子どもを自身が育てあげることに、そして自身の生活がままならないこともあり、文太夫は三人の子どもをフジの実家渡辺家に預け、その後、土屋とは見解が異なるが、養蚕関係で大島に渡り、そこで大島元町にあった旅館「福島屋」の一人娘井堀フクと結婚する。井堀の姓は、大島で最初に井戸を掘ったので「井堀」と名乗ったそうである。一人娘のせいもあってか、またフクの父親が厳格だったせいもあってか農家仕事をすることもなく、夜、活動写真等へも行かせてくれなかった。

文太夫とフクとの間には五人の子ども（男二、女三）がいた。

明治十二年生まれの文太夫は再婚後、養蚕から芸事に鞍替えし、大正五、六年の頃、足尾に向かう。二、三年たって、劇場が火事になり、無一文になった家族や一行は修善寺に戻り、フジの生家に赴く。そこでフジの農家の手伝いなどをする傍ら、地域の青年たちに芸を指導していたという。いうまでもなく、生活の困窮は甚だしいもので、渡辺家を出た文太夫らは、通称「本立野銀座通り」一角にある二女家の厄介になる。しかし、大家族になるので、昭和二十年前後、文太夫の状況を見かねて手を差し伸べたのが法林寺の住職久留宮であった。住職は寺の境内に文太夫一家に家屋敷を提供し、住まわせた。昭和二十五年十一月八日に死去するまでその地に住んでいた。

役者として、この前後であろうか、文太夫は「源氏節」の元祖レコードを出すなど、また大島盆踊り「おやれそうかい」を創作した。縁者によると、文太夫は身の丈は五尺三寸位、赤銅色の面持ちで、厳格で不細工な男であったが舞台受けしたという。文太夫死去後、昭和三十三年九月の狩野川台風により、川氾濫のため、本立野銀座通りの一角の住居は流されてしまった。やむなく、二女家は近隣に引っ越し、その際に、同居していた一行の女性芸人の一人（通称、おきよ）も越すことになり、引っ越し先はかつて文太夫が晩年生活していた寺の境内にある小屋であった。「おきよ」は年齢ではフクより四、五歳上で、山梨県吉田の生まれであった。一行の者と一緒になるはずがうまく行かなかった。昭和四十四年に死去。ということは、文太夫の一行には、一時的かもしれないが、青年らしき者が同行していたことになる。縁者によると、文太夫一行に同行していた二人がいて、一人は「通称おきよ」、もう一人は「はる」である。「はる」は、昭和六十年前後、八十歳くらいになっているだろうとのことである。

ところで、「岡本文太夫」なる芸名の由来について考える必要があろう。「伊豆の踊子」には、栄吉が「私」に身の上話で「東京である新派役者の群に加はつてゐた」が「私は身を誤つた果てに落ちぶれてしまひ」と話す。しかし、今でも「時々大島の港で芝居をする」とか、「お座敷でも芝居の真似をして見せる」のだと記されている。

栄吉が「岡本文太夫」であることは、土屋寛によって明かされている。先述したが、縁者の発言の「源氏節」のレコードを出したことに注目する必要がある。それは、本名が松沢要なる人物がなぜ「岡本文太夫」と名乗ったかに関係するからである。薗田郁「明治中後期における源氏節の興行活動の拡がりとそのあり方」（平30・6『日本伝統音楽研究（15）』）を参考にしながら私見を述べる。薗田論文は、「源氏節」の発生から各地への拡がりについて論じたものである。それによると、「説教源氏節は新内語りであった岡本美根太夫が、当時関東で行われていた説教祭文を自身の新内節のなかに取り込んで創始したとされる語り芸である」と指摘している。こうした「源氏節」が、明治中後期にかけて、名古屋、京都、そして東京へと伝播していった。しかし、明治三十八年六月、東京での興行中、過激な演出を理由に上演禁止となり、以後、衰頽の一途を辿ることになる。東京で最も興行が繁盛したのは薗田の調査によると明治三十七年であった。この年、百一回の興行があったという。

この薗田論文をもとに、「岡本文太夫」なる芸名の「岡本」に注目してみる。「源氏節」の伝播に関与した芸人・役者は初代の「岡本美根太夫」をはじめとして、歴代「岡本」を名乗っている。とすると、「伊豆の踊子」に「東京で新派役者の群れに加わつていた」とあること、また縁者の「源氏節」の話から、岡本文太夫は東京で「源氏節」の一派に加わっていたのではないかと考えられる。そして、「岡本文太夫」すなわち「松沢要」が死去したのは昭和二十五年十一月八日で、七十二歳であった。つまり、死去した年月、年齢を逆算していくと、「源氏節」が東京で最も興行回数の多かった時期、すなわち、明治三十七年、この時松沢要は二十六歳で、翌年には東京での上演は禁止となる。数え年、満年齢で、一、二歳の齟齬はあるが、「源氏節」が東京で上演された明治三十三年から三十八年にかけて、松沢要はこの「源氏節」の一派に加わって役を演じ、芸名も「岡本文太夫」としたのではないかと考えられるのである。

土屋寛『天城路慕情』には、以下のように記述されている。これからは芸名「岡本文太夫」を使用する。

踊子の一家は二年して泉津を出て行った。そして再び大島へ戻って来たのは、九年を経過した大正五年ということになる。そして大正五年から大正九年までの五年間をここに住む。この家族構成は、岡本文太夫と後妻ふく、たみとその姉と貰い子一人の五人であった。娘たち二人の実の母親ふじは、恋愛による自由結婚にしてはあまりに短い結末を遂げたことになる。文太夫は、第二の女があらわれたにしても、幼児二人を引きとるだけで責任は果たせると思ったのであろうか。

文太夫・フクの縁者の話によると、岡本文太夫には後妻となった井堀フクとの間に五人の子どもがいた。縁者は大正五年、長野県で生まれる。フクには三度の流産があったため、縁者は相撲力士に土俵を踏んでもらったという。当時、岡本文太夫は岡谷に大きな製糸工場を持っていた。文太夫は、最初の頃は役者ではなく、興行師であった。その後、芸を生かして足尾に赴く。多くの弟子に囲まれ、劇場を持ち、活動写真やサーカスなども行っていた。抱えの医者もいた。文太夫にとっては、この足尾での生活が全盛期ではなかったかという。大正五、六年の話である。しかし、劇場が火事になり、文太夫一家は修善寺に来る。

縁者は、大島のおばさんのところにも行ったことを記憶している（おばさんといっても大島は母親フクの実家があるものの、フクは一人娘であるので、縁者にとってのおばさんではなく、フクにとってのおばさんと考えられる）。

縁者が小学六年頃には大仁に移り、小学校卒業後は大仁女学校に入学。当時は背が高く、美人であったと本人がいう。女学校を終えてからは小田原和裁学校に通った。昭和十年頃だった。和裁学校卒業後は、大島の学校で和裁教師になり、見合いをして結婚したという。

この縁者の話をもとに（土屋寛は早計に書きまとめた感があると発言）整理すると以下のようになる。先ず、文太夫と先妻室野フジとの関係であるが、二人が夫婦であった当時、文太夫は役者ではなく、興行師であった。フジは結核で亡くなり、文太夫との間に生まれた二男一女の子どもたちは暫くフジの実家のある修善寺に来ていた。長女は沼津に養女として出され、長男は東京に、次男は間もなく亡くなったそうである。縁者と川端との出会いは、大正十三か十四年頃の春休みではなかったかという。天候は晴れで、雨は降らなかった。縁者一行、すなわち、文太夫一行は、朝、修善寺を発ち、昼過ぎには湯ヶ島についていた。途中、川端とはおいつ追いつかれをしていた。川端の服装は黒い学生服に黒いマント着用で、小さな風呂敷包を持っていた。当時の文太夫一行は、文太夫、フク、縁者、通称おきよ（フクより四、五歳年上）、はる夫婦、ふみ（男性で、当時一行のリヤカーを引いていた）であった。荷物は、全てリヤカーに積んでいた。縁者は着物を着ていて、何も持たずにいた。この時、縁者は数えの十歳であった。

川端と出会ってからの行程は、修善寺から湯ヶ島・湯ヶ野に向かい一泊。翌日、「メガネ」「大鍋・小鍋」を通り下田に行く。一、二泊して仁科に向かう。この期間、縁者は川端に杖を渡し、おせっかい焼きといわれたり、講談本を読んでもらったり、活動の話もあったが父親の許可がなかった、「イマメ」という名の犬（ブルドックの白い犬）をつれていたり、川端からはペンを貰ったという。トンネルを出た所で、「大島が見えた」と奇声を上げ川端に教えたそうである。

　以上、縁者の発言には、精査すべき内容もあるだろうが、これまであった長谷川泉、北條誠、土屋寛の発言とは違った内容で相互の検討を要する。ただ、いえるのは、「伊豆の踊子」の「栄吉」のモデルが岡本文太夫、踊子のモデルが「加藤たみ」であるという確証はないということである。おそらく、大正七年に出会った旅芸人一行は確かに存在したのであろうが、しかし、「伊豆の踊子」に登場している一行とは直接的には繋がってはこない。すなわち川端が伊豆で出会った旅芸人の一人「栄吉」が「二十四」と「伊豆の踊子」には書かれているが、明治十二年生まれの文太夫は大正七年には、実年齢では少なくとも「四十歳」前後である。思うに、「栄吉」の年齢は創造であるか、あるいは川端が大正七年に伊豆で出会った旅芸人は「栄吉」（岡本文太夫）とは異なる一行と考えねばならない。

　次の話は、湯本館先代の女将「安藤たまえ」を経由して、当時、湯本館で働いていた沼津在住の池田千枝を紹介してもらい、その池田から直接聞いた話である。池田は、「安藤ますみ（「まさみ」「まーちゃん」ともいう）」が踊子のモデルではないかという。これは、新郷久も『湯ヶ島と文学』（昭57・3　昭和の森館内　伊豆近代文学館）で同じ指摘をしている。「ますみ」の両親は湯ヶ島生まれであったが、満洲に渡り、三人の子どもをもうける。二女として誕生したのが「ますみ」である。母親は間もなく死去し、父は三人の子どもを連れて湯ヶ島に戻る。「ますみ」は高等二年を卒業と同時に湯本館で勤めることになった。大正七年にはまだいなかったので、翌八年の三月頃に湯本館に来たのではないかと考えられる。姉は落合楼にいた。文学少女で、桃割れに髪を結う時もあった。よく川端の身辺を整理し、最後の茶出しはいつも「ますみ」の仕事であった。もちろん、川端も彼女を可愛がり、川端の紹介で神奈川の文士の家にお手伝いとして紹介されたが、大正十三年、再度満州に渡った父のもとに向かう途中、玄界灘で海に没したという。池田は、この「ますみ」がモデルではないかと話すが、その池田も亡くなっている。

また、大正八年、「東京第一高等学校　南寮四番　川端康成様」に届いた年賀状の差出住所及び差出人は「横須賀市佐野五四一甲州屋方　芸人　時田かおる」なる人物であるが、川端香男里の協力で年賀状のコピーを提供してもらい、文太夫の縁者に確認したところ、本人の筆跡ではないとの確証を得た。この「甲州屋」という小さな劇場は当時あったという。芸人とあるので、いろんな地方の劇場等を公演して歩いているのであろう。賀状の筆跡から判断しても、十四歳の薫が書いたものとはとても思えない。毛筆で書かれ、男性の筆跡であることは間違いない。「芸人　時田かおる」までが活字で住所は毛筆である。仮に踊子が「かおる」だったとして、例えば「栄吉」なる人物に住所を代筆してもらう方法は想定できる。

また、縁者によると、文太夫一行に同行していた二人がいた。一人は「通称おきよ」、もう一人は「はる」である。

後日、川端は多くのところで別離後の一行とのやり取りについて発言している。その一つ昭和四十年十一月、湯ヶ野温泉福田家の隣に建碑された「伊豆の踊子」文学碑除幕式の日に開催された座談会「〝伊豆の踊子〟を語る」（昭40・12「新伊豆」33）の出席者は、川端、後藤孟、五所平之助、田中絹代、吉永小百合、安藤文夫、大悟法利雄であったが、川端は大正七年十一月に別れた後「踊子の兄貴からは「大島に来い来い」と二三度手紙が来ましたが、その後どうなったかまったくわかりません。」そして、踊子についても「なにしろ五十年近い昔のことだから、あの踊子だっていま生きているかどうか……」と話している。踊子「薫」の命名についても、大悟法が「あれにはフィクションはいくらも入っていないようですが、栄吉だの、踊子の薫だのというような名前なんかはどうなんですか?」と質問したのに対して、川端は「そりゃちがっていますよ。いいかげんにこちらでつけたんです。」と発言している。

(3) 伊藤初代（ハツヨ）

川嶋至が「伊豆の踊子」の〈薫〉と「初代」との関係を指摘し、川端自身も「細川氏の見方は的確なのだらうか」と曖昧な発言をしている。その「初代（戸籍上はハツヨ）」なる女性について少し触れてみたい。近年、森本穫『魔界の住人川端康成――その生涯と文学　上巻』（平26・9　勉誠出版）、『川端康成の運命のひと　伊藤初代――「非常」事件の真相』（令4・3　ミネルヴァ書房）、水原園博『川端康成と伊藤初代——初恋の真実を追って』（平28・5　求龍堂）等によって多くが明かされたようだがそれらは全てではなく、出所も曖昧で、間違いも多く、やや憶測の範囲を越えていて著者による創作内容も見受けられる。かつて、筆者が学部学生であったとき、長谷川泉から書簡を貰った。その文面には「事実は正確でなければならない。人からの話は根拠としては薄い。伝記的事実は確たる証拠を必要とする。」との内容が記されていた。ここでいう「確たる証拠」とは、人物に関しては戸籍謄本であろうし、事件等に関しては、例えば学校日誌、学校沿革史等公的記録などをいう。しかし、今日では、第三者が他人の戸籍謄本を閲覧・入手することは法的に不可能であるし、公的記録も紛失、あるいは閲覧不可という状況になっている。特に、故人となった人物をあれこれ詮索したとして、仮に遺族が生存していて、無許可での引用、掲載などがあっては如何なる問題となるか。そこでは研究者としての資質、いうなればその本人の研究者倫理が問われてくる。この姿勢を遵守しているがため、森本、水原から詳細を求められた時があったものの筆者がこれまで発表してきた内容以外については語ってこなかった。所詮、調べる内容についても方向性は違っていた。本書では、可能な限り工面しながら紹介し、今後の研究の糧になるよう書き記す。

例えば、岩谷堂と伊藤初代に関する先行文献としては、川嶋至の見解に触発された岩手県岩谷堂の菅野謙は岩谷堂小学校の校長（昭和二十三年三月〜昭和三十四年三月）をしていたという経緯があって自ら調査し『川端康成と岩谷堂』（昭47・12　社団法人江刺文化懇話会）を著し、昭和四十九年六月十五日、岩谷堂向山公園に川端文学碑「川端康成ゆかりの地」が建立された。これを機に鈴木彦次郎、長谷川泉の講演、当時江刺市長であった佐藤菊蔵の解説文を掲載し『川端康成文学碑建設記念講演集』（先掲）が刊行された。その後、地元の篤志家菊池一夫がそれまでの文献等をもとに『川端康成の許婚者　伊藤初代の生涯』（先掲）、『伊藤初代の生涯　続篇　エランの窓』（先掲）の二冊を上梓しているが、事実の不正確さが目立ち、筆者は、「伝記的事実の信頼性について」（先掲）で指摘・修正、さらには森本『川端康成の運命のひと　伊藤初代――「非常」事件の真相』に対しても「書評」（先掲）と銘打っているが、不確かな内容への、あるいは間違いへの修正をした。これらは第三者からの聞き取りが原因で、あるいは、いわゆる孫引き等をくりかえしているうちに間違いが発生しているのにもかかわらず、鵜呑みして参考・引用した早計の結果といえる。ここでは「事実は正確でなければならない」との姿勢は既に喪失している。

ところで、ここでは、「伊藤ハツヨ」の全生涯を明かす必要は特にないので、「伊豆の踊子」との関わりの範囲にとどめておく。

既に、拙稿「川端康成と東北」（昭50・3「であい　近代文学アカデミー集」創刊号）、「『伊豆の踊子』論―踊子・薫の二面性をめぐって―」（昭50・10『言文』23）、「「伊豆の踊子」の周辺〝ちよ〟ものから得たもの」（昭53・3「であい」四号）、「東北と川端文学　人の、そして生命のふるさと」（平11・11『国文学　解釈と鑑賞』別冊「川端康成　旅とふるさと」）等で、伊藤ハツヨ生誕の一部を紹介している。しかし、これら拙稿の前に『福島民報』（昭50・1・28）が取り上げ「川端康成の初恋の人、若松生まれの「千代」福大生、生い立ちの秘密解く」として紹介している。卒論中間発表での内容を記者が聞きつけ、恩師木村幸雄先生と応対し、内容確認は長谷川泉にしたようである。

伊藤初代、戸籍上は「ハツヨ」である。ハツヨの父伊藤忠吉は明治元年十二月二十二日、岩手県江刺郡岩谷堂町字上堰十四番地（現・増沢）、伊藤仲蔵、テウ（菅原家）の長男として誕生。仲蔵父忠作が伊藤家より分家し、「西田屋」の屋号を持っている。

長男であった忠吉は、菅原（すぎ）家の婿養子となり入籍し、二子をもうけるが離縁。一人、北海道、北部東北、仙台と職を求めて動き、仙台で大塚源蔵と知り合う。その後、二人は、大塚の住む会津若松に向かい、忠吉は源蔵の長女サイを知る。

また、会津若松市役所等での確認で、ハツヨの母大塚サイは、明治十三年二月二十四日、福島県北会津郡若松博労町字博労町九十四番地、大塚源蔵、シケの長女として誕生。源蔵夫婦には二女キヱ、長男辰吉がいた。キヱは明治二十二年、同市内角家の養女となっている。「博労町」は文禄二年の町割りの際、蒲生氏郷が博労を住まわせたことに由来するというので、源蔵もこの種の仕事に携わっていたのではないか。現在でもこの「博労町」からは真直ぐに道が敷かれ、「天守閣の見える町」となっている。こうして忠吉とサイは知り合ったものの、その後の二人の仲、二人の住居、仕事等については不明。一説に、源蔵は鶴ヶ城御用達の商人であったというが詳細は不明である。

明治三十九（丙午）年九月二十六日、ハツヨが生まれる。当初は源蔵の「孫」として届けられた。明治四十二年八月十七日、忠吉（若松市西名子屋町三十九番地）は大塚サイと結婚。この結婚により、同日、ハツヨは忠吉、サイの嫡出子たる身分を取得し、届出、そして受け付けられる。また、この日、忠吉は岩手県江刺郡岩谷堂町八百八十八番地、姉の夫である戸主伊藤定治弟分家により戸主となった。

ところで、忠吉の届け出た「西名子屋町三十九番地」は、現在では日新町と改名されているが、当町にある長命寺界隈である。忠吉がなぜこの町に住むことになったのか不明であるが、この町の成立にも関係しているようである。元来、若松は城下町で蒲生氏が統治していた。その氏が、「町割り」の時に「名子」を置いたというので「西名子屋町」と称したそうだが、市中に「名子」置いたのは五町あり、その中で最も西に位置しているのでこの町名が付いたという。江戸期には多くの職人・商人層が集まっていたという。とすると、やや移動者的で、しかも農家出身の忠吉が住むには適していたといえる。

ハツヨ誕生後の忠吉・サイの生活は推測の域を出ないが、若松第四尋常小学校「明治三十五～四十五年沿革史」の「第十四章　雑件　明治四十四年度」に「二、三月一日、使丁市野千之助仝ナヲ依願退職仝日ニ於テ伊藤忠吉月俸五円仝サイ月俸四円ニテ使丁ノ任命アリ仝使丁ハ三月三十一日付ヲ以テ忠吉丈一円増俸六円トナル」と記載されている。明治四十四年というと、ハツヨは五歳でありある程度の記憶を持つようになっている。二人の任務中の大正二年一月十九日、ハツヨの妹マキが誕生している。そのマキの命名者は大正元年九月十一日付で同校に着任した校長斎藤寛であったという。

また、この年の八月には大洪水が発生し、忠吉夫妻の尽力ぶりがやはり同校沿革史によって確認できる。大正二年、「第十三章　雑」に、「㈠八月二十七日大洪水」として記されている。

（前略）本廿七日午后二時頃ヨリ湯川大川鶴沼川等ノ川河氾濫シ堤防橋漂田畑ヲ流失ス午后四時半ヨリ五時半迄ノ間ハ最モ出水ノ量多ク一丈三四尺ノ増水トナリ濁流遂ニ岸上ニ氾濫シ川原橋ハ午后四時半頃遂ニ流失シ南町大橋及鳥橋モ亦流失セリ此悲惨ナル有様ハ未曾有ノ事ナリト云フ伴訓導吉田訓導手塚導使丁四人ニテ極力防禦ニ勉メ只管減水ヲ祈リツヽアリシモ出水ハ益々増加スルノ光景ナル故（中略）手塚訓導ハ危険ヲ侵シテ宅ニ向フ再ビ昇校スルヲ得ズ伊藤使丁夫婦ハ徹夜ニテ減水ヲ待ツ（後略）

この記録にあるように忠吉夫婦が徹夜で減水の番をしていたわけで、生まれて半年ほどしか経っていないマキを、ハツヨはどのようなおもいで面倒を見ていたのであろうか。年齢は七、八歳である。

この洪水の様子は、城西小学校『創立百年記念誌』（昭47・11）にも卒業生長谷川兵治の談として以下のように掲載されている。

・学校のまわりは低い土るいがあり生垣が植えられていたが、床下に浸水九月一日まで臨時休校となる。

・その後、正門門柱内側に溝をほって板がはめこまれ一時的に洪水から校舎を守る工夫がなされた。

このような光景をハツヨは当然見ていたはずで、家族が学校内の使丁室で寝食しているため、いやがうえに避けることはできなかった。

さらに、同誌には「発疹チフス流行」の記事が載っている。大正三年である。

・四月下旬市内に発疹チフス発生その後ますます伝染したため四月二十五、二十七日川原町医師山内正規氏により全児童の健康診断を行なう。

・文部省令第二十号伝染病予防法第八条による出席停止者八名　第四条による停止者七名、その他、二学年児童一名（発疹チフス）三学年児童一名（パラチフス）にかかり該当学級教室の大消毒が行われ同学級は一週間授業を休止した。

この時ハツヨは既に学校に入っていて、父母の労苦を精確に見ていたであろうし、その悪条件下で生活を強いられることへの不安もあったはずである。

そして、この若松での決定的な出来事は、やはり母サイの死去であろう。死亡届は次の通りである。

大正四年三月十日午後一時若松市川原町三十五番地ニ於テ死亡戸主伊藤忠吉届出大正四年三月十一日受附

死亡地の住所はハツヨ親子が生活していた学校の住所であり、学校の使丁室で死去したことになる。サイ死亡の理由にもやはり諸説ある。産後の肥立ちという説、伝染病という説、いろいろ語られている。しかし、いずれも確たる根拠はない。だが、確実にいえることはマキという乳飲み子を抱えている一方で、あまりに過酷な労働が死を早めたということである。決まった校務以上の、いわゆる、天災というべきものが容赦なく襲いかかってきたことによる。

ハツヨの〈子供心〉喪失は、既に生まれた時から始まっていた。妹の子守は当時どこにでもあった。しかし、職業からくる父母の重労働を見ていて、ハツヨなりに感じるものがあったはずである。

ハツヨはもう十歳になっていた。記憶は鮮明に残っている。それらの中のどの部分を川端に話したのか、知る由はないが、川端が『海の火祭』でいう〈子供心〉には、この会津若松での生活体験が背景にある。

かつて大洪水を起こした湯川は、現在改修工事が済み、城西小学校の前を静かに流れている。筆者が学部三年の時、当校を訪問し、その後暫くして再訪して、川端康成の元婚約者が以前本校にいて、後に、その女性をもとに川端康成が多くの作品を著わしたことなどを話したが、先生方は御存じなかった。やむを得ない話である。川端が若松を訪れた訳でもないし、作品か何かに具体的に地名などが紹介されている訳でもないのだから。しかし、以後、ハツヨの人生を創造し始めた最初の地としてさらに調べる必要がある。

サイが大正四年三月に亡くなり、十歳のハツヨと大正二年一月生まれのマキを抱えた忠吉は、一時的にサイの妹キヱの養家先の角家に預けられたというが確証はない。

その後、伊藤義子によると、羽鳥徹哉見解もこの伊藤の談にもとづくのであろうが、忠吉はハツヨ、マキをつれて岩谷堂の生家に帰ったという。しかし、若松市役所への転出届は遅く、大正十三年一月に全戸除籍となっている。

また、この大正四年三月から大正十三年一月の間に、忠吉は、月日不明であるが大正四年に岩谷堂小学校使丁として正式に雇われているし、亡妻サイの実家大塚源蔵一家は同年十月十三日付で東京市小石川区初音町に転居している。

サイを亡くした忠吉は二人の娘（マキは三歳）を抱え、マキを角家に預けたとしても若松で使丁を続けて行くのは困難となり、ハツヨを大塚家に預け（菅野謙談）、マキを連れて忠吉は帰郷したという。義子はハツヨ、マキと共に忠吉は岩谷堂に帰郷したとはいうが、ハツヨの場合は一時的と考えるべきであるし、大塚源蔵一家は大正四年には東京に越している。ハツヨには「大正六年八月二十日伊藤ハツヨ十二歳　御父上様」と書かれ着物姿で髪を可愛らしく結った写真があり、またハツヨ十三歳の時、芸者屋の子守をしていた写真が残っていて、その写真の裏には「本郷弓町の坪井という写真館で撮った」（菅野謙）と書かれている。さらに仮にハツヨが岩谷堂に戻ったとして、ハツヨが単独で上京することはあり得ない。これらを考え合わせると、大正四年、大塚一家が東京に越す時ハツヨも同行し、これと前後して忠吉とマキは生家のある岩谷堂に戻るというのが妥当な考えといえる。因みに、岩谷堂小学校所蔵の卒業生台帳に「伊藤マキ」の記載はあるが、「伊藤ハツヨ」の記載はない。ハツヨは小学校に三年まで通ったのは若松でのことであり、岩谷堂小学校での話ではない。

大塚源蔵はその後、大正十一年には北海道室蘭区に越し、間もなく札幌に、そして、昭和三年五月、東京市小石川区初音町で死去している。この住所は大塚家が大正四年に東京に越してきた当初の住所とは異なる。

ハツヨは芸者屋に住み込みで子守奉公を二、三年したのであろうか、十五歳前後には東京本郷区真砂町のカフェー・エランの女給となっていた。

その後、大正八年、二十一歳の川端は一高文科三年で、和寮十番室で寝食を共にしていた、三明永無、石濱金作、鈴木彦次郎の三人と本郷のカフェ・エランに通うようになり、そこで十四の伊藤ハツヨを知ることになる。同店の経営者は山田ますである。ますとハツヨとの出会いがいつで、どのような経緯なのか、なぜハツヨが店で働くようになったかは不明である。

ますは、明治四十四年五月、新潟県中頚城郡高田町の平出實と結婚。しかし、二人は東京で生活をするも、大正八年十二月に協議離婚をし、翌九年一月には復籍している。

ますはその後、やはり客として店に来ていた帝大生福田澄夫と恋仲になり、結婚の約束をし、九年九月、ますは「エラン」を人に任せ、福田とともに台湾に赴く。その際、ハツヨを岐阜の、姉ていが出入りしている西方寺に預けることになる。川端と三明は、何度か岐阜に行き、寺に直参したり、寺の外に呼び出したりして、とりわけ、三明は、川端のハツヨへのおもいを知っているだけに仲介に尽力した。しかし、結果として、婚約は一方的に破棄され、川端は傷心を抱いて一人伊豆に行く。その後、川端は「ちよ（みちこ）もの」と呼ばれる作品を多く発表する。この辺りは周知の内容である。したがって、川嶋至のような見解が出され、川端は否定することもしなかった。

踊子のモデルには、夢が膨らむような人物が登場するが、「伊豆の踊子」での踊子は決して大正七年に出会った踊子一人に固執するのは難しい。だからといって、ハツヨがモデルであることにも抵抗がある。大正八年頃に川端とハツヨが出会い、そして、十年に婚約、さらに婚約破棄となる。いわゆる一通の手紙が世にいう〈非常〉による破棄である。先掲の森本の著作に、〈非常〉の中身が説かれているが、一面的な見方であり、ハツヨの川端を忌避したいがための手段であったとも考えられる。詳細は、今後の課題として残るだろうが、詮索することによって新たな問題発生ともなりかねない。ただいえることは、その後になって少なくとも、ハツヨに川端への一方的なおもいがあったことは否定できない。

岡本文太夫（松沢要）が後妻に迎えた大島生まれの井堀フクとの間には五人の子どもがいた。縁者の話によると、岡本等一行はやはり旅芸人をしていて大正十四年春休みに修善寺から湯ヶ島まで川端とおいつ追いつかれしていたという。一行の構成は文太夫のほかにフク、縁者、フクより四、五歳年上の〈きよ〉なる女性、そして、〈はる〉夫婦であった。この時、縁者は数えの十歳であった。川端との繋がりはその後も続いたようであるが、川端は記録に残すことはなかった。それほど親密な関係にはならなかったのであろう。

しかし、この旅芸人一行との出会いが、大正七年に出会った踊子一行を川端に髣髴とさせることになったのではなかったか。つまり、「湯ケ島での思ひ出」を書き終えてからしばらく踊子たちが自身の脳裡から離れかけていたそのとき、はからずも大正七年に出会った踊子一行とは異なるものの、小さな小説にまでした踊子一行を想起させることになったと考えられる。仮に、文太夫一行を第二の旅芸人だとすると、この第二の旅芸人との出会いが、川端に「伊豆の踊子」を、林の表現を借りれば「量的に次第にふくらんで」行くことになり、分離・独立し、大正十五年一、二月に発表する決定的な要因になったのではないか。

これに関して、長谷川泉は「三　伊豆の踊子」（『近代名作鑑賞――三契機説鑑賞法70則の実例』、先掲）で、「「伊豆の踊子」を味読するためには、川端ひとたび処女作と呼んだことのある「ちよ」にまでさかのぼらなければならぬ」と指摘する。すなわち、「ちよ」には三人の娘「ちよ」が登場するが、その中で二番目に小娘（踊子）「ちよ」が登場する。そして、「処女作の祟り」に登場する四番目の「ちよ」、すなわち、「佐山ちよ子」なる、伊藤ハツヨとの婚約、ハツヨからの一方的な婚約破棄を取り上げ、

「伊豆の踊子」が「ちよ」を踏まえ、そして川端の幼い婚約とその婚約破棄の心の傷痕と、そして、「大黒像と駕籠」（大正一五・九「文藝春秋」）などで深刻に記述されている孤児として育ってきた川端の過去の生涯のすべてを背負っているものとして見られるときには、「伊豆の踊子」の色調は変わってくることを知らなければならぬ。

というように、「伊豆の踊子」は、踊子との原体験、伊藤ハツヨによる一方的な婚約破棄、孤児として育った体験。これらを関係づけて読み、理解する必要があるとするのが長谷川の見解である。しかし、同時に長谷川は「「伊豆の踊子」の踊子に伊藤初代の像を重ねて見る考え方には賛しえない。二人は、対極をなすメカニズムに生きる人物像である。作者の川端自身も「『伊豆の踊子』の作者」のなかで「踊子と『みち子』とのちがひは、まだ二十代の私の記憶で明らかだつた」ことを述べ、さらに「湯ヶ島での思ひ出」について「傷心がこれを書かせる動機となったのではあつたらう。」と述べている。」と指摘し、踊子の裸身は「篝火」におけるハツヨの裸身とは別人であり、区別するという。

「伊豆の踊子」の「薫」のみならず、一行のモデルも混沌としてくる。林武志が、『鑑賞日本現代文学　第15巻　川端康成』（先掲）で、「旅芸人一行の構成と、実際に松沢一家が旅に出た時の家族構成はかなり違うということである。」と指摘するが、見解を提示した当時とは調査内容がかなり進んではいるが、決定的なモデルには行きついていないのが現状であり、限界なのかもしれない。

かつて、近藤（深澤）裕子が「『伊豆の踊子』論（上）――モデル捜しへの疑問」（昭53・3『東京女子大学　日本文学』49）で、先行研究で論じられたモデル「ちよ」「みち子」「清野少年」について分析整理し、作家川端の特質、すなわち「川端という人は、体験を積み重ねそれを対象化しながら生きて行こうとするのではなく、作品を書くことで彼にとってプラスの意味を持った仮構を行ない、そこに生じる主体的真実を現実世界に還元しながら、新しい生を構築してゆこうとしていた」とのスタンスで、「「踊子」の背後に実在のモデルを見、虚構世界の自律性を破ることは、彼女を失わしめることであり、既に彼等とへその緒を切ってそこに棲息する「踊子」を論ずるのに有効であるとは思えないのである」との見解を提示している。研究方法の流行もあるので一概には評価できないが、注視すべき指摘である。

好事家といっておこう。彼等が興味本位で、仮にモデル捜しをするとしたら反省すべきであるし、当事者、あるいは遺族の立場に立ってみればいい迷惑であり、侵害である。筆者が本文中、実名を出さなかったのはそのためである。

第二章

「伊豆の踊子」の豊かな、
そして確かな〈読み〉をめざして

九 「空想」の解釈に関する見解

・私の空想は解き放たれたやうに生き生きと踊り始めた
・さう空想して道を急いで来た

これら〈空想〉の解釈をめぐって、林武志は「作品研究史 伊豆の踊子」（昭51・8『川端康成研究叢書1 傷魂の青春』教育出版センター）、「「伊豆の踊子」研究小史」（昭59・10『川端康成作品研究史』教育出版センター）で三説を紹介している。それらは要約すると、「汚い考」を認めた既出の長谷川・佐藤・川嶋・林・藤本、「汚れを含まぬものでなければならぬ」なかったとする森本穫、およびほぼ同見解を示した為貞節穂・筆者、そして羽鳥の「青年らしい正義感」の三説である。

先ず長谷川泉は「三 伊豆の踊子」（『近代名作鑑賞——三契機説鑑賞法70則の実例』先掲）で、「「私を煽り立てた。」の内容が、自分の部屋に泊めて踊子の貞操を守ろうとするものだとする読み方をする者がある。これだと、文意は全く逆になってしまう。私はその説をとらない。」という。この見解には、以下の記述が前提としてある。

川端康成の青春彷徨の抒情詩的作品「伊豆の踊子」、そして不朽の伊豆風物誌「伊豆の踊子」を味読するためには、川端がひとたび処女作と呼んだことのある「ちよ」にまでさかのぼらなければならぬ。

「ちよ」にさかのぼることは、「処女作の祟り」に書かれているような川端の苦い初恋の体験を素通りしてすますことを許さぬ。そして、川端が選んだ少女相手の幼い初恋の体験は、川端の初期の作品群を妖しくも彩っているように、川端康成の人間形成と人生体験の切なさと、作品形成の秘密の鍵を解くことにもつながる。

また、長谷川は、「伊豆の踊子」(『日本近代文学大系　第42巻　川端康成・横光利一集』先掲)で、「踊子を今夜は私の部屋に泊らせるのだ」について、

今夜の宿のあてなどないという軽蔑した婆さんのことばに触発されて、踊子を今夜、自分の部屋に泊らせるという汚れた考えがきざした。踊子を成人した女と見ていることと、客に呼ばれれば部屋を共にするという考えに支えられている。

と述べているが、「踊子を成人した女」と見ていることは「私」の一方的なおもいであって、だからこそ、「私」は自分の部屋に泊まらせると思ったのであり、そこには客の考える、あるいは峠の婆さんがいう、いわゆる「汚い考」の意味内容と「私」の抱くおもいとは必ずしも共通するものではない。「私」は確かに踊子を外見から判断し成人した女と見てはいたが、それがゆえに「私」が抱く「汚い考」は決してお客、あるいは婆さんの発言の意味内容とは別である。

長谷川の研究視点によればもっともな見解であろうが、ここでは「伊豆の踊子」を独立した作品として読むことに集中し、「伊豆の踊子」周辺作品及び作品系譜をひとまず傍らに置くことにしたい。

ただ、長谷川は、「三　伊豆の踊子」で一方に、「異性としての恋愛の濃い感情であったならば、「伊豆の踊子」はもっと別の形になったかもしれない。」といいつつ、また一方では「はっきりと性を意識する「伊豆の踊子」にくらべて」という記述もしている。

この長谷川見解に異議を唱えた森本穫は、「『伊豆の踊子』小論―『空想』の解釈をめぐって―」（広島県高等学校教育研究会国語部会『年報』15　昭49・3）をはじめとして以後、三論考で見解を提示し、熟慮の結果を『魔界の住人川端康成　上巻』（先掲）に記している。

「伊豆の踊子」において、「私」と踊子との交情には一点の汚濁もない。「私」は〈孤児根性〉にひとり苦しみ、また踊子は世間からさげすまされる、共にコンプレックスを背負わされた存在である。いわば社会的に同類である。そのふたりの清純な心の交流こそ、この作品の清冽さを保証するものであり、この純粋さにこそ、「伊豆の踊子」にいつまでも読者の絶えぬ秘密があると考えられる。

森本見解に賛意を示していたのは、しばらくは筆者田村だけであり、川端研究者の対立意見として矢面に立つことがしばしばあった。その後、長谷川、森本の対立する見解を精査しながら自身の見解を述べたのが羽鳥徹哉であった。羽鳥は自著『作家川端の展開』（先掲）で、次のように書いている。

「甚だしい軽蔑を含んだ婆さんの言葉が、それならば、」云々の「それならば」は、ナィーブで、人に対する思いやりも深い「私」の性格からして、婆さんの軽蔑に対する反発の意味合いを以って発しられた（ママ）言葉の筈である。あんなに可憐な踊子が、そんなひどい目に遭うのなら自分はそれを守ってやるのだという正義感からそういう言葉は出てきたと考えるのが自然である。婆さんの軽蔑に同調、荷担し、「それならば」自分も踊子を買うことにしよう、そんな考えなど青年に起こる訳はない。従って、「一」のこの箇所に関しては森本の解釈が正しい。

これは、森本も指摘しているが、長谷川の論拠とする「汚い考」は、「伊豆の踊子」の原型というべき「ちよ」の「はじめて見た時の汚い考」に由来し、拘泥するもので、「ちよ」に登場する三番目の踊子「ちよ」での解釈ならば成立可能かもしれないが、「伊豆の踊子」の読みにおいては、むしろ関係を断絶して解釈すべき意味内容であり、「伊豆の踊子」の文脈からして、長谷川の見解には無理がある。

「あの芸人は今夜どこで泊るんでせう。」
「あんな者、どこで泊るやら分るものでございますか、旦那様。お客があればあり次第、どこにだつて泊るんでございますよ。今夜の宿のあてなんぞございますものか。」

甚だしい軽蔑を含んだ婆さんの言葉が、それならば、踊子を今夜は私の部屋に泊らせるのだ、と思つた程私を煽り立てた。

「甚だしい軽蔑を含んだ婆さんの言葉」の言葉に触発されて、「私」は、旅芸人一行、とりわけ踊子に「旅情が自分の身についた」のに、「汚い考」が成立するのか。要するに、長谷川のように「ちよ」との連続で解釈しようとするところに解釈の相違が生じる。
また、林武志は、「「伊豆の踊子」論」（『川端康成研究』先掲）で、「「伊豆の踊子」におけるカタルシスは二個所（ママ）に存在する。」という。それら二箇所とは、
その一として、

暗いトンネルに入ると、冷たい雫がぽたぽた落ちてゐた。南伊豆への出口が前方に小さく明るんでゐた。

に触れ、「一」は〈私の踊子との世界〉のプロローグ的存在であり、「二」以後は実質的な〈私と踊子との世界〉となるわけである。換言すれば、「一」は未だ現実的性格を有する世界であり、「二」以後は現実と手を切ったところに存在する別世界ということになるという。「明らかに南伊豆において「踊子」と共にあった〈私の踊子との世界〉の、真の意味での開幕を告げる謂であるからだ。」と説明する。
その二として、

「まあ！厭らしい。この子は色気づいたんだよ。あれあれ……。」と、四十女が呆れ果てたとい

> ふ風に眉をひそめて手拭を投げた。踊子はそれを拾つて、窮屈さうに畳を拭いた。
>
> この意外な言葉で、私はふと自分を省みた。峠の婆さんに煽り立てられた空想がぽきんと折れるのを感じた。

の箇所を指摘し、「現実的、世俗的意味において、〈恋〉の関係にある男女間には肉体的欲望＝「汚い考」が潜在し、顕在化を窮極のものとするならば、その一つの顕われである「踊子を今夜は私の部屋に泊らせるのだ」という煽り立てられた気持は、まさしく現実的、世俗的世界のものである。しかし、トンネルを抜け出た「二」以後においては、肉体的欲望＝「汚い考」は存在してはならない。」と説いている。

林の「空想」の解釈を巡って、長谷川泉を代表とする「汚い考」を主張する見解、森本を代表とする「汚れを含まない」とする見解、そして羽鳥の主張する「正義感」と三分類しているが、羽鳥の見解は森本とほぼ同じ見解と理解してよい。近年、この「空想」の解釈をめぐっての論考を目にすることはないが、思うに、森本、筆者田村、羽鳥の見解が正しいとの結果によるものであろう。

十　「私」の金銭感覚の疲弊

川端は日記「大正六年一月二十日」(「少年」)で、金銭について「どうしても私の血にはぼんち気が流れてゐる。」と自身を評している。生来的に「見え坊」であったり、「金に対して意地汚く」なる癖があるという。この自解が直接作品に描かれているとはいい難いが、参考にはなる。
「伊豆の踊子」には「私」が登場人物と金銭のやりとりをする場面は三箇所ある。

「一」の、
私は五十銭銀貨を一枚置いただけだつたので、痛く驚いて涙がこぼれさうに感じてゐるのだつたが、踊子に早く追ひつきたいものだから、婆さんのよろよろした足取りが迷惑でもあつた。

「二」の、
「これで柿でもおあがりなさい。二階から失礼。」と言つて、私は金包みを投げた。男は断わつ

て行き過ぎようとしたが、庭に紙包みが落ちたままなので、引き返してそれを拾ふと、
「こんなことをなさつちやいけません。」と抛り上げた。それが藁屋根の上に落ちた。私がもう一度投げると、男は持つて帰つた。

「六」の、
「これで明日の法事に花でも買つて供へて下さい。」
さう言つて僅かばかりの包金を栄吉に持たせて帰した。

ところで、川端は、

十二月三十一日
街道を歩き居れば寒風強し。インバネスの袖拡がりて蝙蝠の如し。忽ち南伊豆行を思ひ立つ。
「伊豆の踊子」の続篇を書くにも、下田方面を見ておいた方がいい。

といって急遽伊豆に向かう。これらは「南伊豆行」（大15・2『文藝時代』）として発表され、それによると、同日に出発し、その晩は蓮台寺温泉會津屋に泊まり、翌大正八年一月一日には谷津温泉

中津屋に泊まり、翌二日には湯ヶ島温泉湯本館に泊まる。この旅の時、一日に下賀茂温泉湯端屋で昼食をとるが、「牛鍋と頭の大きい肴の煮付けの昼飯七十銭」とあり、また、この日に泊まった谷津温泉中津屋は「少し安普請だが、気持よし」の宿で、宿泊料は「二円」であった。少し時代は下るが、共に鉄道省編集の『温泉案内』(先掲)、『日本案内記　関東篇』(先掲)によると、湯本館、福田家、中津屋の宿泊料金は、当時の学生が泊まる宿としては、やや高いといえる。

この「南伊豆行」の旅は、「私」が最初に伊豆に行った大正七年からおよそ七年後である。そのため、宿泊費、食事代については高騰したと考えてよい。ただ、宿泊費に関しては、場合によっては正月料金等が発生していたかもしれないが、それにしても「二円」とはどう判断すべきか。これらを参考にしながら「私」の金銭感覚を考えてみたい。

また、板垣賢一郎『文学・伝統と史話の旅　伊豆天城路』(先掲)によると、「数え年二十歳の一高生は、隧道北口に近い茶屋の婆さんに、五〇銭の茶代を与えた。婆さんが鞄を持って、よろよろとトンネルまで送って来るのは当然である。」とし、その理由として、「当時街道を往来した紳士たちでも、茶代はとびぬけても二〇銭、普通は五銭か一〇銭で、学生たちは二銭が相場だった。」という実態を提示している。

また、「一」の場合は、確かに林武志は『鑑賞日本現代文学　第15巻　川端康成』(先掲)で、『値段の明治・大正・昭和風俗史』(昭56・4　朝日新聞社)を参考に当時の物価から判断し、「茶屋へのチップ五十銭はいささか多過ぎよう」としている。筆者の手元にある『値段史年表――明治・大正・昭和』（昭62・6　朝日新聞社）には、いずれも大正七年での金銭であるが、

日雇労働者賃金　九十六銭
白米10kg　三円八十六銭（大正八年）
コーヒー一杯　五銭（大正二〜七年）
銀行の初任給　四十円
亀の子たわし　十銭

と書かれている。先述の「どうしても私の血にはぼんち気が流れてゐる」は、参考程度にはなる。

当時、茶代としての五十銭銀貨一枚は高い。しかし、「私」の意識には茶代としてだけではなく、「別の部屋」へ案内してもらったこと、囲炉裏のある「自分たちの居間」へ誘ってもらったこと、そして、その居間で見た長年中風を患っている爺さんに対しては「紙の山は諸国から中風の養生を教へて来た手紙や、諸国から取り寄せた中風の薬の袋なのである」という状況を見た時、「私」の爺さんに対する見舞の意味も含まれていたのではなかったか。「『お爺さん、お大事になさいよ。寒くなりますからね。』と、私は心から言つて立ち上つた。」がその証拠になる。当然背後には金銭が

関わっていると考えなければ、この発言はなかったはずである。だが、婆さんは、この「私」の真意を理解することができず、「五十銭銀貨」を茶代としか受け止めていない。「私」の「五十銭銀貨一枚置いただけ」は、「茶代」だけではなかったと考えられる。また、「しきりに引き止められたけれども、じつと坐つてゐられなかつた」のは、「踊子に早く追いつきたい」からなので、婆さんに茶代の代金を聞くことも、もちろん茶代の相場を「私」が知っていたかどうかも不明であり、茶代、そして爺さんへの見舞も含めてアバウトに五十銭銀貨を婆さんに渡したのではないか。羽鳥徹哉は、甲賀宜政「明治大正貨幣一覧表」(大12・2『貨幣』、昭62復刻　天保堂)を参考にしながら「本当なら一円も置いてあげたいところだが一円はきつい、二十銭は少ない。それで五十銭銀貨一枚ということになったのではないかも知れない」とし「困っている人は出来る限り助けてあげなければならないと考える正義感」とも述べているが、羽鳥の人間性が表現されているように思われる。この場面の金銭については、第十五節「「流行性感冒」の効果」で新たな私見を論じてみたい。

「二」については、芸人への客の投げ銭、いわゆる〈おひねり〉の意味も否定はしないが、ここでは素直に湯ヶ野まで同行してくれた感謝と「男が私を別の温泉宿へ案内してくれた」お礼もあるし、「これで柿でも」とあるのは一行への差し入れの意味を含んでいてそれ以外の何物でもなかった。「私」と栄吉との間には不具合らしきものは発生してはいない。しかし、その金包みは当然四十女に渡される。この時、彼女はいかなる気持で受理したかが問題であろう。素直に受理したとは思われず、決していい感情を「私」には抱かなかった。しかし、この感情に「私」は気付くことがなかった。

「六」に関しては、羽鳥の見解、すなわち「別れようとする青年の正義感と純情を読み取った方が、素直でいい」に賛意を表したい。「包金」を「法事に花でも」ということならのし袋を使用したかどうか不明であるが、「私」のこれまでの経緯を推測すると可能性は高い。そして、羽鳥は「敷島四箱と柿とカオール」を「私」に買ってくれたのは「お返しと餞別と両方の意味が含まれていた」と解釈している。

ただ、ここで「敷島」と「カオール」について書く必要がある。その「敷島」の値段であるが、専売煙草として発売された値段は二十本入り八銭であったが、明治四十一年には十銭、大正七年当時は十二銭であったと、たばこと塩の博物館によって確認ができた。発売当初から高級煙草として宣伝され、輸出用品にもなっていた。この時ゴールデンバットは六銭であった。

また、「カオール」については、現在、「カオール」を販売しているオリヂナル株式会社からの教示をもとに略記すると、創業から現在の会社に至るまでには紆余曲折の経緯がある。

創業は江戸時代後期に、日本橋「井筒屋香油店」として香油を販売したことに始まる。社史は次の通りである。

明治17年　「井筒屋善次郎商店」として全盛を迎えていたが、その後閉店。「井筒屋香油屋店」に引き継がれる
明治19年　安藤福太郎、井筒油の本舗である「井筒屋油屋店」に丁稚奉公する
明治20年　「井筒屋香油店」閉店
明治25年　安藤福太郎、「森商店」(後に安藤井筒堂)を設立
明治27年　「井筒屋香油店」に在籍していた安藤福太郎が「安藤井筒堂」を設立
　　　　　「歯磨き粉　象印歯磨」を発売
明治29年　本社を水天宮(東京都中央区)に移転
明治32年　「口中香錠カオール」を発売。口中清涼剤として海外にも輸出
明治41年　香水「オリヂナル香水」、歯磨き粉「高級歯磨き　エレハント」を発売
大正2年2月　「カオール」新聞広告(象印歯磨本舗安藤井筒堂)
大正4年5月　「カオール」新聞広告(原料香水オリヂナル(東京)　安藤井筒堂)
大正5年2月　「カオール」新聞広告(原料香水オリヂナル本舗　東京水天宮前　安藤井筒堂)
大正5年9月　「カオール」新聞広告(オリヂナル本舗(東京)　安藤井筒堂)
昭和26年　「藤井庄右衛門」が事業継承し「オリヂナル薬粧株式会社」を設立
昭和54年　社名を「オリヂナル株式会社」と改名。現在に至る。

「カオール」の発売は明治三十二年で、当時は「口中香錠カオール」との名称であった。しかし、当初、思うに栄吉たちにはそれほど馴染みがなかったのではなかったか。ところが、大正期に入ると「カオール」の新聞広告は「口中殺菌剤」として頻繁に掲載されるようになり、必然的に栄吉たちの目にもとまった。宣伝文句は「衛生口錠カオールの好評嘖々たることは一般世人の熟知せらる、如くなるが容器の斬新奇抜なる事も他に例なく交際場裡に出入りする紳士淑女の衛生上　交際上最も欠くべからざる逸品なり」と記されている。効能は十記載されているが、その中に「汽車汽船電車に乗る時」がある。栄吉が「私」に「妹の名が薫ですから。」といって渡すが、当時としては「仁丹」と共にかなり一般的になっていた。

ところで、「カオール」の値段であるが、オリヂナル社の教示によると、大正七年当時売り出されていたのは以下の三種であるという。

カオール（袋入、普及版）…　2銭（何粒入りかは特定できず）
カオール（袋入、１００粒）…　10銭
カオール（袋入、２５０粒）…　20銭

これらのどれを栄吉が「私」に買ってくれたのか判断が難しいが、広告には大人一回の使用に、例えば「身心の爽快」ならば「二、三粒」と記載されている。とすると、栄吉が「私」に渡した「カオール」は、百粒入か二百五十粒入と想定できる。値段にすると、十銭か二十銭となる。

そうすると、「栄吉は途中で敷島四箱と柿とカオールといふ口中清涼剤とを買つてくれた」、これらの金額を合計すると、「敷島」四箱で四十八銭、カオールで十か二十銭、それに柿代を合わせたとしても一円にはならないと考えられる。「これで柿でもおあがりなさい」、「明日の法事に花でも買つて供へて下さい」と、「私」は栄吉に二度お金を渡しているが、峠の茶代として五十銭払ったこと、また仮に「私」へのお返し、すなわち、敷島、カオールそして柿代が半分だとして、栄吉に渡した金額は約二円程度となろうか。

一方、テクスト分析を試みた上田渡は「『伊豆の踊子』の構造と〈私〉の二重性」(平3・1『國學院雑誌』)で、金銭としての価値とは直結させることなく、「この〈私〉の差別的な金銭支出は、〈私〉とそれぞれの階層の人々との関係を固定化してしまう機能を果たしており、〈私〉が自己の金銭価値体系による金銭支出で、外界を分節化し、構造化し、あるいは階層化している」と説明し、他者に金銭を与えることによって「私」自身の存在、立場、あるいは位置を確認し、峠の茶屋の婆さんには茶代として、栄吉には投げ銭と法事の花代として物的(品代)見返りのない金銭を与えている。それを上田はテクスト分析により「外界を分節化し、構造化し、あるいは階層化」していると説いている。

十一　四十女の生き方、近代的思考の「私」

羽鳥は、「『伊豆の踊子』のおふくろは自分の分を出るようなことをしない点で、封建的な限界の内にいるが、その内に於いて、誇り高く、けじめを付けて生きている点はなかなかの者である。」という。この見解を参考にしながら「四十女」の存在を次の二点に集約し論じてみたい。

その一点目、「四十女」は「封建的」というか、むしろ近代天皇制を頂点とする家父長的存在として位置していることである。その顕著な文脈は踊子と「私」との関係、踊子と鳥屋の関係に描かれる。

「四十女」は「私」と踊子が二人きりになるのをひどく忌避する。「突然、ぱつと紅くなつて、「御免なさい。叱られる。」と石を投げ出したまま飛び出して行つた。」とは、「私」の知らないところで、「四十女」に「私」と踊子が二人きりになるのを厳しく注意されていたからであり、この状況はまた、下田で「私」と踊子とが活動に行くことを拒否される場面にもうかがえる。四十女の懊悩には、自分たちの社会的地位、あるいは身分を重々知っているものの、だからといって甘受することはしなかった。峠の婆さんや宿のおかみから「あんな者」と揶揄されたとしても、「お客があればあり次第、どこにだつて泊るん」のではないという四十女の自負、誇りがあった。これは彼女自身を含めてのことであるが、千代子、百合子、そして薫にもその機会は十分にあったはずであるが、四十女の鋭い眼光は、三人の女性たちの活動を常に監視し、視界外での行動は忌避されていた。「峠の婆さん」、「純朴で親切らしい宿のおかみさん」の旅芸人に対する認識と「四十女」とその一行には、相互に認識のズレがあった。前者の認識は、「今夜の宿のあてなんぞございますものか」に象徴されるように、旅芸人に対する過去の認識が継続されている結果であり、川元祥一『旅芸人のフォークロア』（平10・3　農山漁村文化協会）に従えば、「旅芸人はほとんど非農業者・賎民」であり、「旅芸人は「賎業者」もしくは「賎民」と呼ばれる社会階層にいた」との認識であった。ただ、「峠の婆さん」と「四十女」との会話で「いい娘になつて、お前さんも結構だよ。」には、二つの意味内容が読みとれる。社交辞令的に娘を称賛する意味と、そうはいっても、旅芸人の娘、いずれは「お客があればあり次第」に落ちていく、という意味である。しかし、「四十女」には、少なくとも、「峠の婆さん」、「純朴で親切らしい宿のおかみさん」のいう旅芸人ではないといった自負があった。そこには、確かに、目下、国である甲府を離れて旅芸人をしているものの、自分たちには帰る地大島があり、居住が定まらない、一年を通じて旅する芸人とは異なり、「春に島を出てから旅を続けてゐるのだが、寒くなるし、冬の用意はして来ないので、下田に十日程ゐて伊東温泉から島へ帰る」一行であるという意識。決定的に異なるのは、「峠の婆さん」の発言にうかがえる「お客があればあり次第」という売春まがいの行為は忌避されていることである。「四十女」の踊子を擁護する「こら。この子に触つておくれでないよ。生娘なんだからね。」は、世間一般での旅芸人とは隔絶する意識の表れであるし、「宿のおかみさん」も栄吉を指して「あんな者」といいつつも「私」の部屋に一行が遊びに来たり、「宿の内湯」を提供する間柄であった。ここには、「宿のおかみさん」なりの一行への認識があったのであり、四十女の自負と許容があったといえる。ただ、この場面に四十女が登場しないのは、彼女なりの世間一般の旅芸人認識への拘泥があったと考えられる。

とくに、踊子に対してはことのほか監視・管理は厳しかった。年齢が十四であることと、実娘千代子の夫である栄吉の実妹、すなわち、千代子の義理の妹ということで、「いろんな事情」があるものの栄吉自身旅芸人をすすめていないことを四十女は知っている。預かっている踊子・薫である。その踊子に間違いを起こさせることは彼女にはできないことであった。それゆえに、作品に描かれている「私」と踊子との関係に、また、鳥屋と踊子、「私」と踊子が二人きりになるのをひどく忌避する。「突然、ぱつと紅くなつて、「御免なさい。叱られる。」と石を投げ出したまま飛び出して行つた。」とは、「私」の知らないところで、「私」と踊子が二人きりになるのを厳しく注意していたからであって、背後には何があるのか。鳥屋が踊子の肩を軽く叩いたのに対して、「こら。この子に触つておくれでないよ。生娘なんだからね。」といったのは踊子が「生娘」だからだけではなく、鳥屋に対して、踊子が「あんな者」ではないという四十女の自負、誇りがあったと考えられる。外に向けて、家族を死守する立場にいた。

二点目は、金銭的仕切りである。

一時間程すると四人一緒に帰つて来た。

「これだけ……。」と、踊子は握り拳からおふくろの掌へ五十錢銀貨をざらざら落した。

旅芸人一行の財布はすべて四十女に握られていた。一家をなす家長がその家の金銭のすべて管理している状況である。とすれば、

「これで柿でもおあがりなさい。二階から失礼。」と言つて、私は金包みを投げた。

また、

「これで明日の法事に花でも買つて供へて下さい。」

さう言つて僅かばかりの包金を栄吉に持たせて帰した。

「私」から栄吉に渡された金銭の行く先は、当然、四十女である。一行の中で金銭を自由に扱えるのはこの四十女しかいない。つまり、一家の家長としての役目があったし、本人にもその自覚があった。

そして、

栄吉は途中で敷島四箱と柿とカオールといふ口中清涼剤とを買つてくれた。

このお金は、いうまでもなく、四十女から栄吉に預けられたものである。敷島四箱、柿、カオールを買って支払う金額はせいぜい一円程度であろう。「私」から栄吉に渡された金額が約二円だとすると、その半分が四十女の指示によって「私」に形を変えて支払われたのである。それぞれ一家をなしている以上、まったく縁もゆかりもない他人から、しかも二十歳の学生からの恩恵にあずかるわけにはいかない彼女のかたい姿勢が表れている。

つまり、これら二点から四十女のあり方がうかがえる。すなわち羽鳥の指摘する「近代的思考の「私」」の「人を身分階層によって差別する封建的な価値体系に対する無視、抵抗の姿勢」は一方に、四十女のかたい姿勢によって阻まれ、空転を強いられ、それだけではなく、彼女からの手厳しい評価が「私」に向けられるのである。

十二　湯ケ野の夜――感覚の麻痺と「私」の混迷

夕暮からひどい雨になつた。山々の姿が遠近を失つて白く染まり、前の小川が見る見る黄色く濁つて音を高めた。こんな雨では踊子達が流して来ることもあるまいと思ひながら、私はじつと坐つてゐられないので二度も三度も湯にはいつてみたりしてゐた。

この夜、「私」はやや正気を失い始めている。「踊子に対する思いがどんなに強いものだったかを如実に表している」とは羽鳥の見解である。もっともな話である。

しかし、ここで「伊豆の踊子」全体を通して描かれる「私」の感覚の麻痺に注目してみたい。とりわけ「私」の視覚、聴覚が何かに遮られ、感覚が鈍く、さらには麻痺した状況に陥ると「私」の感情は正気を失い一方的なおもいの昂ぶりを露呈している。「山々の姿が遠近を失つて白く染まり、前の小川が見る見る黄色く濁つて音を高めた」は、まさに視覚を失う夜であり、峠での「私」と同様、「ひどい雨」によって白く染まり遠近を失うという視覚の麻痺である。また、「音を高めた」ことによって、「私」の聴覚は麻痺する。
ところが、翌朝、昨夜の「ひどい雨」は一変し、「美しく晴れ渡つた南伊豆の小春日和で、水かさの増した小川が湯殿の下に暖かく日を受けてゐた。自分にも昨夜の悩ましさが夢のやうに感じられのだつた」と、感覚が、この場合は視覚であるが、その視覚が正常であると「私」の精神も正常になり、邪念、妄想を抱くことがなくなる。

女の金切声が時々稲妻のやうに闇夜に鋭く通つた。私は神経を尖らせて、いつまでも戸を明けたままじつと坐つてゐた。太鼓の音が聞える度に胸がほうと明るんだ。

「女の金切声」は、誰の声なのか、千代子か百合子か、それとも踊子か、あるいはまったく別人で、たまたま宴席に関わる女であるのか、それはわからない。視覚が不能で、聴覚のみで金切声を判断するしかなく、「私」の関心は踊子一筋で、聴覚のみでは判断できかねるゆえに「私」の空想は昂じてくる。ところが、太鼓の音イコール踊子と認識する「私」は、太鼓の音が聞えることによって、

「ああ、踊子はまだ宴席に坐つてゐたのだ。坐つて太鼓を打つてゐるのだ。」

と、安堵する。この時、太鼓を打っているのが踊子ではないかもしれないという想像は浮かばなかった。そのために、

太鼓が止むとたまらなかった。雨の音の底に沈み込んでしまった。

「私」の聴覚には雨の音しか残らなくなり、感情の昂りが勢い増すことになる。「私」の空想はまったく一人歩きの放心状態になってしまう。

ぴたと静まり返ってしまった。私は眼を光らせた。この静けさが何であるかを闇を通して見ようとした。踊子の今夜が汚れるのであらうかと悩ましかった。

「私」の感覚の麻痺は、踊子が「汚れる」に繋がってしまう。峠のばあさんに「煽り立て」られた「私」の踊子へのおもいは、とうとうここで途切れてしまう。喧噪を失った座敷がいかようになっているのか、踊子イコール太鼓の音が消滅してしまい、視覚、聴覚が麻痺し、「私」の思考は大混乱を起こしてしまう。自分でも制御できなくなってしまい、自暴自棄に陥ってしまう。

雨戸を閉ぢて床にはいつても胸が苦しかつた。また湯にはいつた。湯を荒々しく掻き廻した。

これらは「私」の感覚の麻痺により、冷静な判断力や思考能力が喪失し、精神的攪乱を起こしてしまった結果にほかならない。そして、

雨が上つて、月が出た。雨に洗はれた秋の夜が冴え冴えと明るんだ。跣で湯殿を抜け出して行つたつて、どうとも出来ないのだと思つた。

「私」の感覚は、すなわち、視覚も聴覚も麻痺の状態から正常な状態へと回復する。ここで、はじめて「私」の精神は正常に戻り、「二時を過ぎてゐた」現実を知り納得するのである。

作品冒頭の、

道がつづら折りになつて、いよいよ天城峠に近づいたと思ふ頃、雨脚が杉の密林を白く染めながら、すさまじい早さで麓から私を追つて来た。

「つづら折り」で「私」の視界はやや鮮明さを失いかけ始めていて、そのうちに「杉の密林を白く染めながら」と、視界をまったく失い、かろうじて峠道だけが「私」の歩みの支えとなっている。「私」は、「一つの期待」に胸をときめかし、「道を急いで来た」にもかかわらず、途中で視界を遮るほどの「雨脚」に見舞われる。この時、「一つの期待」は脳裏から消え、「私」はただ「折れ曲がつた急な坂道を駆け登つた」のであり、無我夢中の状態になり、そこでは「私」の正常心はすでに喪失している。そして、

峠の北口の茶屋に辿りついてほつとする

「一つの期待」が「みごとに的中」し、感覚麻痺の「私」は、旅芸人一行と出会うことによって、感覚が鮮明な「私」に回復し、平常心を取り戻すことになる。

「私」の感覚の麻痺は、「私」に精神的な不安と攪乱を強いることで、狼狽する「私」は、自暴自棄な「私」に変えられてしまう。

と、同時に、「私」の感覚の麻痺は、第十九節で論じる「「私」によって語られる〈一人称小説〉」とも関わっている。詳細は、当該節で論じるが、「私」によって語られるだけに、例えば「私」の認識あるいは「私」の理解不能な事象に遭遇した時、「私」の感覚は、容赦なく暴走し始める。こ

れは、とりわけ「私」にとっては、顕著な性格、性質というべきである。そのため、

「あの芸人は今夜どこで泊るんでせう。」

「あんな者、どこで泊るやら分るものでございますか、旦那様。お客があればあり次第、どこにだつて泊るんでございますよ。今夜の宿のあてなんぞございますものか。」

という、婆さんの発言に「私」は「煽りた立て」られることになり、「私」の理解を越えてしまうところに「私」はいきり立ってしまう。「私」によって語られる「一人称小説」の宿命である。

そして、次の場面、
私は一人で活動に行つた。女弁士が豆洋燈で説明を読んでゐた。直ぐに出て宿へ帰つた。窓敷居に肘を突いて、いつまでも夜の町を眺めてゐた。暗い町だつた。遠くから絶えず微かに太鼓の音が聞えて来るやうな気がした。わけもなく涙がぽたぽた落ちた。

「夜の町」は「暗い町」だった。「私」の感覚は、とりわけ視覚は麻痺状態になる。と同時に、「私」の感覚は勝手に、活発に活動し出し、「私」の想定外のおもいを醸し出す。「遠くから絶えず

微かに太鼓の音が聞えて来るやうな気がした」とは、明確に聞こえてきたのか自分でも判断できない。これも「私」の想定外のおもいであり、感覚が麻痺した状態での空想である。「なぜ一人ではいけないのか、私は実に不思議だつた」、下田に着いたら「私」と踊子は二人で活動に行く約束をしていた。「私」も踊子も楽しみにしていたが、「四十女」に阻まれ、「私」一人が行くことになった。理由は、「私」にはわからない。今夜の踊子は、「私」の想定外の空間で、想定外の活動をするかもしれない。しかし、「私」には、どうすることもできない。「二」章での「跣で湯殿を抜け出して行つたつて、どうとも出来ないのだと思つた」と、まつたく同じ心境が「私」には起きた。「二」章には、「六」章のように「わけもなく涙がぽたぽた落ちた」とは書かれていない。「私」の感覚が麻痺し、その結果、勝手に「私」のおもいが想定外に活発化し、自分を苦しめ、悩ませる。しかし、非力の「私」には如何ともしがたく、一人涙を流す以外に方法はなかった。その涙とて、歯がゆさ、もどかしさなどの自覚の上での涙では決してなかった。

十三　「三」踊子の「真裸」の解釈と踊子・薫の二面性

一

「伊豆の踊子」の踊子・薫について以前、精力的に論じた二人がいた。一人は長谷川泉、もう一人は細川皓（川嶋至）である。長谷川は「伊豆の踊子」（昭40・6『川端康成論考』明治書院）で、また川嶋は「川端康成論『伊豆の踊子』を手がかりに」（昭42・9『群像』）で、両者共に、作者が大正七年に伊豆旅行で出会った踊子は出会ったまま描かれてはいないと指摘し、大正十年の婚約・婚約破棄の女性の面影が踊子・薫に残影としてあり、伊豆旅行で出会った踊子の面影と、婚約・婚約破棄の女性とが踊子・薫に描かれているのではないかという。

長谷川は、

「伊豆の踊子」が「ちよ」を踏まえ、そして川端の幼い婚約とその婚約破棄の心の傷痕と、そして、孤児として育って来た川端の過去の生涯のすべてを背負っているものとして見られる時には、「伊豆の踊子」の色調は変じてくることを知らなければならぬ。

と記し、細川は、

四年前の踊子は、「湯ケ島での思ひ出」を書く川端氏の眼前に、一年前のみち子の面影を帯びて現れたのである。四年前の、印象も薄れかけた踊子の姿を、失恋の記憶もなまなましいみち子の面影によって肉づけするということは、あり得ないことではない。

と記している。

もう少し両者の見解に立ち入ってみると、長谷川は、先掲の「伊豆の踊子」で論の「一」から「三」においては、「伊豆の踊子」前後に発表された「ちよ」（先掲）、「処女作の祟り」（先掲）、そして十六歳の娘との婚約・婚約破棄を描いたいわゆる〈みち子もの〉と、失恋前に、つまり、みち子を知る前に書かれた作品との相違を指摘し、

川端康成の青春彷徨の抒情詩「伊豆の踊子」、そして不朽の伊豆風物詩「伊豆の踊子」を味

読するためには、川端がひとたび処女作と呼んだことのある「ちよ」にまでさかのぼらなければならぬ。

といい、理由は「処女作の祟り」に描かれている川端の苦い初恋の体験、少女相手の幼い初恋の体験は川端の人間形成、人生体験の切なさと、作品形成に繋がっているからだという。論の「四」から「六」においては、「湯ケ島での思ひ出」を作品「伊豆の踊子」の原型とみなし、作中の踊子と清野少年のことを論じている。川端が中学の寄宿舎で一緒になった清野少年、そして伊豆での踊子との対面について長谷川は次のように述べている。

「伊豆の踊子」の原型は「湯ケ島での思ひ出」であり、「湯ケ島での思ひ出」は、清野少年との同性愛の記憶につながるという結びつきだけて、「少年」の清野が追求されるのではない。青春の哀歓を秘めた「伊豆の踊子」——人の純粋な気持に感応する精神位相は、早く、清野によって、つちかわれたところであり、伊豆の踊子に純情に涙を流す「伊豆の踊子」そのものに密接につながってゆくからである。

現在、「湯ケ島での思ひ出」は川端によって焼却され存在しないが「少年」でその概要を知ることができる。作者の人間形成は、清野少年との接触によって育てられ、それが「伊豆の踊子」では、大きな役割を果たしているとする。論の「七」では「美しさと哀しみと」（昭36・1〜38・10『婦人公論』）を取り上げ、主人公の大木年雄と昔の愛人上野音子とは、大木が三十一、音子が十六という若年で関係を結んでいる。これは川端にとっては、「ちよ」ものの成長した一つの展開とし、日本画家音子と弟子のけい子の同性愛は、川端における清野少年のそれからの成長であるという。

そして最後「八」「九」で、「伊豆の踊子」は「ちよ」を先頭に「湯ヶ島での思ひ出」を下敷きにし、さらに「篝火」での失恋を扱った小説、「少年」、そして自伝小説である「十六歳の日記」（大14・8〜9『文藝春秋』）にまで遡って読まれなければならないと論じる。

一方、川嶋は、川端の自筆年譜から説明に入り、川端の女性像は川端が失恋したみち子によって大きく染色されていると述べる。川端にとってみち子との恋愛は、期待も大きかったが、反面、結果としての失恋により強く胸をうたれたことが、のちの川端の作品を通して大きく進展し、川端の女性像を作り上げた。少なくとも創作上の女性像にかなりの影響を与えているとし、それを作品から具体的に述べている。すなわち、「伊豆の踊子」での薫の存在はみち子、つまり、川端二十三のときの婚約・婚約破棄の相手である十六の娘の面影にほかならないという。川嶋は一連の「みち子」ものの作品の中から「非常」を取り上げ、「伊豆の踊子」との場面を重ね合わせ、さらに、日記の一部を引用して自説を主張する。そして、次のように説明する。

一見素朴な青春の淡い思い出をありのままに書き流したかにみえるこの「伊豆の踊子」という作品は、氏〔川端〕の実生活における失恋という貴重な体験を代償として生まれた作品だったのである。

「みち子」ものから川嶋は踊子・薫を追求している。

以上が長谷川、川嶋の見解である。両者の相違は、「伊豆の踊子」の成立、そして、成立過程をどうみるかであろう。

長谷川は、川嶋と同様に、踊子・薫に託されているのは確かに失恋の相手であることは否定しない。だが、それだけではない。「伊豆の踊子」には、「ちよ」での「私」の幼い、苦い初恋の体験、「篝火」などの失恋事件を題材にした作品、すなわち「伊豆の踊子」の原型となる「湯ヶ島での思ひ出」、さらに、「少年」での同性愛について、いやもっと深く、少年時代の人生開眼となった自伝作品「十六歳の日記」について、作品の味読が必要であると認め、これら作品の集大成と考えて「伊豆の踊子」の存在を確認せねばならないとする。十六の娘を知る前の「ちよ」にも、「伊豆の踊子」の原型があるとする長谷川は失恋事件後の「伊豆の踊子」とは、色調が違ってくる事実を認めつつ、孤児としての生成をも考慮する必要性を説く。

長谷川に対して川嶋は、川端の作品は一定の時期に、強く胸に残った内容を選び、それらを作品にしていて、例えば、作者自身の生い立ちを追求して「十六歳の日記」「油」「葬式の名人」などを書き上げていると主張する。同様に、大正十年の失恋事件後、一年以上もの間、創作不能の時期に陥るが、この時期は単なる空白の期間ではなく、草稿「湯ケ島での思ひ出」を綴る準備期と考え「伊豆の踊子」ができたのであって、失恋による痛みは強く「篝火」「非常」「南方の火」「霰」などの一連の作品が生まれてくるほどであった。時期から判断して、そして、強く胸に残ったものを作品にする川端にとって「伊豆の踊子」における踊子・薫は「みち子」の面影を帯びているという。

作者の集大成を指摘する長谷川、十六の娘との失恋事件を重視する川嶋の見解である。

しかし、先述の通り、両者とも、踊子・薫は失恋の相手である十六の娘を作品化したものであるという見解にはかわりはない。十六の娘との失恋に注目するのか、それ以前の事績を省みなければならないのか、作品上の薫の存在の意義は大きい。大正七年、伊豆で出会った旅芸人の踊子の面影かもしれないし、また十六の娘との失恋事件を大きく反映しているかもしれないし、さらには踊子に好意を寄せる「私」の生い立ちからも考える必要があるのかもしれない。

そこで、本節では、作品から読み取れる踊子の様子・状態と、「私」が踊子をどう見ていたかを論じることにより、踊子・薫の二面性、そして、作品を理解する上で必要な言葉に注目してみたい。

「伊豆の踊子」にみち子（ちよ）との失恋事件が重くのしかかっているとするならば、場面設定だけでなく踊子を象徴する言葉（言語）にも注視する必要がある。引用する作品は本論に関係する作品を中心にし、伊豆旅行を著わした作品、失恋事件を扱った作品をもとに比較検討する。

二

「伊豆の踊子」で、踊子・薫はどう描かれているのか。「一項」で指摘した薫の表現にみち子の残像が含まれているのか。あるいは、長谷川のいう多くの結晶であるのか、少なくとも薫に二面性があると考えられるのでその二面性について分析を試みる。

二面の一面を〈子供っぽさ〉、もう一面を〈娘っぽさ〉の視点で分析する。

〈子供っぽさ〉とは踊子・薫が「すれていない」「純情素朴な踊子」「あどけなさ」などを含む内容とし、〈娘っぽさ〉とは「大人びた態度、様子」「意識的なはにかみ」「思春期の兆候」を含む内容と押さえておく。

(1)〈子供っぽさ〉について

「学生さんが沢山泳ぎに来るね。」と、踊子が連れの女に言つた。

「夏でせう。」と、私が振り向くと、踊子はどぎまぎして、

「冬でも……。」と、小声で答へたやうに思はれた。

「冬でも？」

踊子はやはり連れの女を見て笑つた。

「冬でも泳げるんですか。」と、私がもう一度言ふと、踊子は赤くなつて、非常に真面目な顔をしながら軽くうなづいた。

「馬鹿だ。この子は。」と、四十女が笑つた。


「私」と踊子・薫との会話であるが、「踊子がどぎまぎして」とは一体どういう心境なのか。踊子の心境は、「私」と天城峠で会った時、すぐに自分の座蒲団を「私」の傍へ置いてくれた時と同じで、また、煙草盆を引き寄せてくれた時も同様であろう。つまり、慌てふためく踊子の表情は、賑やかに喋っている踊子が、突然、「私」に話しかけられたため、しかも若い一高生である「私」から話しかけられたため踊子にとっては全く予期せぬことが起こり、返答のしようがない様子、返答に迷っている様子をうかがい知ることができる。千代子を見て笑い、何となくその場を取り繕うことができたものの、また「私」に問い詰められて逃げ場所を失ってしまい、「赤くなつて」「非常に真面目な顔」は年端のいかない踊子の言動として受け取られる。四十女はそんな踊子を見て、あっ

けに取られてしまう。

仄暗い湯殿の奥から、突然裸の女が走り出して来たかと思ふと、脱衣場の突鼻に川岸へ飛び下りさうな恰好で立ち、両手を一ぱいに伸して何か叫んでゐる。手拭もない真裸だ。それが踊子だつた。若桐のやうに足のよく伸びた白い裸身を眺めて、私は心に清水を感じ、ほうつと深い息を吐いてから、ことこと笑つた。子供なんだ。私達を見つけた喜びで真裸のまま日の光の中に飛び出し、爪先で背一ぱいに伸び上る程に子供なんだ。私は朗らかな喜びでことことと笑ひ続けた。頭が拭はれたやうに澄んで来た。微笑がいつまでもとまらなかつた。

羽鳥徹哉は「「伊豆の踊子」について」(『作家川端の展開』先掲)で、

子供なんだ、と感じて喜ぶこの作品の主人公の心理は、まず第一に、昨夜来の自分の疑惑の晴らされた喜びである。それが基本である。そしてその底には、清純な相手と清純な心で向い合えそうな、無垢なものを発見した喜びが潜んでいる。

と説き、梶井基次郎の友人清水作宛書簡(昭2・2・1)の

（前略）男はボン天帝釈天のやうな筋肉を持つてゐるし女はルーベンスの裸婦のやうです。このルーベンスは既婚の子を持つた婦人に多く、来た当座はこれが大層美しく見えましたが此の頃は処女会位の年頃の娘十六位の少女をやはり美しいと思ひはじめました。（後略）

を引用している。そして、湯ヶ野については板垣賢一郎を「土地の人」といって『続天城路』（先掲）の一部を引用している。

湯ヶ野温泉ではどの宿も、昭和三十年代までは、土地の人たちと客との混浴は開放されたものであった。土地の若い娘たちも、小さい時からの習慣で何の恥らいもなかった。はっきり区別されだしたのは、ここ十数年来のことである。筆者も、ずいぶん土地の娘たちに背中を流してもらったものであった。

羽鳥によって紹介引用された梶井、板垣の文章であるが、梶井が述べている湯は湯ヶ島温泉である。これら三者は、注意をすべきである次の二点に関しては、無視している。

一点は、

手拭もない真裸だ。それが踊子だつた。若桐のやうに足のよく伸びた白い裸身を眺めて、私は清水を感じ、ほうつと深い息を吐いてから、ことこと笑つた。子供なんだ。

「私」の見た踊子は、梶井のいう「ルーベンスの裸婦のやう」ではないし、板垣のいうように「筆者も、ずいぶん土地の娘たちに背中を流してもらった」わけでもない。これらの表現が、まことしやかに「私」の見た踊子と見るならば、大きな誤解を生じるし、「私」の語る「若桐のやうに足のよく伸びた白い裸身」は身も蓋もなくなってしまう。理解にはもっと繊細さが欲しいし、「私」の見た踊子を無視してしまうことになる。羽鳥、梶井、板垣のいうような踊子であったならば、「私」は、「私は清水を感じ、ほうつと深い息を吐いてから、ことこと笑つた。子供なんだ」などは到底あり得なかったであろう。「私」の理想とすべき、あるいは、これまで見てきた、まさに象徴的な踊子なのである。

もう一点は、

「向うのお湯にあいつらが来てゐます。――ほれ、こちらを見つけたと見えて笑つてゐやがる。」

彼に指ざされて、私は川向うの共同湯の方を見た。湯気の中に七八人の裸体がぼんやり浮かんでゐた。

この場面で、栄吉のいう「あいつら」とは誰のことを指すのか。踊子・薫、千代子、百合子のほかに四十女が入湯していたのか。特別な事情がない限り、四十女も一緒に共同湯に入っていたと考えるべきであろう。もし、羽鳥の見解による若い娘・踊子であったとしたら、おそらく四十女によって「手拭もない真裸」はあり得なかったであろう。「私」が「子供なんだ」と客観視可能なほどであるので、その後、四十女のお咎めがあったとしても、この場面では、許容範囲であったと考えられる。つまり、羽鳥が援用する梶井や板垣のいう娘たちではなく、もっと年齢的に若い娘ということになる。

「私」の語る「若桐のやうに足のよく伸びた白い裸身」は、やはり「子供なんだ」という認識に支えられている。「私」の踊子を見る目は、子供であることを確信する。それまで「私」は、踊子が、子供であるか否か、半信半疑の不確かさの状態であった。すなわち、装いから判断すれば、十七、八に見えるが、今、眼前に踊子の真裸を見、身体的（肉体的）には大人の女性にはまだまだ程遠い子供であることを認識する。二十歳の「私」を前にして自分の裸体を恥ずかしげもなくさらけ出す度胸の良さ、いや、それは度胸の良さではなく、子供心から生じる無邪気さなのである。真裸な踊子を見て、彼女の健康を知り、心の純真を「私」は知るのである。


「いい人ね。」

「それはさう、いい人らしい。」

「ほんとにいい人ね。いい人はいいね。」

この物言ひは単純で明けつ放しな響きを持つてゐた。感情の傾きをぽいと幼く投げ出して見せた声だつた。


踊子と千代子との会話であるが、二人の関係は嫂と夫の妹ということで「単純で明けつ放しな響き」そのものといえる。踊子が幼いために二人の心の融通がきいている。良い効果として、踊子の開放感を助長している。踊子の発言から「単純で明けつ放し」「感情の傾きをぽいと幼く」と受け止めた「私」には、娘盛りの装いをしていても、邪心を抱かない、変に意識して、お世辞らしきものもいわない踊子であると改めて認識させられる。

「私」と踊子との間の会話を伴った対面は、天城峠で始まり、湯ヶ野までの道のり、そして温泉宿へと続いていくが、「私」は旅芸人の気心を知ると共に踊子の真意・心底をも理解できるようになった。下田に行く頃には法事への参加、冬休みには大島に行くことが決まっていた。「私」と旅芸人の心のふれあいは、当然、「私」と踊子とのふれあいにもなっていた。当初、千代子との会話中に突然「私」に話しかけられた踊子は困惑してしまったが、次の二人の会話では「私」の歯並びの悪いことを話題にするようになり、千代子から踊子は「私」に金歯を入れるよう示唆される。そして、真裸な踊子を見ることによって踊子に対する「私」のおもいは改められていく。会話での子供らしさ、親しくない人に対する恥ずかしさ、つまり、一見してわかる子供、身体的〈肉体的〉に未発達の子供らしさ、何の恥じらいも抱かない無邪気な子供心に、遠慮もなく自分の思っていることをあけすけに物いう踊子へと、次第に「私」の踊子を子供とみる要素は増えてくる。

さらに、踊子に対する「私」の態度にも変化が出てくる。当初は踊子に対しては「私」のぎこちなさが前面に出ていたために、「私」と踊子との間には意識の疎通がなく、「私」が踊子に入って行きたくとも素直にはなれず、また、逆に踊子の心をも「私」は素直に受け入れることができなかった。そこには純粋に子供心になれない〈照れ〉のようなものが存していて、子供心の〈はにかみ〉は身体的に、踊子を見た「私」の脳裡に、より明確に子供であると確認される。自分の身体に対して、そして、まだ大胆な振る舞いに何の恥じらいをも示さない。「私は心に清水を感じ」とは、身体的に、また、精神的に子供であるという認識のもとになされた発言なのである。子供であるがゆえに、心で思っていることを素直に言葉に出す、そのことに私は好感を持つことができたのである。

(2)〈娘っぽさ〉について

作者がどのような認識のもと子供と大人の中間を定めていたか直ぐには理解できない。だが、ここでは〈娘っぽさ〉と捉えておきたい。

語り手のいう〈娘っぽさ〉というのは、

雇女の百合子だけは、はにかみ盛りだからでもあるが、いつも私の前でむつつりしてゐた。

と、表現されている。百合子の年齢は十七である。また、ほかの作品では、

毎月一週間娘の体から発散する特殊な体臭も感じることができるのである。(「伊豆の帰り」)

これは少女が女になり始まる現象であり、月経を表現している。そして、さらに

夜は湯の中で彼の体を大胆に触つたりする彼女だつたが、昼日の光で湯にはいることは滅多にないだけに、たまたまそんなところを見つかると、真紅に身を縮めてしまふのだつた。(「伊豆の帰り」)

語り手のいう〈娘っぽさ〉とは、身体的に成熟し始めていて、月経がはじまっている。しかも、丸味を帯びた体の表面から受ける皮膚の色は、骨張っている子供の身体とはまるで違い、真紅に照り返しを見せる。精神的には、物ごとに対するはにかみがあり、事柄に対しては変に辱めを抱く。作者、そして「私」が確認する〈娘っぽさ〉である。

この〈娘っぽさ〉が「伊豆の踊子」では、どのように表現されているのか。

踊子は十七くらゐに見えた。

「私」に踊子が「十七くらゐ」に見えたのは踊子の髪が豊過ぎ、娘盛りの様に装わせていたからである。外見から判断した「私」は踊子を「十七八」の娘に見ていたのだった。

続きを読んでくれと私に直接言へないので、おふくろから頼んで欲しいやうなことを、踊子がしきりに言つた。私は一つの期待を持つて講談本を取り上げた。（中略）二重瞼の線が言ひやうなく綺麗だつた。それから彼女は花のやうに笑ふのだつた。花のやうに笑ふ（以下略）

「私」に直接いえない踊子であるが、見方を変えれば、踊子に本を読んでやりたいという「私」の一つの期待だったことになる。だが、本を読んでやるのが「私」の期待の全てではなかった。さっきも鳥屋とほとんど顔を重ねている様子を「私」は見ている。踊子との接近は、彼女と碁を打っていた時で、彼女の髪が「私」の胸に触れそうになった。しかし、今度は彼女の顔が私の肩に触れるようになる。「私」の期待は、踊子の髪の毛ではなく、踊子の顔の接近だった。踊子が「私」の顔を見つめ、「私」に顔を寄せてくるのを期待するのは「私」が踊子を子供としてではなく、子供に対する感情とは異なる感情、あるいは異なる意識を踊子に求めていたからであり、十四の踊子からは受け入れないものを「私」は内心抱いていたといえる。そして、この「私」の感情・意識を満足せしめたのは、踊子の「二重瞼の線」であり、「彼女の笑い」だった。筋の通った瞼の線、また、「花のやうに笑ふ」踊子は、無邪気な、何のはじらいも示さない子供にはできない。「私」の眼は十四の踊子を、十七、八の娘に変質させていたのである。ここでは、「私」の一方的な、一時的な意識の変容によって踊子を見ているのではなく、踊子の表情、仕種に「私」の見方が容赦なく変えられたというべきであろう。

「なんだつて。一人で連れて行つて貰つたらいいぢやないか。」と、栄吉が話し込んだけれども、おふくろが承知しないらしかつた。なぜ一人ではいけないのか、私は実に不思議だつた。

しかし、踊子は、「私が言葉を掛けかねた程によそよそしい風だつた。顔を上げて私を見る気力もなささうだつた。」とあるように、踊子はおふくろに二十歳の「私」と踊子が二人で活動に行くことについて、当然社会的常識、そして旅芸人という自分たちの社会的地位を持って諭されたのであり、「私」の一方的なおもいであったことに、「私」自身気づくことがなかった。ここでも、「私」の旅芸人に対する感情と、旅芸人、とりわけおふくろの「私」に対する感情の隔離を読み取ることができる。


「遊びにいらつしやい。」

「ええ。でも一人では……。」

「だから兄さんと。」

「直ぐに行きます。」


「私」と踊子との会話であるが、ここでも一対一を避けている。踊子が「私」を避けるのはおふくろに叱られるからである。おふくろは道徳的に厳格であるという一説があるくらいで、その通りであろう。しかし、全てのものに対してではない。男女、特に若い男女二人だけの行動など、場所も含めて社会の眼を意識する。つまり、「私」と踊子が二人でいる所は宿屋の二階であり、実現しなかったが活動小屋なのである。おふくろの踊子に対する姿勢・態度については後述することにして、「私」があえて意識することのない行動に、すなわち、若い男女を活動に行かせることにおふくろは到底承服できなかったのである。

十七の娘が見せる仕種に娘盛りを感じ、実際は十四であると知りつつも「私」の意識は子供とは思えない踊子としか認識できず、感情を傾けてしまう。さらに、作品を通して「私」が踊子を〈子供〉と〈娘〉の両方に見ているものの、おふくろは後者に強くおもいを抱いている。十七という年齢から醸し出されるはにかみ、てれ、そして、身体的に精神的に拘束されている踊子に「私」は〈子供っぽさ〉とは異なる〈娘っぽさ〉を見ている。それが次の二箇所から読み取られる。

　甚だしい軽蔑を含んだ婆さんの言葉が、それならば、踊子を今夜は私の部屋に泊らせるのだ、と思つた程私を煽り立てた。

私は神経を尖らせて、いつまでも戸を明けたままじつと坐つてゐた。太鼓の音が聞える度に胸がほうと明るんだ。

「ああ、踊子はまだ宴席に坐つてゐたのだ。坐つて太鼓を打つてゐるのだ。」

太鼓が止むとたまらなかつた。雨の音の底に私は沈み込んでしまつた。

やがて、皆が追つかけつこをしてゐるのか、踊り廻つてゐるのか、乱れた足音が暫く続いた。

そして、ぴたと静まり返つてしまつた。私は眼を光らせた。この静けさが何であるかを闇を通して見ようとした。踊子の今夜が汚れるのであらうかと悩ましかつた。

雨戸を閉ぢて床にはいつても胸が苦しかつた。


これら引用で、「私を煽り立てた」ものは何か。また、何故、「私」はそれに憤慨したのか。一つには、旅芸人を蔑視した婆さんの発言に対してであり、さらに、もう一つには、踊子・薫を十七にみた「私」は、踊子たちにとって今夜の泊る場所さえ定かでない「お客があればあり次第」という、やはり婆さんの発言に、客によって宿が決まる売春行為が「私」自身の脳裡をかすめたからである。十七となれば、一人前であるが、「私」は煽り立てられてどうしたのであろうか。


「まあ！厭らしい。この子は色気づいたんだよ。あれあれ……。」と、四十女が呆れ果てたといふ風に眉をひそめて手拭を投げた。踊子はそれを拾つて、窮屈さうに畳を拭いた。

この意外な言葉で、私はふと自分を省みた。峠の婆さんに煽り立てられた空想がぽきんと折れるのを感じた。

このおふくろの発言で、「私」の空想が折れてしまった。おふくろは口外こそしなかったが同性として踊子・薫の成長を彼女なりに察知していた。当然、はにかむ年齢であることも内心は思っていたのだが、偶然にもそのおもいが発現したのである。

「意外な言葉」とは、「私」の認識であり、おふくろにしてみればとりわけ問題となるべき発言ではなかった。つまり、踊子・薫を見る眼が「私」とおふくろでは違っていたということである。「私」の眼はただ単に娘盛りとしか見ることができなかった。

では、この「空想」は何を意味するのであろうか。一説にある、「私」も踊子の身体を所有しようと考えたのか。見も知らぬ客を相手に自分の身体を売るならば「私」だって踊子を買うことができるというのか。しかし、全てを否定するわけではないが、果たしてそう考えるべきなのか。「私」の踊子への第一印象は「稗史的な娘の絵姿のやうな感じ」だったのであり、峠の婆さんに煽り立てられた「私」もほかの客同様に踊子の身体を所有しようとする解釈は性急に過ぎる。仮に、この解釈が成立するとなると、「私」と踊子・薫だけになる場面がいくつかあるものの、「私」には彼女に対して何かしらの行動を起そうとする姿勢があってもよさそうなのに全く見受けられない。この場面での「私」の「空想」、すなわち「私」を煽り立てる真意は一方に、作品を通して描写される身分地位への反発であるし、もう一方には、十七になる娘にとって大切なのは、清らかな、汚れのない身体であって欲しいという「私」の願いが託されているからなのである。その願いが強いがために、踊子・薫を「私」の手で守ってやりたい一念がうかがえる。ほかの客に踊子の身体が買われるなら自分で買ってしまおうとする解釈には無理があり、「私」が自分の部屋に泊めるのだといっても所詮、「私」が踊子の身体を弄ぶなどとは毛頭考えてはいなかった。ただ、踊子を守ってやりたい一念であり、その先については考えていなかった。峠の婆さんの発言に対する瞬時の憤りであったのだ。そのために、おふくろの発言になぜ「私」の「空想」が折れたのか、自分でも解せなかったのはそのためだったのである。自分の思い過ごしだったと「私」は認める。

さらに、次の引用からもわかるように。「神経を尖らせ」たり、「眼を光らせ」たりする理由は、「踊子の今夜が汚れるのであらうかと悩ましかつた」からにほかならない。婆さんの発言によって煽り立てられた「私」はおふくろの発言によって払拭されてしまう。踊子は装いほどに年齢は進んでいないこともおふくろの発言に含まれている。踊子には大人の持つ妖艶さもない。このような「私」が抱く場面での感情の高まりは「煽り立て」での「空想」とは異なる、それ以上の「空想」が激化したといえる。すなわち、踊子を目の当たりにした「私」とは異なり、すなわち、「私」の「空想」がすべて独り歩きする状況下で踊子を空想する。しかも、この場面設定では、「私」と踊子との間には、「空想」を妨害する場面設定がなされている。それらは「夕暮からひどい雨になつた。

山々の姿が遠近を失って白く染まり、前の小川が見る見る黄色く濁って音を高めた。」からわかるように「私」の感覚、いわゆる、「私」の視覚、聴覚が麻痺してしまう。この麻痺が「私」の感情を激化させ、「空想」を多方面に、そして複雑な内容を呈するようになる。それは「私」の「雨戸を閉ぢて床にはいつても胸が苦しかつた。また湯にはいつた。湯を荒々しく搔き廻した。」に繫がる。

「私」が意識する踊子・薫の〈娘っぽさ〉と「私」以外の、ここではとくにおふくろを指すが、彼女の意識とでは多少の相違を露わにするものの、両者の意識は通底している。しかし、いずれにしても、「私」の「空想」が大きく物語の展開に関与していることは否定できない。

それでは、おふくろの踊子・薫に対する姿勢を略記してみたい。先述した通り、おふくろは自分たちの社会的地位・立場を鑑みた上でも、道徳的に律義であり、薫に対する母としての見解は動かない。特に、踊子・薫に対しては異常なくらいに過敏になっている。

「こら。この子に触つておくれでないよ。生娘なんだからね。」

と、鳥屋を窘める態度には踊子を守ると同時に、踊子に大人の汚らわしさを見せたくないという姿勢がある。「まあ！厭らしい。この子は色気づいたんだよ。あれあれ……。」と、一面においては子供に扱っている描写があるものの、おふくろは「はにかむ」年頃になっているのを知りながらあえて口にした。つまり、鳥屋を窘めたのには踊子に大人の汚らわしさ、とくに、旅芸人たちの世界にありがちな、これを峠の婆さんの発言を借りるならば「お客があればあり次第、どこにでも泊まるんでございますよ。」的世界を踊子・薫には知らせたくなかったのである。少なくとも踊子・薫には、旅芸人に日常化している汚れの世界を曝したくなかった、これがおふくろの強く、強固な姿勢だったのであり、千代子にはできない姿勢だったのである。安穏とする日々の生活で踊子を子供と扱うおふくろに、踊子・薫は既に男を知るに十分な精神・身体に成長しているとの意識が、口外こそしないものの、潜在意識として醸成されていた。この意識が、「私」と踊子・薫との関係にも作用していたといえる。

(3) 表現に見る「赤」と「紅」

踊子・薫の表情を表現するのに「赤」と「紅」の区別がなされていて注視すべきである。「あか」の意味について、『日本国語大辞典　第二版』(小学館)には次の記載がある。

赤色を表す漢字には「赤」のほか、「朱・丹・緋・紅」などがあり、古代語としては「くれなゐ・に・あかね」が確認できる。

「伊豆の踊子」での「赤」の使用は二箇所、「紅」の使用は三箇所ある。具体的にみると、「赤」の場合、

・「冬でも泳げるんですか。」と、私がもう一度言ふと、踊子は赤くなつて、非常に真面目な顔をしながら軽くうなづいた。

・私の足もとの寝床で、踊子が真赤になりながら両の掌ではたと顔を抑へてしまつた。

があり、「紅」の使用は以下のようにある。

・私の前に坐ると、真紅になりながら手をぶるぶる顫はせるので茶碗が茶托から落ちかかり、落すまいと畳に置く拍子に茶をこぼしてしまつた。

・脣と眦の紅が少しにじんでゐた。

・突然、ぱつと紅くなつて、「御免なさい。叱られる。」と石を投げ出したまま飛び出して行つた。

「赤」と「紅」との表現の相違を、前後の文脈から読み解くと、「赤」には「はずかしさ」を象徴する意味内容、すなわち〈子供っぽさ〉が確認でき、「紅」には「成長した女性」を、すなわち〈娘っぽさ〉が確認できる。

踊子・薫について〈子供っぽさ〉と〈娘っぽさ〉の二面性を、語られる内容、また表現のあり方から確認可能となっている。

三

踊子・薫の二面性について、すなわち、〈子供っぽさ〉と〈娘っぽさ〉の二面から分析を試みてきたが、おふくろの発言が全て〈娘っぽさ〉を示唆している訳ではない。むしろ、「私」の意識が、年齢十四で、精神的にも、身体的にも子供であると認識しつつも、時に踊子・薫を凝視したときなどにおいては子供であるという意識域を逸脱してしまう。

しかも、時折、「私」を苦しめ悩ませるものは、子供であるという認識域での踊子でなく、「私」の中で無意識のうちに形成されてしまった女性性を懸念する女性愛護への意識なのである。しかし、この意識の領域は全ての女性に対して作用するのではなく、「私」がひどく関心を寄せた女性に対して顕著であり、作用する。確かに、子供であってもこの域に入れることは不可能ではない。だが、「踊子の今夜が汚れる」と「私」が確信を抱いた時、子供の領域は逸脱されねばならない。「私」の懸念はその域に達しているのであり、結果として「私」は苦悩しなければならなくなるのである。
さらに、「私」と踊子との空間的位置関係を見ると、「私」の感情が昂ぶるのは、踊子が「私」の感覚外にいる時であり、「私」の感情は自分の〈空想〉によって激化していく。〈娘っぽさ〉を自認する「私」が抱く〈踊子の汚れ〉は全て「私」の〈空想〉から起きている。この〈空想〉を醸成する「私」の潜在意識には、踊子・薫に寄せる〈娘っぽさ〉の存在を無視することは不可能である。

踊子・薫を通して〈子供っぽさ〉と〈娘っぽさ〉の二面性を探ることが可能になるのには、何かしらの理由が想定されねばならない。ここで、再度、長谷川、川嶋の両見解に戻ってみるならば、前者は「ちよ」での幼い初恋、「少年」における同性愛、「十六歳の日記」に描かれた作者川端の人生開眼の集大成と説き、後者は大正十年の失恋体験が踊子・薫に大きく関与していると説いている。

私も両者の見解を参考にしながら、あえて〈子供っぽさ〉と〈娘っぽさ〉の二面性という視点で「伊豆の踊子」を読み解いてみたいのである。

ところで、長谷川は『近代名作鑑賞——三契機説鑑賞法則70則の実例』（先掲）で、初出時の「篝火」での裸に触れている。

「篝火」初出文にあった伊豆の踊子の裸身の場面は、あきらかにみち子（伊藤初代）の裸身と並列しあった。全く別人である。この削除部分は、同じ裸身ということでの連想で連ね書かれたものであるが、その内実は、二者を明確に区別する意識で書かれていた。

長谷川は、川嶋が『川端康成の世界』（先掲）で指摘する「はだかの踊子を見て清水を感じ、「子供なんだ」とほっとする「私」は、みち子に子供を見出して喜ぶ川端氏である」に異議を唱える。

しかし、本書の第八節で紹介した岡本文太夫一行が大正十三、四年頃に伊豆で川端に会っていたら話は全く異なってくる。大正五年生まれの文太夫の縁者の話によると、川端と出会ったのは大正十三、四年頃の春休みであったという。天気は晴れで雨は降っていなかった。川端は大正十三年二月から半年ほど、そして、翌十四年暮れから一年ほど湯ヶ島に逗留している。十三年か、十四年かは判別しにくいが、「南伊豆行」から判断すると、十四年が妥当ではないかと考えられる。大正七年に出会った踊子とは全くの別人で、この縁者が大正十三、四年に川端と出会ったとすれば年齢としては七、八歳となる。「ちよ」、「湯ケ島での思ひ出」にも書かれることのなかった踊子の裸の場面は、実際川端が目の当たりにしたのかもしれないし、川端の創造であったかもしれないが、「十四の踊子」よりも具体性を帯びてくる。つまり、十四の踊子がどうして二十歳の「私」と栄吉の前に裸で飛び出すことがあるのか、しかも共同湯には四十女が一緒にいたとすると尚一層理解が難しい。しかし、七、八歳の踊子であるならば、この裸の場面はそれほど奇異には思われない。岡本一行は湯ヶ野に一泊しているが、泊まった木賃宿は、湯ヶ野の通りに面した提灯屋の二階であったという。

四

大正七年秋に伊豆の踊子一行に出会った川端は、翌八年六月『校友会雑誌』の「ちよ」にその時の様子を書いている。しかし、作品「伊豆の踊子」との関係を見た時、踊子と「私」との間には齟齬が見受けられる。

・その娘は僅か十四でした（「ちよ」）
・踊子は十七くらゐに見えた。（「伊豆の踊子」）

「ちよ」での「その娘」とは、一応「伊豆の踊子」でいう踊子・薫を指すとしよう。「ちよ」での踊子は〈子供っぽさ〉を想定させる表現であるのに、「伊豆の踊子」では、その〈子供っぽさ〉だけではない〈娘っぽさ〉も指摘できる表現になっている。

おふくろが承知しないらしかつた。なぜ一人ではいけないのか、私は実に不思議だつた。

この一文に〈娘っぽさ〉を感じるのであれば、「ちよ」にはこの内容に通じる文脈はない。また、「ちよ」で、踊子の年齢を十四と見たことは（「伊豆の踊子」では十七）、「私」自身の精神的安定を生み、「私」と踊子とは「極自然に話し合ふやうになつた」という関係になっている。その結果、「ちよ」にある「汚い考」は「伊豆の踊子」の「踊子を今夜は私の部屋に泊らせるのだ」のような「私」の感情を剝き出しにしているのとは違い、醜悪な感情を捨象した、冷静な「私」が描き出されている。つまり、「伊豆の踊子」に見られる〈子供っぽさ〉は、川端が伊豆で出会った踊子を純粋に描きあげていて、「ちよ」での踊子に通じる内容・表現である。しかし、ここでは「伊豆の踊子」の〈娘っぽさ〉の由来を問題視する。

そこで、一連の「ちよ」もの（「みちこ」もの）に目を向けたのである。

「ちよ」もの（「みちこ」もの）とは、今となってはかなりいい古されてきているが、川端が大正十年に婚約し、一方的に婚約破棄された十六の娘を素材にして書かれた作品群をいう。「南方の火」「篝火」「非常」「丙午の娘讃」「彼女の盛装」「恋を失ふ」（後に「伊豆の帰り」と改題）「処女作の祟り」等がある。一脈、川嶋至見解に近似するかの如くであるが、本稿でいう〈娘っぽさ〉に通じているとはいい難い。

それに、まだ子供なんだ。腰が小さいので、坐つてゐる膝が不自然に長く伸びて見える。この子供と結婚と、この二つを一つに結ぶのはをかしい。さつきの女学生達よりもずつと子供なんだ。（「篝火」）

「私」が今見ているのは、後に自分と婚約していながら一方的に〈非常〉の手紙で婚約破棄をしてしまう十六歳の少女「みち子」である。この引例から、「みち子」をまだ子供と見ている部分があり、「みち子」の存在を直ちに〈娘っぽさ〉に結びつけるのは早計である。

「ちよ」と「伊豆の踊子」との相違は、「私」の踊子に対する意識によるもので、分析の結果、双方に〈子供っぽさ〉を確認できた。それならば、〈娘っぽさ〉はすべて十六歳の娘の印象に由来するかといえば、そうではなかった。なぜなら、十六歳の娘にも〈子供っぽさ〉と〈娘っぽさ〉の両面が表現されているからである。そのため、「ちよ」ものがそのまま踊子・薫の〈娘っぽさ〉に繋がると説くには困難が伴う。また、「南方の火」にも裸の場面があり、「篝火」と非常に近いところにある。しかし、両作品ともに「私」は冷静に彼女の裸を見ており、自身の精神的・情緒的安定を確認している。少女の言動を独占しようとするのにはあまりにも彼女の周囲が妨げとなり、「私」は、それら彼女に接触する人に対して嫌悪を抱いた。すなわち、「私」には自身の精神的に、彼女の身体を束縛する一切に不満を抱き、いわば、彼女の自由を独占していたことになる。「私」は己のエゴによる衝動にかられていたことになる。しかし、この刹那においてこそ少女との結婚を考えることができたといえるのではないか。

確かに、「ちよ」「篝火」「南方の火」「伊豆の帰り」等における冷静な判断による理性的側面を「伊豆の踊子」の〈子供っぽさ〉に結びつけるのは飛躍かもしれない。「伊豆の踊子」での〈子供っぽさ〉は「ちよ」における「はじめて見た時の汚い考」が捨象されたところに存し、「伊豆の踊子」の当初では、「私」には理性的であらねばならぬという規制は必要なかった。つまり、「伊豆の踊子」の〈子供っぽさ〉は「ちよ」での十四になる小娘的な存在であったわけだ。しかし、さりとてもう一方の〈娘っぽさ〉は即決、十六歳の娘との恋愛体験と直結するものでもない。「ちよ」で最初、十四になる小娘と規定し、あえて積極的にその小娘を求めようとしないのは、作者の意識が極めて理性的であったからと考えられる。「伊豆の踊子」の〈子供っぽさ〉をそこから引き出そうとする。

五

では、「伊豆の踊子」の〈娘っぽさ〉をいかに論じるか。

〈みち子〉は濃く塗り立てた白粉が、果物のやうに新鮮な野の匂ひを失はせてゐた。少し太つて下膨れになつてゐるのが、どこかが弛んだ感じを与へた。（「彼女の盛装」）

「彼女の盛装」（大15・9『新小説』）は、一連の「ちよ」もの（「みちこ」もの）の一作品であるが、先に引用してきた作品の十六歳の娘とはかけ離れている。宮坂新助の眼に写った「みちこ」の容姿は変容し、化粧も濃く、「伊豆の踊子」でいう「野の匂ひ」をとうに失せていた。「少し太つて下膨れ」からはみち子の淫らな生活が察せられ、かつての彼女の面影は消失している。

先刻、「ちよ」もの（「みちこ」もの）の「篝火」「南方の火」からは「伊豆の踊子」の〈娘っぽさ〉を導きだすことはできないと述べた。それは、これらの作品に登場する少女を「子供なんだ」と自認する表現があったからである。しかし、「彼女の盛装」を読み解くとそこでは「子供なんだ」を確認することはできない。つまり、同一の人物を作品化した、いわゆる「ちよ」もの（「みちこ」もの）から「子供なんだ」とする一面と、「野の匂ひを失はせてゐた」の一面、これらの異なる二面性を読み取ることが可能となる。

「ちよ」もの（「みちこ」もの）の物語展開から時間的経過を整理すると、「南方の火」(1)「篝火」「非常」「彼女の盛装」「伊豆の帰り」の順となる。「篝火」からは「私」のみち子への極端な感情の昂まりをうかがえず、むしろ、「私」のもどかしささえ垣間見える。その後、彼女から「非常」の手紙を「私」は受け取り、「私」への「おことわり」となる理由は、「非常」に拠るものだという。「時雄」は狼狽し、精神的撹乱を起こしてしまう。

「昨夜だ。昨夜弓子はどこで寝たのだ。非常。非常。非常とはなんだ。」（「南方の火」）

昨夜だ。昨夜みち子はどこで寝たのだ。

昨日の夕方は岐阜にゐたことは確かだ。しかしこの手紙は家出する途中で投函したのか。投函してから一たん家に帰つたのか。

今はどこだ。今夜はどこで眠るのだ。若し昨夜は汽車にゐたとすると、昨夜はからだがよごれないのだ。すると今夜か。今は九時だ。この時間から眠れるほどみち子は安らかではあるまい。

「非常。非常。非常とは何だ。常に非ず？ 我が常の如く非ず？ 世の常の事に非ず？」

私の頭の中には「非常」といふ言葉が雨滴のやうに絶えず響いてゐる。（「非常」）

「南方の火」の主人公「時雄」、「非常」の主人公「友二」は狼狽し、彼等の精神的撹乱後の矛先は、一気に「弓子」「みち子」が「よごれ」る方向に結びつけられ、主人公の感情の激高を露わにしたのである。つい先ごろまで、主人公の掌中にいたはずの十六の娘が自分から離れていく、それは、娘を取り巻く男に性的危害を加えられることを意味していた。

「篝火」に描かれるみち子は、常に主人公「俊」の指示に従順であった。あらゆる面で、彼女は彼の手の届く範囲、換言すれば感覚的に所有可能な範囲内にいた。彼女の周囲には、厳格な養父母がいて、一人で外出することも禁止されていた。つまり、この状況下のみち子が「よごれる」など、「時雄」「友二」にとっては全くの想定外であり、微塵も意識になかった。しかも、「南方の火」「非常」に書かれている「非常」の結果、婚約破棄を訴え、養家である寺からも離れるという。十六の娘が、主人公の視界の外に飛び出し、眠る場所さえ定かではない。主人公の手元、そして養家を離れて、彼女は他者の手によって汚され、すなわち清純な娘が処女を失ってしまうことを意味し、このことは主人公の理性を失わせるほどのものであり、狼狽を引き起こす直接の要因になった。「よごれる」、すなわち、清純な娘が処女を失ってしまうこと、つまり、これら「ちよ」もの（「みちこ」もの）からうかがえるのは、娘の淫乱な生活を拒否する主人公たちの危惧であり配慮なのである。

十六の娘が主人公の操作可能な範囲にいる限りにおいては彼の理性が働き、精神的な安定を維持している。しかし、その範囲外においては、彼女への空想は理性を無視し、感情の傾きが無自覚に露呈してしまう。畢竟するに、十六の娘が少女から女となることは、作者の性への開眼が無意識に働いたと考えられる。川端の女性開眼は、一方的かもしれないが、結婚まで思いつめた十六の娘によって形成されたのではないか。娘が「よごれる」ことに拘泥する川端の姿勢は、この十六の娘との婚約、一方的な婚約破棄によって形成されたと考えられる。

「ちよ」もの（「みちこ」もの）から得たもの、すなわち川端特異の女性に対する感性は、その後の作品形成にも関与していき、筋は展開されていく。作品内の女性の描かれ方は、潜在的に、無意識のうちに十六の娘との体験がオーバーラップされていく。失恋体験で、辛酸をなめ、数年とも経たないうちに書かれた「伊豆の踊子」の一面である〈娘っぽさ〉は、間違いなく、この十六の娘との失恋体験に起因するといえる。

甚だしい軽蔑を含んだ婆さんの言葉が、それならば、踊子を今夜は私の部屋に泊らせるのだ、と思つた程私を煽り立てた。（「伊豆の踊子」）

踊子の今夜が汚れるのであらうかと悩ましかった。
雨戸を閉ぢて床にはいつて胸が苦しかつた。（「伊豆の踊子」）

「汚れる」は、「ちよ」もの（「みちこ」もの）でいう「よごれる」に繋がる。十四の踊子が処女でなくなってしまう。「甚だしい軽蔑を含んだ婆さんの言葉」に対し、「私」は煽り立てられる。同時に、踊子の行方を案じるあまり空想する「私」の胸は苦しくなる。「私」の部屋に泊まらせることで踊子を自分の視界内に置くことができる。それは、実態としての踊子を守るとともに、自分の精神の安定もはかられるというものである。しかし、踊子が汚れてしまう場面においては、先述した車中の十六の娘を心配するのと同じで、冷静な態度をとる暇もなく、ただ狼狽するだけである。十四の踊子に対して抱く感情が十六の娘に抱く感情と同じであるとするならば、十四と十六の娘は同一視されているとはいえ、十六の娘を子供であると意識しながらも、一方では、女として扱わなければならない。「ちよ」もの（「みちこ」）において、婚約、そして一方的な婚約破棄を経験して、娘に対して抱く感情は大きく変化した。「伊豆の踊子」での「私」の感情の傾き、すなわち、「踊子を今夜は私の部屋に泊らせるのだ」と最初に設定した背景には、「ちよ」もの（「みちこ」）における婚約成立の川端自身の感情の表れがあると考えることはできないか。「伊豆の踊子」での「お客があればあり次第、どこにだつて泊るんでございますよ」に繋がり、今夜にでも、一行にいる踊子が、汚れのない踊子から娼婦的な踊子に化してしまう婆さんの表現でしかない。「今夜の宿」という、ここでも「私」の視覚外での行動となり、「私」の勝手な空想は、十四の踊子の処女を信じるものと、淫らな、夜の世界に堕ちていく踊子を恐れながらも、その境界から踊子を守る配慮が語られる。踊子に対する感情が強ければ、踊子を案ずる念が強ければ尚一層、激しくなっていく。

踊子の二面性の一方の〈娘っぽさ〉は、十六の娘の残像が直接踊子に表現されているのではない。

十六の娘との恋愛をもとに、十六の娘に対して抱いた感情を、伊豆で出会った踊子に作品化する際に援用したのではないか。だが、川端は川嶋説に対して、次のような発言をしている。

「伊豆の踊子」の面影に「みち子」の面影を重ねることなど、まつたく作者の意識にはなかつた。（「「伊豆の踊子」の作者」）

十六の娘によって潜在的に形作られた川端の感情は、十四の踊子を〈子供っぽさ〉だけに終止することを避け、併せて〈娘っぽさ〉をも作品に書き著した。そこには、いうまでもなく十六歳の娘との婚約、そして一方的な婚約破棄が川端にとって大きな残滓となり、それが無意識として脳裡にあったことによる。

この意味で、「伊豆の踊子」のおける〈娘っぽさ〉は、十六の娘との婚約・婚約破棄の傷痕が大きく、伊豆の踊子・薫に反映され、作品化されたと考えるのである。

（1）「南方の火」には以下のような発表の経緯があり、各「南方の火」の主人公が異なる。しかし、論の展開上、本論では「矢野時雄（川端康成）」を引用した。

(1) 第六次『新思潮』創刊号（大12・7）主人公「俊夫（康成）」〔初出〕
(2) 「海の火祭」（『中外商業新報』に連載された「鮎」昭2・10・9〜10・29）主人公「矢野時雄（康成）」
(3) 『文学界』（昭9・7）主人公「伊原（康成）」

十四 「物乞ひ旅芸人村に入るべからず」と感情のもつれ

羽鳥徹哉は、

踊子はこんなに可憐で無邪気で、ほかの芸人達も皆いい人達なのに、「物乞ひ旅芸人村に入るべからず。」とは一体何事か、あまりにひどいではないか、そういう思いを読者が抱いてくれることを、文脈は要求していると言って、悪いこともないだろう。

と、書いているが、問われるのは語り手である「私」の意図である。配慮もなく無造作に「私」が語ったものなのか、すなわち作品内現実をそのまま語ったのかが問われてくる。羽鳥は、立札に対して、あるいはその立札を立てた村人への批判を読者に委ねたという。

しかし一方、「私」は旅芸人一行に「好奇心もなく、軽蔑も含まない、彼等が旅芸人といふ種類の人間であることを忘れてしまつたやうな、私の尋常な好意は、彼等の胸にも沁み込んで行くらしかつた」と、「私」と一行との相互関係が隔たりなく通っているように語るが、しかし、「旅芸人という種類の人間」という峠の婆さんの発言、そして宿のおかみが持っている制度化された差別意識、またその制度化が、旅芸人を自分たちより下位の人間であるとみなしているのと同じ意味内容で「私」は語っている。読者は、「私」の一行に対する潜在意識を確認しているのであるが、「私」は、「世間尋常の意味で」と「世間」とは婆さんやおかみとは異なる旅芸人に置き換えられてしまっていることに気付く必要があり、立札の語りは「私」としては意識することなく物語の現実を描いたとしても「世間尋常」の対象は芸人一行ではなく婆さんやおかみなのだという意識の修復を読み取らねばならない。羽鳥がいうような「私」のおもいを読者に要求するのでは決してない。

そこで、川元祥一『旅芸人のフォークロア』(先掲)を参考に、「伊豆の踊子」に語られる「物乞ひ」「旅芸人」「芸人(達)」「香具師」等について、考えてみる。併せて、これらのタームが、語り手である「私」のほかに、作品に登場する「峠の婆さん」「純朴で親切らしい宿のおかみさん」「紙屋」が踊子一行をどう見ていたかという視点からと、「旅芸人」「踊子たち」「芸人(達)」が自身をそして、社会が自分たちをいかように見ていたのかという視点から考えてみることにする。

川元は、歴史的に「旅芸人」の由来を説き、それによると、「ほとんどの非農業者=非定着者=つまり旅芸人は、そのような個人史をもつ人」であるという。そして、かつて、江戸中期以後では、

「旅芸人は農民ではない。農民は土地に縛り付けられていた」のであり、「非農業者」となる。「当時の身分制度でいうと賤民身分にあたる人、あるいは欠落（貧困などが原因で村から逃亡したもの）した人だ。彼らのほとんどは農耕のための土地をもたなかった」ため、決まった定住地もなく、いろんな生業をしながら移動していた。これら生業の中から「旅芸人が生まれ、諸国をめぐってあるくようになる」という。とくに、「さまざまな芸を行う旅芸人であるが、彼らは「雑種賤民」と呼ばれることがある」と指摘する。いずれにしても「非定着者・旅芸人への差別」は存在していた。

「伊豆の踊子」での、「栄吉」「踊子薫」「四十女」「千代子」はいずれも甲府の出身で、今は大島に居を構えている。「百合子」は大島生まれの人間。「栄吉」は自身の発言で「私は身を誤つた果てに落ちぶれてしまひましたが、兄が甲府で立派に家の後目を立ててゐてくれます。だから私はまあいらない体なんです」というので、おそらく家業を問うと農業と察するが、「栄吉」は、生家を離れ、農業を離れ、「東京である新派役者の群にしばらく加はつてゐた」という。「栄吉」の事情は、川元のいう「非農業者」とは少し事情が異なるようであり、それは川元のいう「雑種賤民」に当たる。ところが実際、「栄吉」の内実を知らない人間にとっては、旅芸人という、いわゆる「非農業者＝非定着者＝つまり旅芸人」の構図が成立していた。

これがため、「峠の婆さん」の「あんな者、どこで泊るやら分るものでございますか、旦那様。お客があればあり次第、どこにだつて泊るんでございますよ。今夜の宿のあてなんぞござますものか。」という軽蔑を含んだ発言となる。もっとも、旅芸人たちとの出会いは今回が初めてではなく「この前連れてゐた子がもうこんなになつたのかい」と、少なくとも前に一度はあったので、婆さんにはある程度馴染みということになる。そして、「純朴で親切らしい宿のおかみさん」の「あんな者に御飯を出すのは勿体ないと言つて、私に忠告した」が語られる。両者とも、「非定着者・旅芸人への差別」は露骨である。

ならば、「私」は、旅芸人をどう見ているのか。「旅芸人といふ種類の人間」「温泉場なぞを流して歩く旅芸人」「彼らの旅心は、最初私が考へてゐた程世智辛いものでなく、野の匂ひを失はないのんきなものであることも、私に分つて来た」と語られているように、「私」も、当初は、「婆さん」「おかみさん」同様の認識を抱いていた。だから、何かにつけて一行を「旅芸人」と表現していた。潜在的に「私」も世間でいう「旅芸人」の存在や社会的位置づけを認識しており、その認識のもと、一行と対処していた。そこには当然、差別や偏見があったことは否めない。そのため、これは「私」の社会的認識の不足かもしれないが、躊躇なく臆することもなく栄吉への二階からの投げ銭があったりした。しかし、同行しているうちに、少なくともこの一行に対しては、「私」の認識下にある旅芸人とは異なることを確認する。そして、栄吉から自身の経歴を聞き、また、旅芸人といっても門付芸や祝福芸を行う旅芸人ではなく、春に大島を出で、冬には島に帰ることを知る。

「あれはなんです。」
「あれ――謡ですよ。」
「謡は変だな。」
「八百屋だから何をやり出すか分りやしません。」

併せて、この引用からわかるように、歴史的な、あるいは「婆さん」「おかみさん」、そして、当初、決めつけていた「私」の旅芸人への認識とは異なり、彼らがいわゆる「雑種賤民」に該当することを確認することになる。そのため、様々な芸を行うこともあると理解している。

一方、「踊子たち」は、自分たちの存在をどう認識していたのか。

四十女の認識はどうか。俗にいう「旅芸人」との認識がある一方に、俗にいう「旅芸人」でないという認識も一方にはある。前者の場合には、

「それは、それは。旅は道連れ、世は情け。私たちのやうなつまらない者でも、御退屈しのぎにはなりますよ。まあ上つてお休みなさいまし。」

という四十女の発言。「つまらない者」とは、どのような意味なのか。おそらく、これは、「私」の

いう「世智辛いものでなく、野の匂ひを失はないのんきなもの」とは違い、「世智辛く、野の匂ひを失つたもの」ということになるのではないか。「少年」には「旅芸人根性などとは似もつかない、野の匂ひがある正直な好意」と表現されている、すなわち、「世渡りが難しく、暮らしにくいと判断され、世間一般の常識を兼ね備えていない」を反転させた内容といえるのではないか。制度化されている「旅芸人」の範囲を超えている一行ということになる。そして、後者の場合には、同じ木賃宿に間を借りている鳥屋に対する彼女の発言である。

「こら。この子に触つておくれでないよ。生娘なんだからね。」

確かに、踊子は、四十女を「おかあさん」呼ばわりしているが、この女性は、栄吉の妻「千代子」の実母であって、踊子薫とは血縁関係はない。ただしかし、栄吉が「私」に話した、

「あいつですよ。妹にだけはこんなことをさせたくないと思ひつめてゐますが、そこにはまたいろんな事情がありましてね。」

に、詳細は不明であるが隠されている。ある意味、四十女にしてみれば、踊子薫は大切な預かり者

でもあるし、栄吉の薫に対するおもいを十分に理解し、把握しているといえる。また、栄吉はというと、自身の現実を認識していて、薫に対しても「こんなことをさせたくない」という自戒がある。「いろんな事情」があるために、本来ならば甲府の生家で育て上げるべきものを幼少のうちから栄吉のもとに連れ出し、薫のいう「東京は知つてます。お花見時分に踊りに行つて」によって明かされ、そして、血の繋がりのない四十女を「おかあさん」と呼ばざるを得ない境遇、これらは「いろんな事情」によるものである。また、意識として、世間でいう非芸人とは違うという意識があったとしても、潜在的に、その意識は払拭できないでいる。

「杖に上げます。一番太いのを抜いて来た。」
「駄目だよ。太いのは盗んだと直ぐに分つて、見られると悪いぢやないか。返して来い。」

このやりとりは、栄吉が村人たちの認識している「旅芸人」というカテゴリーを把握しているからのことで、実情を知らない薫に注意している一面がうかがえる。そして、これまでの自身の経歴を吐露して次のようにいう。

彼はまた身上話を始めた。東京である新派役者の群に暫く加はつてゐたとのことだつた。今でも時々大島の港で芝居をするのださうだ。彼等の荷物の風呂敷から刀の鞘が足のやうに食み出してゐたのだつたが、お座敷でも芝居の真似をして見せるのだと言つた。柳行李の中はその衣装や鍋茶碗なぞの世帯道具なのである。

「私は身を誤つた果てに落ちぶれてしまひましたが、兄が甲府で立派に家の後目を立ててゐてくれてます。だから私はまあいらない体なんです。」

家業であるだろう農業・農家を離れ、そして、故郷甲府を離れている。栄吉は社会がいう旅芸人の存在を十分に理解し、それがため栄吉の悔やみは、「いろんな事情」があろうとも、薫に対して「こんなことをさせたくない」ということなのである。

とにかく「私」は、当初から一行に対して「旅芸人という種類の人間」という認識を持っていたが、終始、「峠の婆さん」「純朴で親切らしい宿のおかみさん」の如くの発言をしなかった。それだけでなく、「私」の同行する「旅芸人」に対する心的変化、認識の変化を感じ取っている。

地元出身の土屋寛は自著『天城路慕情』で立札について、

庶民のさらに底辺に暮らす人びとにとって、最後の一線をも奪うつれないものであったが、これはまた庶民が不況にあえいでいる証拠でもあったろう。見知らぬ物乞いや旅芸人がふえると、村では布令をまわして各戸の入口にも立てさせるなどして、村境にはとくに目につくような大きなのを立てるのだった。

という。先述したが、この踊子一行は確かに旅芸人である。しかし、歴史的にみられるような旅芸人とは少し異なり、いわゆる「雑種賤民」なのであり、冬だけではあるが帰省する家もあり、ほかの旅人同様、茶店で休憩を取り茶をも飲む。そして、宿の風呂にも入る。さらに、この一行には十七になる大島生まれの雇娘がいる。「峠の婆さん」「純朴で親切らしい宿のおかみさん」のようにほかの旅芸人と同様に判断される一方、四十女や栄吉にはほかの旅芸人とは一緒ではないといった意識がある。踊子・薫は、その意識の延長上で日々を送っている。従って、立て札を目の当たりにしたとしても薫にとっては無頓着。四十女や栄吉にとっても、それほどの苦ではなかったろう。ただ、「私」が「旅芸人という種類の人間」を認識しつつも、目の前に立札を見たとき、旅芸人に対する「私」の意識に多少の揺らぎが去来した事実は否定できまい。

しかし、旅の終点下田はどうであろうか。「伊豆の踊子」には、次のように描かれている。

下田の港は、伊豆相模の温泉場なぞを流して歩く旅芸人が、旅の空での故郷として懐しがるような空気の漂つた町なのである。

芸人達は同じ宿の人々と賑かに挨拶を交してゐた。やはり芸人や香具師のやうな連中ばかりだつた。下田の港はこんな渡り鳥の巣であるらしかつた。

下田は、旅の途中に出くわした「物乞ひ旅芸人村に入るべからず」が似合わない町であり、「峠の婆さん」「純朴で親切らしい宿のおかみさん」のような旅芸人に対して向ける差別感情を露骨に表現する町でもない。下田は、旅芸人にとっては「旅の空での故郷」として懐かしむ町であり、芸人や香具師が安心して滞在できる町でもある。この町には、これまでの旅芸人という意識下、卑屈な生活からは全く開放される。同時に、町で定住生活を送っている人々にしても割り切った考えを持っていた。

無頼漢のやうな男に途中まで路を案内してもらつて、私と栄吉とは前町長が主人だといふ宿屋へ行つた。湯にはいつて、栄吉と一緒に新しい魚の昼飯を食つた。

「純朴で親切らしい宿のおかみさん」の発言にある「あんな者に御飯を出すのは勿体ない」というような旅芸人等に対する意識はない。

湯川橋の近くで旅芸人一行と出会ってからこの下田に至るまで、「私」は一行が自他ともに旅芸人という種類の人間であることを払拭できずにいた。しかし、今やっと、その拘束から解放された。一行にとっては、「私」の存在よりも「渡り鳥」の人々との方がどれ程よかったことか。「私」は、場違いの存在を余儀なくされた。

また、当時、芸人や香具師と同じように移動動物園が、三島から下田に向かって闊歩したという。ただ、これは、動物園ともサーカス団ともいえそうで、昭和のはじめから戦後しばらくは修善寺駅前にテントを張って地元民の娯楽として営業していたと、多くの地元民が語る。また、安藤公夫編『梶井基次郎と湯ヶ島』（先掲）でも、幼少年期に梶井を知る湯ヶ島の後年の古老たちは「大仁にかかっていた動物園が下田へ移動するので、この上の街道を通った」とか「像が二頭と、ラクダが二頭、悠々と街道を歩いていきました」と過去を語っている。年に一度の興行活動であった。もちろん、この興行にかかわった人たちの宿泊は、安宿で、湯ヶ島だと「朝日屋」に決まっていたという。川端の「春景色」（昭2・5『文藝時代』に「柳は緑花は紅」として発表）に次のように書かれている。

突然、象と駱駝とが村の街道を歩いて来た。

椿の林で椿の花を折つて、街道へ出たばかりの千代子の鼻の先きに、ぬつと大きい動物だつた。

「あらあ。」と、彼女は彼を椿の林へ押し倒しさうに、彼の袂を摑んだまま、ぐるりと彼のうしろへ廻つた。

象は調馬師の革鞭のやうな尻尾を、きりきり振り廻してゐた。

駱駝は二足か三足ごとに、太古の武将のやうに頭を振り上げながら歩いてゐた。

象が前足を百姓娘のはにかみのやうに内輪につぼめ、後足を鳥居のやうに拡げて、尿をした。

「あ。」

千代子は彼の肩に目を隠した。象は大きい牡である。子供達がてんでに叫びながら、道端へ飛び退いた。


登場人物の「彼」と「千代子」は、これら象と駱駝を見て、「移動動物園」とか「曲馬団」とかと話している。語り手は「南は山々である。峠へ三里半。港町へ十一里。峠の谷の雪ももう消えてゐる。山を越える大きい動物を、木の間から鹿が覗いてみるであらうか。」と語る。古老が回顧する話と「春景色」の移動する動物には差異はない。あるとすれば季節の相違だけであろうか。

さらに、梶井基次郎は淀野隆三宛書簡（昭２・３・７）に、此頃は川端氏のところへ行つても長話するやうになる次第　此間象とラクダの話をしたらやはり感じたやうだつた　きいて見ると　あれは大仁にかゝつてゐた動物園が下田へゆくところだそうで、小動物は貨物自動車で行つたが　貨物に乗れない彼等は一日の徒歩旅行をして行つた譯だ　僕も大層嬉しかつた　あの下田街道に　どこか　その日の巨大な足跡でも残つてはゐないかなど思ひ　その光景を想望する心まことに切なるものがある　彼等も蓋し半島の芸人　伊豆の踊子だ

と、書き送っている。昭和二十年に戦争が終って後およそ十年経っても、かつてほどではないが、芸人や香具師、そしてサーカスなどは伊豆半島を三島から下田に向けて興行していた。しかし、同時に、「物乞ひ旅芸人村に入るべからず」のような立札はいつの間にか目にすることはなくなったそうである。

十五　「流行性感冒」の効果

「伊豆の踊子」の「七」章の、

「お婆さん、この人がいいや。」と、土方風の男が私に近づいて来た。

「学生さん、東京へ行きなさるだね。あんたを見込んで頼むだがね、この婆さんを東京へ連れてつてくんねえか。可哀想な婆さんだ。倅が蓮台寺の銀山で働いてゐたんだがね、今度の流行性感冒つて奴で倅も嫁も死んぢまつたんだ。こんな孫が三人も残つちまつたんだ。どうにもしやうがねえから、わしらが相談して国へ帰してやるところなんだ。国は水戸だがね、婆さん何も分らねえんだから、霊岸島へ着いたら、上野の駅へ行く電車に乗せてやつてくんな。面倒だらうがな、わしらが手を合はして頼みてえ。まあこの有様を見てやつてくれりや、可哀想だと思ひなさるだらう。」

について、羽鳥徹哉は「「伊豆の踊子」について」(『作家川端の展開』先掲)で、

そこへ土方風の男が「私」に近づいて、婆さんの世話を頼むというところが第三の場面である。婆さんは蓮台寺の銀山で働いていた倅夫婦に死なれ、三人の幼い孫を連れて国に帰るのである。「私は婆さんの世話を快く引き受けた。」とある。彼が「引き受け」ることが出来たのは、もともとの彼の優しさ、自分自身孤児である彼の孤児になった子供達への同情等いろいろ考えられるが、それを「快く」引き受ける気持になれる最大の理由は、踊子に愛されたからである。

と書き記し、羽鳥はまた、「《蓮台寺の銀山・婆さん》」(平11・6『伊豆と川端文学事典』勉誠出版)で、「川端はその年の十一月六日に、鉱夫達にお婆さんを託される。お婆さんはその馬車鉄道で鉱夫達に送られてきたのかも知れない。」と、作品を取り巻く社会状況には触れず、「「快く」引き受ける気持」について論じている。

ところで、この「可哀想な婆さん」の存在に関して、川端は「処女作を書いた頃」(昭13・6『新女苑』)に、

あの小説に書いてある、蓮台寺の銀山で息子夫婦に死なれた婆さんは、上野駅へ送つてやると

いふ船客があつたので、私は霊岸島へ着くと、河津の工場主の息子を誘つて、近くの朝湯へ入つた。そこへ、体ぢゆうに刺青した男が入つて来て、私達のうすめた湯のぬるいのを怒鳴り散らしてゐたことを覚えてゐる。

と書いているので、「婆さん」は実在していたのだろうとは思う。「私達」というのは川端本人と、次に紹介する河津から東京まで同行した当時受験生の後藤孟を指すことは明白であり、後日、読売新聞文化部編『実録　川端康成』（昭44・7　読売新聞社）には、この後藤孟が回想して以下のように語ったと紹介されている。

「東京に着くと、川端さんが『朝ぶろに行こう』と誘った。熱すぎたのでジャロをひねってうすめているとイレズミをした若い衆が五、六人はいって来て『ぬるいぞッ』とどなった。わたしは胸がドキドキしたが、川端さんは顔色ひとつ変えず、平然としていました。神田明神のところでわかれたのですが、なれぬ朝ぶろをつき合ったため、カゼをひいてしまいましてね……」

さらに、この後藤に直接話を聞いたという土屋寛が自著『天城路慕情』（先掲）で次のように紹介している。

「小説の中で、〝河津の工場主の息子〟にあたる私は、実は下田ではなくて汽船の次の寄港地である河津浜で船に乗り込んだのです。ですから、そのような人たち、想像をおこすような人たちが、下田の乗船場に見受けられたかどうかは知りませんが、既に船に乗った人たちの中にはいませんでした。河津港から東京へ着くまで、川端さんはずっと私と一緒でした。鉱夫たちの頼みを引き受けていたとするなら、川端さんのような人なら、当然その人たちを近くにおいて世話をしてあげたはずですが、川端さんは私以外に誰とも話し合うことも無かったように思います。（中略）二人だけで降りましたし、もちろん、上野駅に行くというような人を周囲に見かけたおぼえはありません。あれはフィクションですね。作家はうまく描くものですよ」

という次第で、おそらくこれはまちがいないことであろう。

スペイン風邪の猖獗をきわめたころ、学生とはいいながら作者はのんびり旅に出ていたのかと不思議に思われるが、当時はいまのように情報は多くなかったし、交通がゆるやかな時代は、それなりの落着きが社会にあったのではなかろうか。蓮台寺銀山のこと、鉱夫たちのこと、スペイン風邪による悲劇は、下田の旅館で聞いたことを描き入れたのかも知れない、ということになるようだ。

筆者はこの土屋見解の一部に異論があり、それは後述する。

そして、この老婆登場の場面そのものに疑義を唱えた西河克己は『「伊豆の踊子」物語』（平6・7　フィルムアート社）で、

この老婆と鉱夫たちの出現のくだりは、「伊豆の踊子」の簡潔で透明な調子をいちじるしく乱しているように私には思えてならない。不遜を省みずいえば、この部分は省略してしまった方が、小説の首尾が一貫するような気がするのである。この部分は、「私」が、踊子たちとの交流によって、心が洗われ、素直な人情にされてゆく心境を表現するための設定なのか、それにしては、鉱夫の長い説明的な会話など、全篇の調子からはずれた、妙に芝居じみた文章で、気になるところである。

と述べている。確かに、何気なく「伊豆の踊子」を読み流したとしても一瞬戸惑いを感じる。羽鳥徹哉は『作家川端の展開』（先掲）で、「つまり、「婆さん」はこの作品の中で、主人公がそういう

柔軟な心になったということを表すための重要な手がかりとしての役割を持っている」と説いている。

そこで、本節では、作品化されているこの部分の真偽、すなわち、「婆さん」の存在の有無、次に「今度の流行性感冒つて奴で倅も嫁も死んぢまつたんだ」というこの〈流行性感冒〉の確認、そして、「息子夫婦」の死因が流行性感冒であったのかどうか、さらに、大胆な仮説として、この「婆さん」と「峠の婆さん」との関わりについて考察する。

ところで、この「流行性感冒」の語源であるが、「感冒」の使用は、内務省衛生局『流行性感冒――「スペイン風邪」大流行の記録』（平20・9　平凡社　東洋文庫）に紹介記載されている文献を見る限りでは、明和六年（一七六九年）に「九月に至て、感冒の病行はれはじめはさせる程の事もあらざりしが」が最初のようである。それまでも「風邪」「咳病」などの言葉で表現され、当時流行の世相などから「お駒風邪」「谷風」「ネンコロ風」「ダンホ風」「津軽風」「アメリカ風」と呼ばれた。また「流行性感冒」すなわち、「インフルエンザ」に関しては、富士川游『日本疾病史』（昭44・2　平凡社　東洋文庫）に、「流行性感冒は、明治二十三年の春、我が邦にインフルエンツァの大流行ありしとき、新に用いられたる名称にして、該病の状態に基づきて名づけたるなり」と書かれ、そして、インフルエンザの語源については、

『大約伝染して発するの諸熱は、凡て先づ聖京倔（シンキング）様の諸証を得て而して後顕はる、痘瘡、麻疹、猩紅熱、神経熱の如きはその最も著しきものなり、又印弗魯英撒（インフリユエンザ）も亦これに属す』と記し、インフルエンツァの名称をここに挙げたれども、その下に『未だ詳かならず』と註したり。安政五年新宮涼民等訳の「コレラ病論」後篇には、コレラ流行の前後に魯西亜傷冷毒を見ることを挙げ、而してこの魯西亜傷冷毒は原語インフリュエンザまたギリープ（Influenza oder Grippe）を翻訳したるものなることを言えり。次いで文久元年風邪の流行に際し、竹内玄同は、これを律斯聖京倔（リスシンキング）と痧定し、モスト治療書中の該病に関する一篇を訳述せしが、リスシンキングは一名ギリープにして、すなわち流行性感冒なり。

と記述されている。

「土方風の男」たちが果たして「流行性感冒」が「インフルエンザ」であることを知っていたかどうか不明であるが、単なる風邪ではなく、「今度の流行性感冒て奴」と発言していることから感冒の状況はある程度知っていた。おそらくこの「流行性感冒」が、いわゆる「スペイン風邪」という病名であることは知らなかったにしても、当時の新聞報道等で、直接間接的に知っていたと想定される。感染拡大の情報は、『朝日新聞』によると、大正七年十月十九日に「インフルエンザの病原菌＝弗国人に依つて発見さる　果たして価値あるものか＝」として記事化され、掲載されている。そこでは伝染病研究所の二木博士談が紹介「インフルエンザ病原菌か現段階では批評出来ない」「病気としては恐ろしくはない」とのコメントを出している。大正七年十月二十二日には「大流行の感冒　◇何も特殊のものではない◇規則正しい生活が予防法◇額田、瀬川両博士の談」が掲載され、以後、毎日のように「流行性感冒」、いわゆる「スペイン風邪」に関する記事が一面に複数報道されている。

川端が伊豆旅行に出発した大正七年十月三十日前日の二十九日の『朝日新聞』には、「四中の修学旅行団　流行感冒に罹る　重患者卅余名出づ　十一名を二見に残し　他は奈良より帰京す」と「一教員死亡＝西班牙感冒で　善後策の為に校長会議」の二記事が掲載されている。この感冒による交通状況も逼迫し、同新聞十月三十一日にはスペイン風邪に関する記事が三つ載り、その一つに「西班牙感冒遂に　交通機関に影響　長野では従業員不足で臨時貨物列車を中止す　▽中管でも局長、運輸課長▽を初め多数の欠勤者あり」と、鉄道従業員が感染し欠勤者が多く出て、鉄道運行がままならない状況下にあった。記事には「高橋東京駅長は『大変なものが流行り出したものぢやアないか、駅でも閉口してゐるのだ、私は幸ひカンカラカンだが▲東京駅だけで五六十人はアレに罹つて休業してゐる、私の處などは大きいから代りの者も遣り繰りが付くけれど小さい駅では何うにも仕様が無くて困り抜いてる様だよ、東京駅の助役抔も丈夫な者は他の駅に助けに行くといふ始末だ、今の所恁んな訳で何うやら斯うやら行つて居るが此上烈しくなつては困る』とこぼす」と駅員の罹患による悲惨な状況を述べている。川端が伊豆旅行に出発する前には既に感染拡大が大きく新聞報道され、大正七年十月二十四日には「患者に近寄るな　咳などの飛沫から伝染　今が西班牙風邪の絶頂」（國澤医務課長談）」との記事、翌二十五日には、「世界的流行の西班牙感冒（かぜ）内務省各府県に対して注意の通知を発す」となり、当初、「死亡する者は絶無と云つて好い程であり」との記事内容も、次第に流行性感冒感染による死者を報道するようになった。

そして、これら記事に便乗するかのように「流行性感冒」に効く薬品の宣伝も紙上に掲載された。『朝日新聞』をみると、「流行性感冒予防治療用ワクシン」（大7・10・27）、「今度の流行性感冒がいよいよ猛勢につきツムラ風薬消熱散を」（大7・11・2）、「今度の感冒に効能最も顕著なるホシ鎮痛解熱薬」（大7・11・7）など大きく広告を掲載している。

これほどまでに報道され、身辺に現実味を帯び始めた〈流行性感冒〉、すなわちスペイン風邪を、川端がいくら学生とはいうものの知らぬはずはあるまい。東京で生活する一高生が新聞に目を通さないことなど、とりわけこまめに新聞を読んでいただろう川端に、先述の土屋寛の見解は当たらない。二十五日の記事には「一高生五十名発病　小田原付近にて発火演習中第一高等学校生と七百名は去る二十二日より三日間小田原付近に於て発火演習を行ひたるが該演習中五十名の生徒が発病したるより医師の診断を求めたるに右は西班牙感冒と判明し」との記事も載っている。そして、川端が下田から東京に向かうその日の朝刊に「島村抱月氏逝く　流行性感冒に罹り芸術倶楽部の二階にて」の記事が掲載される。この記事を川端は下田で目にしたか、あるいは東京で目にしたか不明であるが、読まないはずはなく、島村が五日午前二時に死去したとあれば、その日の夕刊にも目を通したと考えられる(1)。

『流行性感冒――「スペイン風邪」大流行の記録』には、「大正七年八月下旬にして九月上旬には漸く其の勢を増し、十月上旬病勢頓に熾烈となり、数旬を出でずして殆ど全国に蔓延し、十一月最も猖獗を極めたり」、さらに「最も早く発生を見たるは神奈川、静岡、福井、富山、茨城、福島の諸県にして」と記録されているため、彼等土方風の男たちも当然知っていたというべきである。同書に、「スペイン風邪」による状況は、

大正七年八月初発以来八年一月十五日迄の概数は患者約一千九百二十三万六千人余、死者実に二十万四千人余にして、患者は全人口の三分の一に達し、死者は人口千に対し三・五八の高率に及べり、患者百に対する死亡は一・〇六にして其率比較的低かりしも罹病者の多数なりしため死亡者又多く稀に見る惨害を蒙れり。

さらに、

十二月下旬に於て稍々下火となりしも翌八年初春酷寒の候に入り再び流行を逞うせり、最も早く発生を見たるは神奈川、静岡、福井、富山、茨城、福島の諸県にして、（中略）初期に於ては虚弱者、老幼者を除きては死亡するもの尠かりしも（後略）

と記されている。この「スペイン風邪」は、三回、すなわち三年にわたって流行し、第一回の流行は、大正七年八月下旬より翌八年七月までで、全人口の四割の患者を出し、とりわけ流行期は十月から十二月であった。この期間、患者の死亡率は一・二二％で人口千人に対する死亡率は、第二回、第三回のうち最も高く約四人に当たるという。第二回は大正八年九月中旬から翌九年七月まで、第三回は大正九年八月から十年七月までと記録されている。「伊豆の踊子」で作品化されている「流行性感冒」すなわちスペイン風邪は、割合的に最も多くの死者を出した第一回目であった。

さらに、川端が旅行中一番長く滞在した湯ヶ野でのスペイン風邪の状況を、「大正七学年度　校務日誌　上河津尋常高等小学校」(2)をもとに考察してみたい。当校は旧・河津町立西小学校で（二〇二三年三月で閉校）、開校以来校地の位置の移動もなく、湯ヶ野温泉福田家の河津川向かいにある。福田家とは直線距離にして百メートルもあろうか。この日誌には当地での流行性感冒の実態が詳述されている。川端が湯ヶ野に滞在した大正七年十一月二日から四日までを中心に前後日誌を一部転記してみる。

拾月二拾九日　火曜日　曇天　西風　六拾六度

一、誨告

流行性感冒ニ関スル注意

本校ノ児童ニ対スル感冒ニ関スル調

科	在籍	病欠	事故	出席
尋常	四七六	二八	二八	四二〇
高等	五三	一	〇	五二
計	五二九	二九	二八	四七二

拾一月一日　金曜日　晴天　東風　六拾八度

一、在籍児童及流行性感冒患者等調表

科	在籍	出席	病欠	事欠
尋常科男	二四一	二一三	一五	一三

	女	二三四	二〇二	二四	七
高小科	男	四〇	三九	〇	一
	女	一三	一三	〇	〇
	計	五二八	四六八	三九	二一

運動会ハ左程病気欠席ナキニヨリ決行ノコトヽ協議決定ス

拾一月二日　土曜日　曇天　東風　六拾七度

一、授業休止　校庭運動会挙行

拾一月四日　月曜日　曇天　東風　六拾五度

一、学甲第六三九号流行性感冒ニツキテ注意書受付

拾一月七日　木曜日　曇天　東風　六拾七度

一、左記ノ通リ衛生講話

一、流行性感冒ニ関スル講話ヲ稲葉村医ニ乞ヒ管理者学務委員警官ニ参列ヲ乞ウ

一、尋常科第四学年以上の児童

一、医師ニツギ丹治巡査モ一場の訓話ヲナス

この「校務日誌」からもわかるように、川端が湯ヶ野温泉福田家に赴いた頃、「流行性感冒」により学校は逼迫し、「拾月二拾九日」には「一、誨告／流行性感冒ニ関スル注意／本校ノ児童ニ対スル感冒ニ関スル調」がなされていて、「病欠二九」と記載されている。さらに調査は「拾一月一日」にもなされ、「病欠三九」の詳細は書かれていないが、確実に増えている。また、訓導の「病気欠勤」も病名等は書かれていないが、可能性としては「流行性感冒」の罹患によるものではないかと考えられる。「拾一月四日」には「一、学甲第六三九号流行性感冒ニツキテ注意書受付」と記載、「拾一月七日」には「一、左記ノ通リ衛生講話／一、流行性感冒ニ関スル講話ヲ稲葉村医ニ乞ヒ管理者学務委員警官ニ参列ヲ乞ウ」との記載がなされ、日増しに感染予防対策の緊張度が高まってきている。「拾一月拾八日」には「一、学甲第六八一号流行性感冒ニ対スル調書ノ件受付」「一、誨告　1、便所ノ清潔のコト／2、手足頭髪其整理ノコト」等記載されている。

この感染拡大しつつある「上河津尋常高等小学校」の現状を、河津川を隔てた福田家に泊まっていた川端、そして、川端よりさらに小学校に近い木賃宿に泊まっていた旅芸人一行が知らないはずはなく、旅館もしくは木賃宿で話題に上っていて耳にしていたとは当然考えられる。

しかし、川端は、この〈流行性感冒〉に関し、作品では下田を離れる直前に作品化しているだけ

である。しかも、作品の流れとしては余りに突発的ないわゆる入れ子の場面となっている。

このスペイン風邪が蔓延する状況下で旅芸人一行と旅をした川端、ひいては語り手「私」は、やはりこの風邪による罹患状況を無視するわけにはいかなかったのであろう。「岩波文庫版『伊豆の踊子・温泉宿』あとがき」（昭27・2）に、

「伊豆の踊子」には修善寺から下田までの沿道の風景がほとんど描けてゐない。自然描写につとめようとも思はぬほど、なにげなく書いたと言へば言へる。公表のつもりなく書いたものを、のちにところどころ少し直しながら写したのである。発表の何年かのちに、風景を書き入れて改作しようと考へてみたことはあつたができなかつた。しかし、人物はむろん美化してある。

と、書き記しているが、「修善寺から下田までの沿道の風景」で一番書かれなければならなかったのは、この伊豆半島に蔓延し、おそらく多くの死者まで出しているスペイン風邪ではなかったか。川端は「「伊豆の踊子」映画化に際し」（昭8・4『今日の文学』）で、「「伊豆の踊子」を楽に書き流した時に、ただ一つの迷ひはこの病のことを書かうか、書くまいかといふことであつた」と述べているが、ここでいう病は栄吉夫婦の「悪い病の腫物」であった。この病を書くか書かないかが川端

の悩みでありながら、結果的には書くことをせず、後日、踊子薫と共に、「人物はむろん美化」されたのである。

しかし、この美化されたのは旅芸人一行だけだったのであろうか。修善寺で一泊し、湯ヶ島で二泊し、そして湯ヶ野で三泊する。この期間中、流行性感冒に罹患し苦しむ者や、この風邪によって死んだ者を直接見ることはなくとも、一行もしくは宿での会話には当然話題に上ったに相違ない。だが、川端は、全く触れず、最終章でもって初めて「流行性感冒」を作品化することになった。ここには、紛れもなく、川端の意図的な創作があったと考えるのが自然である。西河の「簡潔で透明な調子をいちじるしく乱しているように」は妥当な見解である。

それならばなぜ川端はこの「流行性感冒」蔓延の現状を作品化しなかったのか。それは、以下に記す湯ヶ野の天気と作品内の天気が大きく関係していると考えられる。

先掲の「校務日誌　上河津尋常高等小学校」（以下、「日誌」とのみ記す）からは、流行性感冒に関する記述のほかに、天気の記述をも確認できる。先述したが、川端が宿泊した湯ヶ野温泉福田家と上河津尋常高等小学校とは河津川を挟んで対置している。つまり、この校務日誌に記載されている天気は川端にとっても同じ状況となる。

十一月二日、湯ヶ野の天気は「曇天　東風　六拾七度」、もちろんこの気温は華氏である。「伊豆の踊子」には「夕暮れからひどい雨になつた。」「雨が上がつて、月が出た。」と書かれ、当日の天気とはおそらくは合致しているであろう。三日、天気は「曇天　東風　七十二度」と記載されているが、「伊豆の踊子」では、「美しく晴れ渡つた南伊豆の小春日和で」「暖かく日を受けてゐた」と作品には描かれている。気温は時期的にはやや高めと思われ、暖かく感じられるが、「美しく晴れ渡つた南伊豆の小春日和で」は川端の創造と考えられる。「曇天」を曲げてまで創作せねばならぬ理由があったのではなかったか。そして、四日、「曇天　東風　六拾五度」と記され、「伊豆の踊子」には踊子の「ああ、お月さま。」とあるのみ、日中は曇天でも夜には月が出たとはいえる。

注視すべきは五日の天気である。「日誌」には、「曇天　雨天　六拾八度」と記載されている。この日、旅芸人一行と「私」は「山越えの間道」を選び下田に向かう。出発前の光景は、「海の上に朝日が山の腹を温めてゐた」、さらに「秋空が晴れ過ぎたためか、日に近い海は春のやうに霞んでゐた」と描かれている。仮に「日誌」に記されているように「曇天」は午前で、「雨天」は午後であったとしても作品の記述とは異なる。また、地元住民の話によると、「日誌」に記載の「東風」が吹くと、漁師は漁を求めて海に出ることはないという。少なくとも湯ヶ野滞在の三泊四日は、天気的には恵まれていなかった。川端の明らかな虚構となる。彼にとって、天気を虚構化し、流行性感冒の蔓延を作品化しなかったのには何かしらの理由があったと考えねばならない。これら二つの要素は同時に関係するものとして考えられる。

これほどまでに感染蔓延していた「流行性感冒」が作品化されていないのは不思議なくらいである。しかも、作品内天気と実際の天気とに相違があるのもやや恣意的と考えられる。

そこで、「二」章の峠の茶店の婆さんと「私」との会話に注目してみたい。「私」は「茶を入れに来た婆さんに、寒い」というと、婆さんは

「おや、旦那様お濡れになつてるじやございませんか。こちらで暫くおあたりなさいまし、さあ、お召物をお乾かしなさいまし」

といって、自分たちの居間に誘ったのには、「秋でもこんなに寒い、そして間もなく雪に染まる峠」のためだけではなく、「私」と同様、婆さんの脳裡には「流行性感冒」への懸念があったのではないか。その「私」が「お爺さん、お大事になさいよ。寒くなりますからね。」と「心から言つて立ち上がつた」のも、「私」の意識にも「流行性感冒」への懸念があり、老夫婦と「私」とには、周知の事実としてこの「流行性感冒」が認識されていた。それゆえ、「私」にとっては「五十銭銀貨」一枚は単に茶代、そして居間に案内されただけではなく、「流行性感冒」感染を慮ってくれた婆さんへのお礼ともいえる。

板垣賢一郎『文学・伝説と史話の旅　伊豆天城路』（先掲）によると、「当時街道を往来した紳士たちでも、茶代はとびぬけても二〇銭、普通は五銭か一〇銭で、学生たちは二銭が相場だった。」という。従来、筆者も含めてではあるが、この「私」の異常なまでの茶代の支払いに関して、「私」、

ひいては川端の金銭感覚の無自覚さ、あるいは異常さを問いただしてきたが、峠の婆さんと「私」とのやり取りには暗黙の了解で「流行性感冒」は表現されはしなかったが、それへの懸念はあり、「私」が、この〈流行性感冒〉に対する警戒の謝礼とすれば決して高い金額ではなかろう。

茶代としては余りにも高すぎるし、作品本文にも茶代云々とはひと言も書いていない。茶代としての五十銭は、従来、川端研究者は作品文脈から想定した解釈であった。しかし、「私」の真意は、婆さんの手厚いもてなしにむしろ感謝し、感冒感染からの救いを悟ったのであり、「五十銭銀貨を一枚置いただけだつた」とは「私」にしてみれば決して高額な茶代ではなかった。全国規模で感染が蔓延している現実を峠の婆さんと「私」も知っていたと、読むべきではないのか。「私」は婆さんの好意を受け、感染への相互扶助を理解したのではなかったか。

この「流行性感冒」に対する「私」のおもいは、作品最終の「可哀想な婆さんだ」「今度の流行性感冒つて奴で伜も嫁も死んぢまつたんだ。」に繋がってくるのではないか。土方風の男に「あんたを見込んで頼むだがね」といわれ、婆さんと三人の孫たちに対する憐れみ、同情から「私は婆さんの世話を快く引き受けた」ことも現実だろう。しかし、峠の茶店での件を忘却していることはなく、一歩間違えば「私」自身だって生命の危機を患っていたかもしれないのだ。あえて「流行性感冒」の犠牲になった伜夫婦への手向け、そして婆さんたちへの憐れみから引き受けたのではないか。土屋寛が「スペイン風邪による悲劇は、下田の旅館で聞いたことを描き入れたのかも知れない、ということになるようだ。」と推測しているが、新聞をよく読んでいた川端にしてみると、『朝日新聞』（大7・11・5）掲載の「夫妻感冒に殪る◇三井の支店長代理　遺孤も重態」などを参考に作品化したのではないか。この記事の翌日、六日の朝刊に先述の「島村抱月氏逝く」が掲載されている。

三井物産大阪支店長代理松崎健造氏（三五）の妻女み江子（二九）は臨月の上に流行性感冒に罹り肺炎を併発して二日死去したるが三日午後八時に至り主人健造氏も合併症肺炎にて逝去したり、是より先八歳を頭に四人の子女も感冒の為何れも赤十字病院に入院せしめたるが内二人の男児は頗る重態なりと云ふ▲此の惨状に母堂は呆乎として唯泣き崩るゝのみ目下三井物産より社員数名同家に赴きて種々世話を為し居れり（後略）

作品の最後になって「流行性感冒」が突然表出してくるのではなく、既に作品冒頭に、この「流行性感冒」は作品化されていたのである。

「伊豆の踊子」末尾に「私は涙を出委せにしてゐた。頭が澄んだ水になつてしまつてゐて、それがぽろぽろ零れ、その後には何も残らないやうな甘い快さだつた。」と書くに至るが、この中の「甘い快さ」を描き出すためには、「人物はむろん美化」する必要があり、「本物の彼女等夫婦は、悪い腫物に悩んでゐた」（「「伊豆の踊子」の映画化に際し」先掲）事実も、「流行性感冒」、すなわち「スペイン風邪」が猖獗を極めていた現実も大きく取り上げて描くことができなかった。そして、事実と異なる天気の設定も「甘い快さ」のためには、すなわち、「私」と旅芸人一行との活動には〈曇天〉は幾分許容されたとしても〈雨天〉は忌避され、作品内ではどうしても〈快晴〉が必要だったのである。

この「流行性感冒」が「伊豆の踊子」に違和感を覚えさせる、その真意は「私」、そして作者川端によって企てられた「甘い快さ」の「伊豆の踊子」が求められていたのである。「伊豆の踊子」は、「生」の深層に澱んでいる、どろどろした、醜怪な、暗い、病が死に連なる、馴染みのものとして論じられてきたが、この「流行性感冒」も、この要素から疎外されてはならないものである。

伊豆の鉱山の変遷について、土屋寛『天城路慕情』(先掲)では、

蓮台寺温泉の奥にある蓮台寺銀山は採掘が盛んで、多い時には鉱夫は三〇〇人くらい働いていたという。

(中略)しかし鉱夫たちは大部分が貧しさから立ち直るために、危険や重労働を覚悟のうえで諸方から集まっていた人びとだけに、外から見たのとちがって、内々はお互いに助け合い、力になりあっていたのである。

と書かれている。川平裕昭による論文「伊豆の鉱山開発史」（昭61『静岡地学』第53号）に次の記載がある。

金鉱山のうち、土肥の発見は古く、桃山時代の末期、天正5年（1577）といわれ、慶長の頃（1596～1614）には同鉱山をはじめ大仁、湯ヶ島、大松、運上などの鉱山が盛んに稼行されたといわれている。大正の初期から土肥、河津、大松などの鉱山が本格的に開発された。昭和に入って（1925～）持越、湯ヶ島、縄地などの鉱山が相次いで開発され、昭和7年（1932）からの金価格の上昇、引続いて、産金奨励期に入って数多くの山が探鉱された。その探鉱山から昭和12年（1937）に潜頭型で優秀な清越2号脈が発見された。第2次世界大戦中、昭和18年（1943）の金鉱山整備令により、持越、河津（蓮台寺）、縄地などが休止をよぎなくされた。（中略）河津鉱山（蓮台寺鉱山）（前略）同鉱山の発見年は未詳ではあるが、多くの記録によれば、慶長年間から稼行されていた。明治末期から大正にわたって、久原鉱業に買収され、大松鉱山、須崎鉱山などとともに稼行された。昭和4年、日本興業と改称され、金、銀、銅、マンガン鉱などの採掘が行われ、昭和37年まで稼行された。
大正4年からの生産実績は合計金属量で金5・5t、銀276t、銅1000t、マンガン15,840tの産出を示している。

「伊豆の踊子」に「蓮台寺の銀山」と表記されているが、この川平の論文によると銀のほかにも金、銅、マンガン鉱を産出していることが分かる。ただ、伊豆の鉱山全体を鳥瞰してみると、銀の産出量は多い。明治末期から大正にかけて、久原鉱業に買収され、いわゆる企業としての稼行が始まった。「伊豆の踊子」では「土方風の男」たちが「私」に近寄り、「倅が蓮台寺の銀山で働いてゐたんだがね」と表現されているのは企業の一員として働いていたということになる。

川平論文では、伊豆の採掘の歴史は古く、その起源は安土桃山までさかのぼるといわれるのが、本格的な稼行としてのはじまりは明治末期から大正はじめにかけてのようであり、合わせるかのように企業の参入が活発化し、株式会社による採掘がされたという。「蓮台寺鉱山」もその流れにあり、同時期に「久原鉱業に買収され」ることになり、それこそ全国から鉱夫採用で、家族とともに伊豆に集まったといえる。「伊豆の踊子」に「国は水戸だがね」とあるのも頷ける。

（1）大正七年十一月五日、島村抱月が死去し、翌六日の『朝日新聞』に「島村抱月氏逝く　流行性感冒に罹り芸術倶楽部二階にて」として報道され、同紙、同月八日には「抱月居士土葬送」の記事が掲載されている。当然、川端は少なくとも島村と『人形の家』との関係から島村死去関連の記事を読んでいたと想定される。

（2）「大正七学年度　校務日誌　上河津尋常高等小学校」については、元河津町教育長鈴木基氏の御厚意により一部コピーを戴いた。

「伊豆の踊子」の日程、及び行程　事実と作品内時間との相違

月日	曜	天気	気温（華氏）	川端	作品	朝日新聞	上河津尋常高等校小学校務日誌	備考
10/19	土					●感冒のインフルエンザの病原菌		感冒用薬広告
22	火					●大流行の感冒		
24	木					●風邪の為に休校 ▲女子高師にも二百名 ▲患者に近寄るな ●西伯利にも感冒流行		
25	金					●世界的流行の西班牙感冒 ▲流行各地に向つて防疫官を派遣 ▲一高生五十名発病 ▲西平野署に蔓延		
27	日					●警視総監の告諭 ●学習院の運動会中止 ●巡査流行感冒に殪る		流行性感冒予防治療用ワクシン〈朝日〉
29	火					●四中の修学旅行団流行感冒に罹る		
30	水	雨 湯ケ野	68 湯ケ野	東京発 修善寺泊			一、大沼　古山訓導病気欠勤	

31	11/1	2	3	4
木	金	土	日	月
晴 湯ケ野	晴 湯ケ野	曇 湯ケ野	曇 湯ケ野	曇 湯ケ野
70 33 湯ケ野	68 32 湯ケ野	67 湯ケ野	72 湯ケ野	65 湯ケ野
湯本館泊	同右	福田家泊	同右	同右
		・雨脚が杉の密林を白く染めながら ・別の部屋へ案内してくれた。 ・婆さんに、寒いと言ふと、 ・旦那様お濡れになつてる ・雨が上つて、月が出た。	・美しく晴れ渡つた南伊豆の小春日和で ・暖かく日を受けてゐた。	・「ああ、お月さま。」
・西班牙感冒遂に交通機関に影響 ▲学習院も休校 ▲電信事務も大故障		・感冒の惨状を視察せる ▲防疫官の報告 ▲小学校		
一、天長節拝賀式挙行 一、明●拾一月二日校庭運動会●提出	一、小林 古山 大沼 三訓導病気欠勤 一、文部省督学官… 一、運動場其他準備ノタメ混雑ス 一、在籍児童及流行性感冒患者等調表	一、授業休止 校庭運動会挙行 小林 古山 大沼 三訓導引続キ欠勤	一、当直土屋訓導 長田訓導来校 板垣校長午前執務 一、月表勤務調査作製提出	一、古山 相馬訓導病気欠勤 一、学甲第六三九●流行性感冒ニツキテ注意書受付 一、村通知学務委員会ノ件受付
		今度の流行性感冒がいよいよ猛勢につきツムラ風薬消		

5	6	7	8
火	水	木	金
曇雨 湯ケ野	晴 湯ケ野	曇 湯ケ野	
68 湯ケ野	73 湯ケ野	67 湯ケ野	52 湯ケ野
山田屋旅館 甲州屋	賀茂丸船中泊	東京着	
・海の上の朝日が山の腹を温めてゐた。 ・秋空が晴れ過ぎたためか、日に近い海は春のやうに霞んでゐた。	・町は秋の朝風が冷たかつた。 ・肌が寒く腹が空いた。 ・今度の流行性感冒で奴で倅も嫁も死んじまつたんだ。		
●風邪薬暴騰 ●夫妻感冒に殪る	●島村抱月氏逝く 流行性感冒に罹り芸術倶楽部の二階にて ●近衛師団の行軍騒動	●都下各軍隊の感冒益猖獗を極む ●感冒の病原菌 ▲女子大学休校と決定 ▲予防研究を建議す ●各炭鉱の大打撃 ●感冒の幼年学校生	●抱月居士土葬送
一、古山 長田二訓導病気欠勤	一、古山訓導病気欠勤	一、古山 相馬両訓導病気欠勤 一、左記ノ通リ衛生講話 一流行性感冒ニ関スル講話ヲ稲葉村医ニ乞イ管理者学務委員警官ニ参列ヲ乞ウ 一尋常科第四学年以上ノ児童 一医師ニツギ丹治巡査モ一場ノ訓話ヲナス	
		今度の感冒に効能最も顕著なるホシ鎮痛解熱薬	一、学甲第六八号流行性感冒ニ対スル調書ノ件受付 一、誨告 1、便所ノ清潔ノコト 2、手足頭髪其整理ノコト

十六　自然描写省筆に関する川端発言

『川端康成全集第六巻』（昭24・6　新潮社）に川端の作品自解（「独影自命」）がある。

「伊豆の踊子」には修善寺から下田までの沿道の風景がほとんど描けてゐない。自然描写につとめようとも思はぬほどなにげなく書いたと言へば言へる。二十四歳の夏に湯ケ島で、公表するつもりもなく書いたものを、二十八歳の時にところどころ少し直しながら写したのである。後に風景を書き入れて改作しようと考へてみたことはあつたが出来なかつた。しかし人物は勿論美化してある。

ほとんど同じ内容・表現で岩波文庫『伊豆の踊子・温泉宿』の「あとがき」にも書かれている。「発表の何年かのちに、風景を書き入れて改作しようと考へてみたことはあつたができなかつた。しかし、人物はむろん美化してある」との内容がある。「人物の美化」については後述する。また、

「「伊豆の踊子」の作者」（先掲）に、

「伊豆の踊子」には随所に省筆がある。その最たるものは、湯ケ島、下田の道筋、また天城山の風景描写、自然描写を落したことである。後年、「伊豆の踊子」がやや認められるにつれ、作者はこれを第一の不満としてこの不足を補ふために、また文章の無造作を正すために、自然描写を入れて改作を試みかけたものだが、何年か前の自作の書き直しには身が入らなくてやめた。しかし、自然描写をよくしなかつた悔いはいまだに残つてゐる。

と記している。

これら自解による省筆に対して、長谷川泉は、先掲の『近代名作鑑賞——三契機説鑑賞法70則の実例』で、

風景を描いても、川端文学の神髄は、人の心理を抽象するよすがとして生かしているにすぎない。その意味において、川端文学は心理主義の文学である。「眠れる美女」や「片腕」がその典型である。「伊豆の踊子」が、一見温泉地伊豆の抒情的な美しい風物詩のように見えながら、実は伊豆の風景が描かれていない心理主義文学であることの理由はそこにある。

と、長谷川にいわせれば、「人の心理を抽象するよすが」として生かされているだけであり、これ以外の風景はあえて必要ではないと論じている。

ところで、初出「伊豆の踊子」と決定版「伊豆の踊子」との本文校異に関してはすでに先行研究がある。羽鳥徹哉も指摘しているが、川嶋至『美神の反逆』(昭47・10 北洋社)や藤森重紀「『伊豆の踊子』校異」(昭47・11『近代日本文学』)で詳細に論じられている。しかし、本節では、「自然描写省筆」との観点から、次の一箇所について考えてみることにする。現行の全集本(三十五巻+補巻二)「伊豆の踊子」では、

トンネルの出口から白塗りの柵に片側を縫はれた峠道が稲妻のやうに流れてゐた。この模型のやうな展望の裾の方に芸人達の姿が見えた。六町と行かないうちに私は彼等の一行に追ひついた。

とある、この部分は初出(大15・1『文藝時代』)では、

トンネルの出口から六丁と行かないうちに芸人の一行に追ひついた。

となっており、「六丁」が「六町」に、「芸人」が「彼等」に改稿されており、語句の使用のほかに、現行本では、初出に加筆されることによる異同がある。

この改稿は、川端の、いわゆる新感覚理論が実践化されたといえるものである。大正十四年五月『文藝時代』に寄せた「文芸波動調」で次のように述べている。

「既成作家」と云ふ言葉を詮議立てするのも感心しないが、新感覚主義を「新感覚」主義か新「感覚主義」か、なぞと云ふのも余計なことだ。そのどちらでもないのだ。新感覚主義とは僕達の文学論なのだ。

そして、同誌の「四月諸雑誌創作評」では、加能作次郎の「恃むもの」（新潮）と「一夜」（文藝日本）を評して「表現に近代感覚がない、なぞと云ふのも野暮なくらゐ」と書いている。

こうした川端の発言がある一方で、自身は『文藝時代』八月号に「青い海黒い海」を、『文藝春秋』に「十七歳の日記」の二作を発表している。これら作品に石浜金作は『文藝時代』（大14・9）掲載の「八月諸雑誌創作評」で次のように述べる。

川端康成氏の「青い海黒い海」は作者の或る人生に対する純真な憧憬が感じられて、その点同感は持てたが、作としてはその憧憬の深さや鋭さといふ点に於いても、またその純真さの輝かしさといふ点に於いても、特に際立つて人にヒヤリと冷く迫るやうな所は見られなかつた。もう一歩深くめり込んだところが欲しかつた。そしてその点がなければ、ああいふ情況をわざわざ取材した作者の努力は大部分空しいと云はなければならない。これは川端君は親しく懐しみ過ぎてゐる自分一箇の無理な慾だらうか尚同君は文藝春秋に「十七歳の日記」といふのを出してゐる。作の平面的な出来栄えから云へば此方が或は上かとも思ふが、自分は妙に平面的な印象しか受取れなくつてさう感心出来なかつた。描写なんかは勿論ちやんと出来てゐるけれど、その描写が割に陰影に乏しくつて、あの作を書いてゐる作者の情操の匂ひなど、さう高くないやうな気がした。自分としては川端君の此二作はいつもより妙に物足りなかった。

「伊豆の踊子」執筆の構想がある程度まとまっていただろう頃の石浜の発言である。『文藝時代』(大14・10)に「初秋旅信」を発表し、湯ヶ島に滞在している川端のもとへ友人たちが遊びに来たり、天城倶楽部に芸当を見に行ったりして過ごしてたが、最後に、私はこの半年田舎の温泉で何をしてゐたのだらう。吉奈温泉へ通つて球を撞いてゐた。死後の生存と云つた風のことをいろいろに考へてゐた。
それよりも、竹林の美しさをほんとうに知つた。

とあるように、「竹林の美しさ」を如何様に表現するか、これがこの時期の川端の小説執筆への課題ではなかったか。川端は、「修善寺から下田までの沿道の風景がほとんど描けてゐない」と発言するものの、「伊豆の踊子」には風景が描かれていないことはない。川端がいう〈風景を描く〉とは、見た風景をそのまま描くのではなく、川端が見た風景を川端なりの印象をもとに、川端なりの感覚でもって受け入れ、その印象を川端なりの言葉で表現する、このことが自身では確認できていない、あるいは満足できる表現ではなかったというべきであろう。長谷川泉の表現を借りれば「人の心理を抽象するよすが」というべきであろうか。初出の、

トンネルの出口から六丁と行かないうちに芸人の一行に追ひついた。

この「出口から」の後に、完成稿で

白塗りの柵に片側を縫はれた峠道が稲妻のやうに流れてゐた。この模型のやうな展望の裾の方に芸人達の姿が見えた。

を加筆・修正することによって、トンネルを出て感じ取った南伊豆の風景があり、その絵画的風景描写が、川端自身の洗練された心象風景であり、素直に読者に訴えかける表現だった。鈴木彦次郎の「私は読んだ」（大15・2『文藝時代』）での「山間を流れる岩清水、その清冽と新鮮さと更に流れるに従つて、伸びたぎるその水それに伴ふ連想的感覚を、すべて網羅しつくすこの作品を発表した川端氏の精神美」との発言になるのではないか。
スピード感を如実に表現されている横光利一「頭ならびに腹」（大13・10『文藝時代』）の一節、

真昼である。特別急行列車は満員のまま全速力で馳けてゐた。沿線の小駅は石のやうに黙殺された。

を彷彿とさせる。いわゆるこの新感覚的表現が川端の視野から消えていたはずはない。「沿道の風景がほとんど描けてゐない」を素直に、読者は受け止めてはいけない。

十七　現実的世界と虚構的世界との境界領域

林武志は『鑑賞日本現代文学　第15巻　川端康成』（先掲）で「時間という帯が波うち、溶解し、それとともにすべての現実的事象が消え失せるのだ。そして夜にない、「私はどんなに親切にされても、それを大変自然に受け入れられるやうな美しい空虚な気持ち」だけが残るのである」と、「時間」による現実的世界と虚的世界を区別しているが、むしろ、作品最初と作品最後に表現される「水」、その「水」の持つ特性による両世界の境界を峻別することができると考える。作品冒頭の、

道がつづら折りになつて、いよいよ天城峠に近づいたと思ふ頃、雨脚が杉の密林を白く染めながら、すさまじい早さで麓から私を追つて来た。

というその雨脚とは「大粒の雨」である。この雨脚のために今いる「私」の周辺が一変し、「一つ

の期待に胸をときめかして」いた自分を、より集中的に導く操作機能としての効果がある。いったんは「私」の周辺を曖昧な、不透明な環境にして置き、その状況から抜け出しいち早く「一つの期待」に到達する効果として雨脚があった。そして、「すさまじい早さで麓から私を追つて来」たのは、自身のおもいの強さと（「一つの期待」への集中）、それを支援するためのものであり、「一つの期待」達成を可能にする効果がある。

そのためには、「雨脚が杉の密林を白く染めながら、すさまじい早さで麓から私を追つて来た」の表現が必要であった。

また、作品最後の、

真暗ななかで少年の体温に温まりながら、私は涙を出委せにしてゐた。頭が澄んだ水になつてしまつてゐて、それがぽろぽろ零れ、その後には何も残らないやうな甘い快さだつた。

「涙」、すなわち「澄んだ水」は「何も残らない」状態にしてしまった。つまり、「踊子に別れたのは遠い昔であるやうな気持だつた」というような状態から「何も残らない」状態になってしまったのである。水によって、それまで「私」にまつわりついていた過去、つい先頃までの出来事が消えてしまい、新たな世界への展開が用意されている。踊子との旅を仮に非現実の世界と表現し、水によって新たな世界に入り込む。これを現実の世界と表現しようが、いずれにしても水のない現実と水が登場した後の現実には直線的・曲線的乖離がある。作品冒頭の「雨脚」と作品末尾の「涙」とは、水の持つ特質、すなわちものを溶解し流すという特質・効果によって作品は創作されている。

十八　テクスト分析による読みの展開

上田渡「『伊豆の踊子』の構造と〈私〉の二重性」（先掲）と金井景子「『伊豆の踊子』―癒されることへの夢―」（平3・9『国文学　解釈と鑑賞』）の二篇を取り上げてみたい。奇しくも平成三年という時期でテクスト分析もいよいよ高次の展開を見せ始めた時期の論考であろうか。なぜなら、上田の論考にいくつかの解釈コードが紹介されていて、以後の新たな読みの可能性が示唆されているからである。

その上田は、テクスト内の「私」の言動に注目し、金銭としての価値とは直結させることなく、「この〈私〉の差別的な金銭支出は、〈私〉とそれぞれの階層の人々との関係を固定化してしまう機能を果たしており、〈私〉が自己の金銭価値体系による金銭支出で、外界を分節化し、構造化し、あるいは階層化している」と説明し、他者に金銭を与えることによって「私」自身の存在、立場、あるいは位置を確認し、峠の茶屋の婆さんには茶代として、踊子一行には投げ銭と法事の花代として物的（品代）見返りのない金銭を与えている。「外界を分節化し、構造化し、あるいは階層化」

していると説いている。

また、金井は、ウディ・アレンの『カイロの紫のバラ』を想起することによって、伊豆を巨大な映画館に仕立て、スクリーンの向こう側にいる旅芸人一行と旅を共にすることでテクスト「伊豆の踊子」の中の「私」は、「癒されることへの夢を綴った物語」であり、「私の」の成長譚ではないという。その証拠には、「私」を「くつろがせ、受け入れ、勇気付ける存在ばかりで、「私」と対立する、影響を与える、あるいは試す存在が現れない」からだという。短い文章だけに簡潔にまとまっているが、テクスト解釈だからこそいえる見解である。

これら上田、金井の先行研究に対して、原善は「「伊豆の踊子」—批判される〈私〉—」（平11・4『川端康成——その遠近法』大修館書店）で次のように述べる。


上田渡が〈出立の朝、栄吉の着ている黒紋附の羽織を「私を送るための礼装らしい。」と自分勝手に思い込んでいる〈私〉には、それが本来的には死んだ赤ん坊の法要のための礼装であることを知るよしもない。〉と正しく指摘するまでは、読みすごされていたところだが、既に引いたとおり作中七回（〈赤子の四十九日〉に限っても三回）に亘って芸人達から繰り返される〈死んだ子供の話〉という言葉に着目していれば、容易に気づかされるべきところだったはずである。

（中略）

こうした誤解や〈とんでもない思ひ違ひ〉を繰り返してきている〈私〉であってみれば、（これまで作品のテーマであるかに思いなされてきている）第二のカタルシスの場面における、〈私〉が〈孤児根性〉の脱却ができたかに思いこんでいることも大きな〈思ひ違ひ〉である可能性は十分にあるはずである。


この見解の一方で、「私」の誤認を指摘しており、栄吉の「黒紋附の羽織」は芸人の普段着であるにもかかわらず、それを「私」は「私を送るための礼装」と誤認しているという。

また栄吉が「私」に「買ってくれた」「柿」は、先の「二」における場面の「これで柿でもおあがりなさい」という「私」の言葉を重ねあわせて意地悪く読めば、（金井の読みとは正反対に）卑屈さではなく、むしろ栄吉の〈しっぺ返し〉とまでも読むことが可能なのである。つまり、「私」が栄吉に金を与えたのは二度であり、当然、その金は一行の金銭を管理する四十女に、理由を明確にして、あるいは詳細に話して栄吉から渡されている。四十女の「私」に対する接し方には「ではお別れ」といったものの、栄吉の発言によって修正され「御退屈しのぎにはなりますよ」といい換える。さらに、「どうしても今日お立ちになるなら、また下田でお目にかかりますわ」と「私」にいったのに、栄吉の一言が入り、やはり四十女は修正して「さうなさいましよ」という。前者の四十女の発言を「私」は「無造作」と受け止め、後者では「突つ放されたやうに」感じる。つまり、彼女は、「私」に対しいい感情を抱いているとはいえないし、むしろ極力同行することを忌避している。これらの彼女の発言にどれだけ「私」は気付き、認識していたか理解できないが、そういう四十女の指示による栄吉の「私」への柿、カオール、敷島の贈与は、彼女の「私」との関係を清算したいがためのものであった。旅芸人一行、特に四十女には、芸を売って金銭を稼ぐのを生業としていて、踊子から「これだけ……。」と四十女に渡される言動をほぼ日常としているので、「私」から金銭を貰う、たとえ「法事に花」代として理解したとしても、「柿でもおあがりなさい」は決していい感情を持たなかったはずである。いわれのない金銭の贈与、芸を売って金銭を得る一行には納得できるものではなく、「私」への栄吉の好意は、原のいう「しっぺ返し」だけではなく、四十女の「私」との清算があり、栄吉は、四十女の真意を理解しないまま送別としてくれた品々だったのである。

「黒紋附の羽織」が「私」の誤認ともいえるし、そうともいえない一面もある。それは、踊子の「昨夜のままの化粧」により、恐らく昨夜は遅くまで座敷に出向いていたのであろう。ただ、栄吉がその座敷に出ていたかどうかは不明である。それは「皆まだ寝てゐるのか」に表現されている。従って、法要までには少し時間があり、栄吉が法要のために「黒紋附の羽織」に着替えていたとは断言できない。

この「黒紋附の羽織」の解釈に関しては、後ほど新たな視点から詳述する。

(1) 青春の抒情性——「制帽」と「鳥打帽」

「伊豆の踊子」の次の箇所に注目してみる。

i　私は二十歳、高等学校の制帽をかぶり、紺飛白の着物に袴をはき、学生カバンを肩にかけてゐた。

ii　突つ立つてゐる私を見た踊子が直ぐに自分の座蒲団を外して、裏返しに傍へ置いた。

iii　「おや、旦那様お濡れになつてるぢやございませんか。こちらで暫くおあたりなさいまし、さあ、お召物をお乾かしなさいまし。」と、手を取るやうにして、自分たちの居間へ誘つてくれた。

iv　「高等学校の学生さんよ。」と、上の娘が囁いた。私が振り返ると笑ひながら言つた。

「さうでせう。それくらゐのことは知つてゐます。島へ学生さんが来ますもの。」

v　私は共同湯の横で買つた鳥打帽をかぶり、高等学校の制帽をカバンの奥に押し込んでしまつて、街道沿ひの木賃宿へ行つた。

vi　私は鳥打帽を脱いで栄吉の頭にかぶせてやつた。そしてカバンの中から学校の制帽を出して皺を伸しながら、二人で笑つた。

vii 「学生さん、東京へ行きなさるだね。あんたを見込んで頼むだがね、この婆さんを東京へ連れてつてくんねえか。」

viii 河津の工場主の息子で入学準備に東京へ行くのだつたから、一高の制帽をかぶつてゐる私に好意を感じたらしかつた。

ここでは、「高等学校の制帽」に注目してみたい。最初、「制帽」を被った「私」が登場し、次に、その「私」が「鳥打帽」を被った「私」にかわり、最後に再び、「制帽」を被った「私」が登場する。この「私」の帽子に関しての推移転換により、「私」の踊子、ひいては踊子たち旅芸人一行に対する見方・姿勢、あるいは「私」を見る周囲の眼、これがどう変化してきているか考える必要がある。その前に、当時、その当時といっても明治、大正、昭和戦前戦中、そして、戦後等と詳細を論じるべきであるが、ここでは、大きく戦前・戦中と戦後に区分し、それら社会で学生はどう見られていたのかを、恒藤恭「社会における学生の地位」（昭13・6『学生と社会』）を参考に、その中で論じられている学生に関して「如何なる社会層からの出身者であるか」と「如何なる社会層に属して職業的活動に従事するのか」に注目し、考察する。「学生」は将来を約束されてはいるようなものの、職業に従事しているわけではないので、将来への前段の一時期にいると考えられる。従って、大概的にいえば、金銭的に、また身体的に恵まれた職業に就いていると想定してはならないのであり、心底「学生」はまだ社会的には無力であるといってもいい。また、筒井清忠は『日本型「教養」の運命』（平7・5　岩波書店）で明治以降の「教養主義」及び「修養主義」の変遷を述べ、

日本の学歴エリートに相対的に中・下層階級出身者の多いことがこのことを強化する。彼らは大衆から「努力による向上」により現在の地位を得ている「尊敬に値する人」だと理解（もしくは誤解）され易いのである。（中略）大正期に入ると修養主義から教養主義が分離してエリート文化として自立していく（後略）

と、指摘する。「高等学校の制帽」の果たす役割が顕在化していく。踊子が「私」を見た瞬間、一高生と明確に察知したか否かは不明だが「自分の座蒲団を外して、裏返しに傍へ置いた」、峠の婆さんは「旦那様」と発言、千代子と薫との会話「高等学校の学生さんよ」「さうでせう。それくらゐのことは知つてゐます」など、行動・活動範囲が限定されているだろう婆さん、学歴エリートとの接触が比較的少ないと思われる旅芸人一行でも一見しただけで、即座に「私」を一高生だと理解する。

このことを鑑みて「私は二十歳、高等学校の制帽をかぶり」に注目すると、この内容は誰が、ど

う見たって「学生」そのものである。「私」も学生という意識が鮮明であるし、また、旅芸人一行もやはり「私」を学生だと判断する。そうすると、〝汚れ〟を知らない踊子を「私の部屋に泊らせる」という意気込みは一般的に「二十歳の学生」の持つ、踊子を守るという正義感以外には考えられないのではないか。そして、テクストでの「胸が苦しかった」「湯を荒々しく掻き廻した」「どうとも出来ないのだ」からは、無力な学生であると判断でき、学生にとっては未知の世界である大人の世界に入れない「私」を描写しているのであり、大人の世界でまかり通っているかもしれない現実に憤る様子を表現している。踊子は、学生が苦悶した〝汚れ〟を自身の脳裏に秘めていたことなど毛頭知る由がない。だからこそ、翌朝、踊子は「私」の眼前で、真裸になれたのである。

ところが、「私は共同湯の横で買つた鳥打帽をかぶり、高等学校の制帽をカバンの奥に押し込んでしまつて、街道沿ひの木賃宿へ行つた」になると少し事情が違ってくる。「私」は旅芸人一行に近づきたいがために〝制帽〟から〝鳥打帽〟に変える。しかし、四十女の言動は一転。思うに、四十女には先述の「如何なる社会層からの出身者であるか」に拘りがあったのであろう。「私」が栄吉に二階から「金包みを投げた」ことなどにより、例えば、「私」を金のある、純真さを失った者と判断したのであろうか、四十女は「私」に対して冷淡に、注意深く、できれば「私」と踊子が二人きりになるのを忌避したい、そんな気を抱いていた。だが、これは、四十女が「私」を見る一方的な、偏向的な見方なのであり、「私」の精神位相に変化はない。若い三人の女たちの入る風呂にも行くことができず、また、踊子・薫が使用する櫛を貰いたいと思うような、女性に対して消極的な「私」である。そのため、下田への道すがら、ほかの一行とは離れて「私」と踊子の二人が一定の距離を保持しながらも歩き、このことが強調され、また、二人で活動に行くことにも「私」は何の抵抗も感じることはなかった。ただ、「私」は四十女の言動に冷たい「あしらい」や「突つ放された」と感じてしまう。これも「二十歳の学生」が相手のためと思って鳥打帽に変えたことによる災いになるのかもしれないが、「私」は一向に理解することもなく疑念を抱くだけで終ってしまう。

そして、別れの朝、「私」は再び制帽を被る。ここでまた自他の認める学生に「私」は戻る。その結果、土方風の男が「私」に婆さんを頼むことになるし、受験生が「私」に好意を示すことになる。「私」は自分でも理解できないまま涙を出任せに流してしまう。しかし、この時の「私」の様子こそが純真な学生そのものを象徴していることになる。鈴木彦次郎がいう「川端の精神美」とはこの状況かと考えられる。

〝青春の抒情性〟特にこの「伊豆の踊子」の中に表れるそれは、二十歳の学生が、自分の立場を捨てて、一般社会の人たちに迎合しようと試みたのだが、本人が十分満足できるところまで至っていない。しかも、相手は風景が変化すると同じように変わり、「私」自身もその変化に合わせようと精一杯、葛藤しながら精進している。このことが尚一層、世間を、社会を知らない「二十歳の学生」を創り上げてしまうのである。〝青春の抒情性〟、形は異なっても、一度は通過せねばならない時期であり、避けては通れない時期なのである。

(2)「黒紋附の羽織」は「私を送るための礼装」ではないのか

芥川龍之介「あの頃の自分の事」(大8・1『中央公論』)に、帝国大学学生であった芥川、松岡譲、成瀬正一が講義の合間に吸う煙草に「敷島」を用い、しかも「勿論我々の外の学生も、平気で煙草をふかしてゐた」という。大正二、三年頃、「敷島」は、二十本十銭(平8・2『芥川龍之介全集 第四巻』「注解」岩波書店)だった。芥川等はよく何人かで一白舎の二階へ二十銭の弁当を食いに行く。この「一白舎」とは同「注解」によると「本郷森川町宮前通り」(現・文京区本郷六丁目六―一六)にあった洋食屋。久米正雄『風と月と』の一部を引用し、「一白舎と云ふのは(略)もともとミルクホールだつたのが其頃は鳥渡した一品洋食屋として、学生たちの間に愛用されてゐた」とある。これからわかることは、「敷島」は、帝大生には愛煙されている銘柄であったこと、そして、「敷島」は決して安価な煙草ではなかったことなどが分かる。さらに、「あの頃の自分の事」には、芥川と成瀬が「帝劇のフィル・ハアモニイ会を聞きに行つた」とき、偶然「袴羽織の連れと一緒に金口の煙草を吸つてゐた」谷崎潤一郎を知る。「金口の煙草」とは、先掲の「注解」では「トルコ巻きの両切紙巻き煙草アルマを指す。芥川が吸っていた敷島が二〇本で一〇銭なのに対して、アルマは一〇本で二〇銭だった」と。この場面での芥川等は「我々は喫煙室の長椅子に腰を下して、一箱の敷島を吸ひ合ひながら、谷崎潤一郎論を少しやつた」という。谷崎の「金口の煙草」は別にして、帝大生の吸う「敷島」は高価な煙草であったことに相違ない。

この「敷島」を、川端が旅した大正七年当時、如何なる状況にあったのか調べる必要がある。つまり、下田で栄吉と「私」の別れの際に、彼が買ってきた「敷島」にはどんな意味合いがあるのか、そして、この意味が「黒紋附の羽織」とは、まったく無縁ではないと考えるからである。

栄吉は途中で敷島四箱と柿とカオールといふ口中清涼剤とを買つてくれた。

第十節「「私」の金銭感覚の疲弊」で「その「敷島」の値段であるが、専売煙草として発売された値段は二十本入り八銭であったが、明治四十一年には十銭、大正七年当時は十二銭であったと、たばこと塩の博物館によって確認ができた。発売当初から高級煙草として宣伝され、輸出用品にもなっていた。この時ゴールデンバットは六銭であった。」と述べた。ちなみに大正元年当時発売されていた煙草と値段は以下のようである。

敷島　八銭
大和　七銭

朝日　　六銭
ゴールデンバット　　五銭

この値段の相違は、輸出用品・贈答用品、あるいは喫煙する対象による。換言すれば、煙草は喫煙する対象、職種なをどターゲットに決めて生産・販売された。当時、「敷島」は輸出・贈答品として用いられ、喫煙する対象も医者、弁護士、官吏などであった。一高生である「私」は、将来が嘱望される職に就く、いわば〈末は博士か大臣か〉、もしくは高級官吏に就くと誰しもが想定したであろう。とすれば、一高生である「私」が栄吉から敷島を贈呈されても不思議ではない。つまるところ、「黒紋附の羽織」は「私を送るための礼装らしい」と判断した「私」のおもいは一概に「思い違い」とはいえず間違えてはいないということになる。参考までに、発売同時の広告には、写真入りでターゲットとする職種が表現されている。

ハイライト　　ホワイトカラー
いこい　　　　肉体労働者「今日も元気だ　タバコがうまい」

などが好例である。

十九 「私」によって語られる〈一人称小説〉

「伊豆の踊子」は、主人公「私」によって語られる一人称小説である。従って、客観性を帯びている三人称小説とは異なり、特異な一面が作品には描かれる。例えば、物語内容は、すべて語る「私」に任されている、換言すれば、「私」の取捨選択によって創作される。一方、「私」にとって未知の内容、「私」が忘却した内容については物語内容を創作できないこともあり、仮に、創作したとしても「私」の想像によって作成された物語ということになる。

私は二十歳、高等学校の制帽をかぶり、紺飛白の着物に袴をはき、学生カバンを肩にかけてゐた。

この冒頭近くの一行から、読者は、何をどう読み解いていくのか。
少なくとも読者は、同一人物である「私」が「二十歳」に体験した伊豆旅行、そして、その過程で出会った旅芸人一行、その中の踊子「薫」に好意好感を抱いた内容を、現在の「私」が語っているると理解するであろう。しかし、「私」が語っているからという理由で内容がすべて正確であるか否かについての保証はない。ちなみに作品内時間と川端の伝記的事実とを照合させてみたとして、川端が伊豆を旅行したのは、大正七年秋で、その時出会った踊子を翌八年「ちよ」に第三番目の踊子「ちよ」として登場させている。大正十一年に執筆、その後焼却された「湯ケ島での思ひ出」の前半に「伊豆の踊子」が書かれ、そして、大正十五年一、二月『文藝時代』に「伊豆の踊子」として発表している。二十歳の「私」が、ある一定の時間を経て、現在の「私」が過去を語る。つまり、作品内時間における現在の「私」が、二十歳の「私」を語ることになる。そうすると、現在の「私」は、二十歳での伊豆旅行をすべて記憶しているか曖昧であるし、「四十女」を頭にしている旅芸人一行のすべてを理解しているともいえない。そのため、現在の「私」は、記憶に残る「二十歳」の「私」の伊豆体験を「私」のおもいのまま自由に操作し、作品を創造することができる。

旅芸人と歩いたことは大体作品の通りだが、多少の潤色は加へてある。(「河出書房版『三代名作全集・川端康成集』あとがき」昭17・4)

と語る川端の発言をどこまで許容するか、事実と異なる内容であれば、それらは川端の創作であり、

「私」によって物語られた内容ということになる。そのため、事実と異なる内容であったとしても異議を唱えることも、詮索して物語内容に訂正を求めても難しい一面がある。

そんな中で、注目したい部分がある。

「お婆さん、この人がいいや。」と、土方風の男が私に近づいて来た。
「学生さん、東京へ行きなさるだね。あんたを見込んで頼むだがね、この婆さんを東京へ連れてつてくんねえか。可哀想な婆さんだ。倅が蓮台寺の銀山に働いてゐたんだがね、今度の流行性感冒て奴で倅も嫁も死んぢまつたんだ。こんな孫が三人も残つちまつたんだ。どうにもしやうがねえから、わしらが相談して国へ帰してやるところなんだ。国は水戸だがね、婆さん何も分らねえんだから、霊岸島へ着いたら、上野の駅へ行く電車に乗せてやつてくんな。面倒だらうがな、わしらが手を合はして頼みてえ。まあこの有様を見てやつてくれりや、可哀想だと思ひなさるだらう。」

この部分の解釈に羽鳥徹哉は『作家川端の展開』（先掲）で次のように述べている。

「私は婆さんの世話を快く引き受けた。」とある。彼が「引き受け」ることが出来たのは、もともとの彼の優しさ、自分自身孤児である彼の孤児になった子供達への同情等いろいろ考えられるが、それを「快く」引き受ける気持になれる最大の理由は、踊子に愛されたからである。（中略）「私」の愛の心は、踊子の愛情によって、より大きなものに拡大した。

「私」の心的変化は、「踊子に愛されたから」かどうかは明確には断言できないが、「踊子の愛情」によって支えられていることは否定できない。「私」を「世間尋常な意味で自分がいい人」と評価してくれ、言葉で表現してくれた最初の人が踊子たちであった。そのために「私」は孤児根性からの脱却もできたし、「引き受け」る寛大な精神も醸成されてきた。しかし、この「私は婆さんの世話を快く引き受けた」のは、羽鳥の指摘による「踊子の愛情」だけによるのであろうか。出立の朝、見送りに来た栄吉は「敷島四箱と柿とカオールといふ口中清涼剤」を「私」に買ってきてくれた。「敷島」はこの当時喫煙する人間はある一定の知識層であり、一高生の「私」もその一人と栄吉には見えたのであろう。だから数ある煙草の中でも「私」にふさわしい銘柄として栄吉は買ってくれた。そして、「私は鳥打帽を脱いで栄吉の頭にかぶせてやつた」とは、「私」の一方的な行為であり、栄吉の意思を確認することのないいわば強制的行為である。しかし、栄吉は不安、あるいは反意を示すことなく「二人で笑つた」となる。「私」は学校の制帽を被ることになる。ここで、「私」と栄吉は外見上一高生と旅芸人とに峻別されることになる。

この一高生に戻った「私」に以下の二つの関わりが出てくる。最初は、「学生さん、東京へ行きなさるだね。あんたを見込んで頼むだがね」という「土方風の男」の「私」への接近・依頼である。「あんたを見込んで」では、制帽を被っている「私」だからこそ依頼されたのであり、「私」としては先ほど制帽に変えたばかりで明らかに一高生という自他ともに認めるところとなった矢先の依頼なのである。「私」は、他者から一高生と認められ、それがゆえに依頼されたことに不満はなかった。むしろ依頼されることに対して従順であった。

次に、船内での受験生の「私」への接近である。「一高の制帽をかぶつてゐる私に好意を感じた」きっかけは「一高の制帽」である。記号化された制帽の効果に「私」は不満を抱くことなく、受験生の好意に対して「大変自然に受け入れられるやうな美しい空虚な気持だつた」となる。ここにも、自他ともに認める一高生の存在がある。

つまり、羽鳥の指摘する「踊子の愛情」はもちろんある。しかし、それだけではなく、旅芸人一行と別れるということは「私」が一高生に戻ることを意味するのであり、それを栄吉、土方風の男、そして受験生が「私」の存在を容認してくれている。時間的にそう長く要することもなく一高生に戻ることができた。そして、そのことを「私」は素直に感じ取ることができたために「何もかもが一つに溶け合つて感じられた」のである。

ちなみに、この婆さんたちの、その後の行方であるが、「伊豆の踊子」には、次のように描かれている。

婆さんはどうしたかと船室を覗いてみると、もう人々が車座に取り囲んで、いろいろと慰めてゐるらしかつた。私は安心して、その隣りの船室にはいつた。

後日、川端は「処女作を書いた頃」（昭13・6『新女苑』）で、「あの小説に書いてある、蓮台寺の銀山で息子夫婦に死なれた婆さんは、上野駅へ送つてやるといふ船客があつたので、私は霊岸島へ着くと、河津の工場主の息子を誘つて、近くの朝湯へ入つた。」と語っている。しかし、土屋寛は『天城路慕情』で「河津の工場主の息子」にあたる後藤孟の発言を紹介している。それによると、「〔水戸に帰る老婆や幼児らは〕既に船に乗った人たちの中にはいませんでした。河津港から東京へ着くまで、川端さんはずっと私と一緒でした。（中略）あれはフィクションですね。」と。さらに、読売新聞文化部編『実録　川端康成』（先掲）は「東京に着くと、川端さんが『朝ぶろに行こう』と誘った。熱すぎたのでジャ口をひねってうすめていると、イレズミをした若い衆が五、六人はいって来て『ぬるいぞッ』とどなった。わたしは胸がドキドキしたが、川端さんは顔色ひとつ変えず、平然としていました。神田明神のところでわかれたのですが、なれぬ朝ぶろにつき合ったため、カゼをひいてしまいましてね……」と、後藤からの聞き書きとして紹介。そして、『伊豆新聞』(昭40・11・22)でも、記者が直接後藤の発言として「「川端先生と船をおりてから霊岸島で、早朝の銭湯へいった。(当時船は前夜下田をたって朝東京へ着いたもの)風呂場にイナセな職人風の若い者が三、四人いて、私があまり湯が熱いので水を出しすぎ、ドナられたことが今でも思い出される。川端先生は職人達と一緒に笑いながら、その熱い湯に入っていた。江戸っ子が熱い湯へイキがって入った当時であり、私の上京第一歩の失敗だった」と当時の思い出を語っていた」と掲載紹介している。一部記憶違いもあるようだが、大筋はあたっている。「婆さん」の存在については、川端の発言を信用すれば、港にいて、一緒に船に乗ったということになる。また、昭和四十年十一月、湯ヶ野温泉福田家の隣に建てられた「伊豆の踊子」文学碑除幕式の日、座談会「〃伊豆の踊子〃を語る」(先掲)の出席者は、川端、後藤孟、五所平之助、田中絹代、吉永小百合、安藤文夫、大悟法利雄であったが、この会でも後藤は朝風呂の記憶に「その熱いこと熱いこと」と語っている。

鉱夫については、やはり、土屋が同著で「蓮台寺温泉の奥にある蓮台寺銀山は採掘が盛んで、多いときには三〇〇人くらい働いていた」と、そして、鉱夫たちは貧しさから立ち直るため「内々お互いに助け合い、力になりあっていた」という。また、本書第十五節「「流行性感冒」の効果」で提示しているが、映画監督の西河克己は『「伊豆の踊子」物語』(先掲)で、「「伊豆の踊子」の簡潔で透明な調子をいちじるしく乱している」「妙に芝居じみた文章で、気になるところ」と指摘している。

確かに、西河の指摘にはある程度納得させせられるが、筆者は、第十五節で「流行性感冒」との関わりから詳述しているが、大正七年という年は、第一次世界大戦の影響を受け、世界的規模でスペイン風邪が猛威を振るっていた。川端が、大正七年十月三十日、東京駅を出発した時には駅職員の多くが罹災し、業務にも支障が出始めていた。また、湯ヶ野でも同様で、地元小学校の教職員、児童にも欠席者が噴出していた。しかし、この実情は「伊豆の踊子」で語られることがなく、作品終末部にわずかにこの老婆及び鉱夫を登場させせている。本来ならば、もっと大きくこの事態を作品化すべきはずができなかったことに注意すべきである。

次に、「私」によって語られる一人称小説であるがために生じる内容である。「私」の知らない未知の内容が物語に発生する場合である。

「大変すみませんのですよ。今日立つつもりでしたけれど、今晩お座敷がありさうでございますから、私達は一日延ばしてみることにいたしました。どうしても今日お立ちになるなら、また下田でお目にかかりますわ。私達は甲州屋といふ宿屋にきめて居りますから、直ぐお分りになります。」と四十女が寝床から半ば起き上つて言つた。私は突つ放されたやうに感じた。

さて、「私」は前日の約束通りに時間を守り、一行の宿に行ったが、四十女の一方的な発言があり、あっけにとられてしまう。「私」がどうしても今日出立するならどうぞお構いなく行ってくれ、明日、下田で会えるからと。しかし、こういわれても、明日、一行と「私」が会える保証はどこにもない。また、今夜のうちに時間的変更が発生するとも限らない。

では一体なぜ、このような日程変更が生じたのか。「今晩お座敷が」も、嘘ではあるまい。しかし、昨夜から今朝までの間に、少々無理をしても「私」への連絡があってもよさそうなものであるが、それがなく、「私」はすべて準備をして一行の宿に行ったものの、「私」は当然の如く、一行とは無縁の関係になってしまう。真意は何か。「今晩お座敷が」も真実である。しかし、一行に同行して旅を続ける「私」に対する四十女の懸念・疑念が彼女には起きていた。峠の茶店での出会いから湯ケ野に来るまでの「私」と若い女性三人のいる一行との関わり方、とくに踊子との関わりを四十女は注視していたのであり、一高生であろうと、所詮は若い男、栄吉にも、もちろん「私」にも理解できない、商売柄多くの男性を見てきた四十女の「私」への覚醒が芽生えていたのであり、それを敏感に感じ取っていたといえる。そのため、機会があったら、「私」とは別行動をと考えていた。「私」と一行が湯ケ野に着いたとき、湯ケ野の木賃宿の前で四十女が、ではお別れ、といふ顔をした時に、彼は言つてくれた。

「この方はお連れになりたいとおつしやるんだよ。」

「それは、それは。旅は道連れ、世は情け。私たちのやうなつまらない者でも、御退屈しのぎにはなりますよ。まあ上つてお休みなさいまし。」と無造作に答へた。娘達は一時に私を見たが、至極なんでもないといふ顔で黙つて、少し羞かしさうに私を眺めてゐた。


旅芸を生業とする一行は、「私」にとって「御退屈しのぎ」であるという。四十女にしてみれば、身分・立場の違いを指摘しているのでもあるし、娘たちの「私」への関心を懸念しているのである。「娘達は一時に私を見た」のは、やはり、好感かどうかは判断できかねるとしても「私」への関心を表現しているのであり、この状況を四十女は平気で見過ごすことはなかった。思惑通りにいかなかった四十女の「私」への態度は「無造作に答へた」に表れている。そして、湯ヶ野に来て、「私」への懸念が新たに発生した。


男が帰りがけに、庭から私を見上げて挨拶をした。

「これで柿でもおあがりなさい。二階から失礼。」と言つて、私は金包みを投げた。男は断つて行き過ぎようとしたが、庭に紙包みが落ちたままなので、引き返してそれを拾ふと、

「こんなことをなさつちやいけません。」と抛り上げた。それが藁屋根の上に落ちた。私がもう一度投げると、男は持つて帰つた。

男が持ち帰った金包み、包みの中の金額は不明であるが、その金包みは四十女の手に渡されたはずで、その際、「私」の様子も男は話すであろうし、話さなくても四十女は男に聞いたであろう。二十歳の学生が、「二十四」の栄吉に、しかも高所から金包みを投げる行為が、四十女に語られた四十女は、思うに、「私」に対する新たな疑念を抱くことになり、「私」への認識が、なお一層厳しくなり、警戒する姿勢が出てくることになる。

つまり、これら伏線が、一行と「私」との間にはあったものの、「私」は、四十女の思惑・心底に全く無関心・無頓着であった。強いていえば、「私」不在の時、そして、場所で、「私」についての話し合いが一行の中ではなされていたと考えるべきなのであり、要するに、現実を知らないのは「私」だけであったのである。

そうすると、次の場面は、容易に理解される。

「なんだつて。一人で連れて行つて貰つたらいいぢやないか。」と、栄吉が話し込んだけれども、おふくろが承知しないらしかつた。なぜ、一人ではいけないのか、私は実に不思議だつた。玄関を出ようとすると踊子は犬の頭を撫でてゐた。私が言葉を掛けかねた程によそよそしい風だつた。顔を上げて私を見る気力もなささうだつた。

踊子は、いつの時点かに、四十女から「私」との関わりについて指摘されている。そのため湯ヶ野にいるときから「私」に活動に連れてってとせがんでいても、年端もいかない踊子なので一時的な感情で自分のおもいをいい出すにしても、四十女の諭すことには、ある程度納得してしまう。栄吉が「私」を見て「私」を評価・判断するのとは違い、女性の、しかも先に記したが、仕事柄、多くの男たちを見てきた四十女の経験、体験が深刻な評価・判断を「私」に下している。

このような状況下にいる「私」は、ほとんどといっていいほど理解することもなく、ただ「無造作に答えた」、「突つ放されたやうに」、そして、「私は実に不思議だつた」に至る。「私」の知らない時、場所での活動が全く見えない、というよりも知ることが不可能である。「私」にとっては全く〈空白〉なのである。

一人称小説にありうる現象で、〈空白〉を読者は、前後の文脈から判断し、物語内容を理解するしかない。

以前、発表された中山真彦「作品の中の「私」――『伊豆の踊子』とその仏訳について」（昭58・11『季刊現代文学』）の一部を紹介しておきたい。それは、なんのために「私」は語るのか、その目的を探らなければならない。

『伊豆の踊子』は、このような「私」の物語であり、この「私」の成立の前にあった伝記的事実を記述したものではないということである。いいかえれば、『伊豆の踊子』の真の主題は、書くことがすなわち存在の形であるという「私」のドラマであって、青年と踊子の淡い恋物語が、そのすべてではなく、おそらくは主要な要素でさえもないということである。

（中略）

「『私』の内的過程」とは、『伊豆の踊子』の物語上での「私」と旅芸人との旅程であるよりは、『伊豆の踊子』を可能にした作家「私」の成立過程のことでなければならない。

（中略）

作品を書くという体験の中で初めて見定める事が出来、かつそれからの解放が企てられるようなものである。

「私」の語りに注目すべき見解である。いいかえれば、何故「私」は「伊豆の踊子」を「書く」、すなわち「語る」ことになったのか、そして、書くことによって、つまり「語る」ことによって、何を成し遂げようとしたのかを探ることが必要である。

さて、語る現在の「私」は、何のために、過去の「私は二十歳、高等学校の制帽をかぶり、紺飛白の着物に袴をはき、学生カバンを肩にかけてゐた」という当時、将来を嘱望されていた超エリートの「私」が、ある意味、社会的な制約を受けているにもかかわらず、当時としては、社会的には最も最下層の旅芸人一行と旅を続け、しかも、その旅の様子を払拭するどころか、むしろ想起して語っている。語るべく必要性は、何だったのか。それを明確にする必要性がある。

端的にいって、旅芸人一行と旅をし、そこで出会った踊子を取り立てて語っているのは、踊子に対する「淡い恋心」であったかもしれないし、湯川橋の近くで一行と出会い「旅情が自分の身についた」のかもしれないし、道中、踊子たちの会話「いい人はいいね」によって「私」は「自分をいい人だと素直に感じることが出来た」ためなのか。これらは、いずれも「私」が語る目的からは大きく外れることはないだろう。一人称による語りの小説は、どうしても実作者川端との距離空間を問われるが、この「伊豆の踊子」には、その距離空間は、それほど大きな隔たりとはなるまい。

第三章　「伊豆の踊子」研究の展開

二十　「伊豆の踊子」が名作になった理由

川端は「伊豆行」（昭38・6『風景』）で「小説の「伊豆の踊子」もよく生きて来たものだと思つた。私もこの小説も今後なん年生きるのだらうか。」といいつつ、「伊豆の踊子」のモデルたるべき人々に対しては「映画、ラヂオ、テレビジヨンに度重ねて使はれたこと」、また「いくつかの国語教科書にのつてゐること」を知っているかと問いただす。これらによる効果からか、川端は、例えば、乗り合わせたタクシー運転手に「「伊豆の踊子」の作者」といわれたり、外国人留学生にサインを求められたりすることで、「「伊豆の踊子」のやうに幸運な作品」（「「伊豆の踊子」の作者」先掲）と表現している。

十重田裕一は『「名作」はつくられる――川端康成とその作品』（平21・7　NHK出版）で、「伊豆の踊子」が名作になった理由に映画化されたことを指摘する。

なぜ、作家としての出発期に書いた「伊豆の踊子」が、日本国内において広く浸透して行ったのでしょうか。

（中略）

長年にわたる「愛読者」を獲得できた理由は、この小説の魅力にあったと考えられます。しかし、理由はそれだけに限定されるものではありません。

（中略）

第二次世界大戦後、一九五〇年代の文学全集ブームの時期には、川端の個人全集、選集とともに、（中略）そして、一九五〇年代に刊行された文学全集とともに、次のように、「伊豆の踊子」をタイトルに冠した文庫本が相次いで刊行され、多くの読者を獲得する基盤が整うことになるのです。

（中略）

「伊豆の踊子」は、一九五〇年前後の文庫化から数年後に、高等学校の「国語」教科書にも収録されることになります。「国語」の教科書に収録されると、その小説は、多くの読者を継続して獲得していくことになるのです。

（中略）

この小説〔「伊豆の踊子」〕が「名作」となり、その作者である川端康成の名が日本国内で広く知れわたるようになった理由として、活字メディアの効果とともに、二〇世紀を代表する大衆のメディアたる映画の存在を忘れることはできません。「伊豆の踊子」が第二次世界大戦後の高度経済成長と複数のマスメディアの力とがあいまって、日本の文学の「名作」となっていくように見えるのです。

周知のとおり、「伊豆の踊子」の映画化は、以下に示すようにこれまで六回にものぼる。第二次世界大戦前には五所平之助監督のサイレント（無声映画）一作だったが、戦後になって、一九五〇年年代半ばから六〇年代にかけて四作が製作されている。

一九三三年　五所平之助監督　田中絹代・大日方伝主演　松竹蒲田
一九五四年　野村芳太郎監督　美空ひばり・石浜朗主演　松竹大船
一九六〇年　川頭義郎監督　鰐淵春子・津川雅彦主演　松竹大船
一九六三年　西河克己監督　吉永小百合・高橋英樹主演　日活
一九六七年　恩地日出夫監督　内藤洋子・黒沢年男主演　東宝
一九七四年　西河克己監督　山口百恵・三浦友和主演　東宝・ホリプロ

第二次世界大戦後の高度経済成長と複数のマスメディアの力とがあいまって、「伊豆の踊子」が日本の文学の「名作」となっていくように見えるという。

ちなみに、これら六回の映画は、現在、ホームビデオフィルム化、あるいはＤＶＤ化されていて入手可能であり、自宅にて鑑賞することができる。そして、詳細は次節にて論じるが、この「伊豆の踊子」が映画化されるときには、「私」と「踊子・薫」役には当代話題になりつつある俳優、とくに踊子・薫役は人気上昇気味の役者が演じることになり、演じた女優は、上映後は決まって当代はもちろん、後世に到るまで人気を博す芸能人となっている。

小説が名作になる要因には、映画化のほかに、教科書掲載がある。例えば、芥川龍之介「羅生門」の場合、一時期、高校のすべての国語教科書に掲載されていた。この作品の出来不出来に関しては芥川の初期の作品であるがため賛否分かれるところだが、特別の事情がない限り、高校の課程を修了した者は「羅生門」を知っていることになり、知っているだけに名作となりうる。また、夏目漱石の「心」も比較的多くの高校教科書に採録されている。しかし、作品全編が掲載されているわけではなく、「下　先生と遺書」のみが採られている。従って、高校で「心」を学んできた大学生に質問すると教科書掲載が「心」のすべてであると認識していて、卒業論文に「心」を取り上げたいといっても、「心」には「上　先生と私」「中　両親と私」があるのを知らない学生が時折いる。そうはいっても教材として教科書に載っている以上は、普通は、誰しも名作と思い、多くは人口に膾炙される。太宰治「富岳百景」、中島敦「山月記」なども同様であろう。

そんな中で「伊豆の踊子」も同じ経緯を辿ってきている。この小説が高校教科書に採録掲載され始めたのは、一九五六年、好学社『高等学校　一上（新版）』からで同書には「一、二、五」が採録されている。以下、教育課程及び学習指導要領等の改定により、作品本文の削除等の変遷があった。古くは森本穫が「文学教材としての「伊豆の踊子」」（昭51・8『川端康成研究叢書1　傷魂の青春』教育出版センター）で詳細な教科書における収録状況を指摘し、近年になっては、西尾泰貴が「教科書における「伊豆の踊子」削除・編集箇所概略表」（平30・1『リテラシー史研究』）で「採録された章」「削除・編集の有無①〜⑧」などを紹介・指摘しているが、内容的に森本の論考と一部重複するところがある。西尾論文掲載の教科書会社、教科書名、採録章を参考拝借し提示する。

好学社

『高等学校国語一上（新版）』（一九五六年「一、二、五」掲載）
『新編　高等学校国語一』（一九五九年「一、二、五」掲載）
『高等学校現代国語一』（一九六三、一九六八年「一、二、五」掲載）
『高等学校現代国語一改訂版』（一九七一年「一、二、五」掲載）

角川書店

『高等学校国語一総合』（一九五八年「一、二、五」掲載）
『高等学校現代国語一』（一九六三年「一、二、五」掲載）
『高等学校現代国語一改訂版』（一九六七「一、二、五」掲載）

中央図書

『高等学校現代国語1』（一九六三年「一、二、五」掲載）
『高等学校現代国語1改訂版』（一九六八年「一、二、五」掲載）

『高等学校現代国語1三訂版』（一九七一年「一、二、五」掲載）

秀英出版　『国語現代編二』（一九六四年「一、二、四」掲載）

『現代国語編二改訂版』（一九六七年「一、二、四」掲載）

実教出版　『現代国語一改訂版』（一九六七年「一、二、五、六、七」掲載）

『現代国語一三訂版』（一九七〇年「一、二、五、六、七」掲載）

『現代国語一』（一九七三年「一、二、五、六、七」掲載）

『現代国語一改訂版』（一九七六年「一、二、五、六、七」掲載）

大原出版　『高等学校現代国語二』（一九六四年「一、二、五、六、七」掲載）

大修館書店　『新高等国語新訂版1』（一九六〇年「一、二、三、五、六、七」掲載）

『高等学校国語1』（一九八二年「一、二、三、五、六、七」掲載）

『高等学校国語1改訂版』（一九八五年「一、二、三、五、六、七」掲載）

『高等学校国語1三訂版』（一九八八年「一、二、三、五、六、七」掲載）

『高等学校国語1四訂版』（一九九一年「一、二、三、五、六、七」掲載）

『高等学校国語1』（一九九四年「一、二、三、五、六、七」掲載）

『高等学校国語1改訂版』（一九九八年「一、二、三、五、六、七」掲載）

『国語総合』（二〇〇三年「一、二、三、五、六、七」掲載）

大日本図書　『新版　現代国語二』（一九六七年　「一前半、二前半、五、六、七」掲載）
　　　　　　『新訂版現代国語二』（一九七〇年　「一前半、二前半、五、六、七」掲載）
教育出版　　『標準高等国語総合編1』（一九五七年　「五、六、七」掲載）
　　　　　　『現代国語一』（一九七三年　全章掲載）
　　　　　　『新訂　現代国語二』（一九七六年　全章掲載）
　　　　　　『最新現代国語一』（一九七九年　全章掲載）
尚学図書　　『高等学校新選現代国語一』（一九六七年　全章掲載）
　　　　　　『高等学校新選現代国語一』（一九七〇年　全章掲載）
光村図書　　『現代国語一』（一九七三年　全章掲載）
第一学習社　『高等学校現代国語二』（一九七三年　全章掲載）
東京書籍　　『現代国語一』（一九七三年　全章掲載）
　　　　　　『新訂　現代国語二』（一九七六年　全章掲載）
　　　　　　『改訂　現代国語二』（一九七九年　全章掲載）
明治書院　　『新編　現代文』（一九八七年　全章掲載）
　　　　　　『新編　現代文　改訂版』（一九九〇年　全章掲載）
三省堂　　　『新編　現代文』（二〇〇〇年　全章掲載）

最近になり、いわゆる、定番教材と評される「羅生門」「山月記」「富岳百景」「心」「舞姫」などを除くと、四年に一度の教科書改訂時には、教材の交代、入れ替えが見受けられるとともに、今回の教育課程・学習指導要領改訂により、新たにいわゆる〈文学国語〉なる科目が設定された。教科書会社により若干の異同が見受けられるものの、今後の採録を注視すべきであろう。

これら教科書掲載と映画化とを見比べてみると、案外、並行して公になっているように思われる。つまり、この時期に高校で学んだ人たちにとっては、「伊豆の踊子」とは、映画・テレビで鑑賞し、そして、教科書で学んでいるがゆえに馴染みのある作品として評価され、名作となっているのであろう。しかも、「踊子・薫」を演じる女優が当代人気上昇気味の人であるならばなおさらのこと周知の小説となる。

「伊豆の踊子」が名作になった理由には、もちろん、十重田の指摘を踏まえながらも、教科書に教材として掲載、映画化、しかも「踊子・薫」を演じる女優が国民にとって、とりわけ高校で「伊豆の踊子」を学習した人にとってあこがれの女優であったとしたら、生涯忘れがたい、自身の青春期の小説となって残り続けるはずである。

二十一　アダプテーションとしての映画「伊豆の踊子」

前節でも紹介したが、「伊豆の踊子」の映画化はこれまで六回あり、これは日本近現代文学作品の中では最も多く、現在なおその記録を維持している。映画化されたほかの川端作品では、「古都」「眠れる美女」が三回、「浅草紅団」「雪国」「美しさと哀しみと」「有難う」（「有りがとうさん」）「千羽鶴」が二回となり、ほかは一回で終わっている。

本節では、日本文芸作品の中でも、そして、川端作品の中でも際立つ「伊豆の踊子」の映画化について考えてみたい。先ずは、六回の映画化に関して総論的に、次に、西河克己監督によって二度映画化された内容を詳細に論じてみたい。六回の映画化について、宮越勉はインターネット上(http://hdl.handle.net/10291/20959)で公開している「川端康成「伊豆の踊子」の映画化作品をめぐる私感」（令2・7）で、第一回、二回、三回、五回の各映画の内容を簡潔に紹介し、若干のコメントを施している。また、福田淳子は、『川端文学におけるアダプテーション――「伊豆の踊子」の翻案を中心に』（令6・3　昭和女子大学近代文化研究所）で、「序章　文学におけるアダプテーション」「第1章　川端康成とアダプテーション」「第2章　「伊豆の踊子」の映画化をめぐって」「第3章　演劇作品、その他へのアダプテーション」「終章　アダプテーションとリメイクがもたらすもの」との章立てで全章を通してかなり詳細に論じている。「第2章」では、六回の映画化のうち、一回から三回までの映画化に関して、各々の映画の評を試みながら比較・考察をしている。

ところで、川端は「伊豆の踊子」が映画化されることについていくつかの見解を「「伊豆の踊子」の映画化に際し」（先掲）で発言している。

・私は映画「伊豆の踊子」の批評をしようとは思はない。
・私が映画を平気な顔で楽しく見てゐられたのは、映画が原作を非常に離れてゐたからである。
・「伊豆の踊子」は、発表当時に於ても、また今日に於ても、さう問題になるべき性質の小説ではない。
・文学と映画が別のものであることはいふまでもない。
・映画化は、原作に対する批評の一つの形であると、私は思つてゐる。一歩進んで、原作は映画創作の素材に過ぎぬ。
・文芸映画はたいていつまらない。（中略）その原因の一つは、確かに原作の筋の複雑さである。

川端は、明らかに映画の独自性を認めているし、本節で論じようとするアダプテーションのある意味先駆的な見解をすでに所持していたといえる。西河克己『「伊豆の踊子」物語』（先掲）でも触れているが、過去に六回映画化された「伊豆の踊子」のうち四回分について筆者なりに概観し、次に、同一監督による二度の映画（第四回、六回）について私見を提示してみたい。

「伊豆の踊子」――六回の映画化

田中絹代、大日方伝による「伊豆の踊子」映画化第一回目作品について、先掲「〝伊豆の踊子〟を語る」（昭40・12「新伊豆」33）で、監督の五所の発言に興味深いものがある。脚本は、伏見晁。キャストは次の通り。

踊子・薫	田中絹代	母・おたつ	高松栄子
学生・水原	大日方伝	雇ひ女・百合子	兵藤静江
踊子の兄・栄吉	小林十九二	湯川楼主人・善兵衛	新井淳
妻・千代子	若水絹子	息子・隆一	竹内良一

この時、五所は次のように発言している。

あれを撮ることに決まったのは昭和七年でしたが、私はもっと前から映画にしたかったのですけれど、原作が昔風にいえばドラマチカルでないでしょう。会社ではそういう純文学は映画にはならないといって絶対反対なんですから、それを承認させるのはなかなか大へんでした。それで儲かるような映画をいろいろこしらえて、その代わりにやらせてもらうということで、やっと承認させたんです。

そして、踊子に田中絹代を推挙した経緯については、川端が「そりゃもう、田中さんしかいませんでしたからね。」と発言したのに対し、五所は、

私はあの頃田中さんの担当だったので、田中さんを使って次々に計画を立てねばならなかったんです。それで〝伊豆の踊子〟が終ったら、次には『雪国』という風に考えていたんです。あの頃はもう田中さんは〝伊豆の踊子〟としてはちょっと年ぱいだったんですが……

と、やや不適切に聞こえる発言に、川端はすかさず「でも、あの頃の田中さんは実に可愛かったですからね」と弁護している。総じて、この映画は脚色された映画であるとの指摘があり、田村充正

は「二つの「伊豆の踊子」‥小説と映画の間」（平29・4『静岡大学学術リポジトリ』）で、脚本家伏見晁の発言「原作にない余計な話がいろいろつけ加え」をもとに二十項目について指摘し、「孤児根性という自我の内面に葛藤する複雑な近代的青年像」は映画にはなく、「学生と踊子の身分の違いの悲恋」であり、「新派劇映画に近い」という。確かに本映画を一見すると田村の発言は頷けよう。また、宮越は、踊子役の田中絹代の初々しさのなかに漂う色気のある演技を成功の理由に挙げている。いずれにしても、作風は原作をかなりの面で離れているが、抒情的で、ユーモアとヒューマニティに富んでいることは指摘できる。北川冬彦による映画評（昭8・2『キネマ旬報』下旬号）で、彼は、「原作の縹渺たる味」はないといいつつも、「山場と云ふ山場のないものも、商品映画と化せるものだ」と感心した。そして、「最近での佳篇の一つ」と称賛。「田中絹代の出来すこぶるよろしい。小林一九二が又旨い」と発言している。

美空ひばり、石浜朗による「伊豆の踊子」映画化第二作目は、一九五四年三月三十一日、劇場公開となっている。監督は野村芳太郎、脚本は伏見晁である。なるべく原作に近づけるとのことで、「純朴な一高生と旅芸人の少女の天城路に咲いた美しくも淡い初恋」との宣伝文句で製作された。キャストは次の通り。

かおる　美空ひばり　百合　雪代敬子
水原　石浜朗　おたつ　南美江
千代　由美あずさ　栄吉の父　明石潮
栄吉　片山明彦　湯の沢館善兵衛　松本克平

本映画の内容は次のようにまとめられる。①一高生水原は、馬車で修善寺入りをするが、その馬車で栄吉と千代と知り合う。②栄吉とかおるは湯ヶ野温泉「湯の沢館」の生まれであったが、館は既に人手に渡り父栄吉が世話になっている。③茶店で水原は十円札を落とし、茶店の小母さんが発見。倅の小学生にその十円札を水原に届けさせようと水原の後を追わせる。④湯の沢館では、かおるを引き取り世話をしようとする。⑤下田港で土方風の男たちがやってき、水原に頼みをする。⑥船中で受験生が水原のもとに寄って来る。映画初めの方に富士山が映し出されるが、不変の富士山と時代コンテクストに違和感が生じ、時代性を喪失してしまっている。

第三作は、鰐渕晴子、津川雅彦による「伊豆の踊子」。監督は川頭義郎、脚本は田中澄江。一九六〇年春、松竹にて製作、五月十三日封切。当時、売り出し中の美人スター鰐渕晴子が薫を演じる。キャストは次の通り。

薫　鰐渕晴子　栄吉　田浦正己
水原　津川雅彦　たつ　桜むつ子
百合子　瞳麗子　小間物問屋　中村是好
千代子　城山順子　茶店老婆　吉川満子

踊子一行の家族構成がやや複雑。「四十女たつ」が一行のチーフを務め、千代と薫の娘を持っているが、二人はたつが芸者をしていたころに産んだ、父親が異なる異父姉妹である。峠の茶店には、婆さん一人が登場し、病人の爺はいない。旅芸人というだけにやや複雑な家族構成が前二作とは異なる描かれ方をしている。

第五作は、内藤洋子、黒沢年男による「伊豆の踊子」。監督は恩地日出夫、脚本は井出俊郎と恩地日出夫による。一九六七年二月二十五日封切。キャストは以下の通り。

薫　内藤洋子　お芳　乙羽信子
川崎　黒沢年男　百合子　高橋厚子

栄吉　江原達治　お咲　団令子
千代子　田村奈巳　お清　二木てるみ

本作は、これまでの前作に比してかなり原作に近い。例えば、一高生が紺飛白に袴なのは、本作が最初である。この服装に拘泥すると、旅芸人の服装も質素である。ただ、原作に描かれていない内容といえば、湯ヶ野温泉の浴場での中居と約婦とのいい争いや川崎と薫との会話で、「書生さんはお父さんありますか?」という薫の問いに川崎は「(笑って)ありますよ」と答えている場面である。この映画では、川崎の孤児根性が全体的に軽減されているのか、あるいは川崎が幼い薫に対して真実を伝えることを意識的に避け、自身への詮索、あるいは孤児に対する薫の心労を排除するための配慮と考えるべきなのかである。ほかには、酌婦のお咲が竹林で土方を相手にする場面、修善寺で働いていたお滝が男に騙されて下田の座敷で発見されたことが指摘される。

西河克己監督――吉永小百合演じる踊子と山口百恵が演じる踊子

西河克己監督による「伊豆の踊子」の映画化は二回ある。一九六三年六月二日封切の吉永小百合・高橋英樹版と、一九七四年十二月二十八日封切の山口百恵・三浦友和版である。両映画を比較しながら西河の製作目的とアダプテーションの立場から内容について精査したい。

(1) 吉永小百合・高橋英樹の場合

シナリオには「準備稿」と「決定稿」とがある。

原作は川端康成、脚本は三木克巳・西河克己、監督西河克己による。「準備稿」には配役が記載されてなく、後日、ペン書きで記されている。また、「決定稿」においても当初配役の記載はなく、後日やはり、鉛筆で記入されている。もっとも、関係者に配布されたシナリオには印刷されているが、ただ、この決定稿には二段組版シナリオ「Ⅰ」と同版のシナリオ「Ⅱ」があり、「Ⅰ」には役者が未記入なのに対して「Ⅱ」にはスタッフ・役者が記入されている。おそらく「Ⅰ」・「Ⅱ」は映画提案等の会議用ではないかと考えられる。キャストは次の通り。

薫・ルミ	吉永小百合（二役）	湯ケ野の鳥やの主人	桂小金治
川崎	高橋英樹	お咲	南田洋子
お芳	浪花千栄子	お清	十朱幸代
栄吉	大坂志郎	人夫頭	郷鍈治
千代子	堀恭子	川崎・現在大学教授	宇野重吉
百合子	茂手木かすみ	現代の川崎の教え子	浜田光夫

「準備稿」と「決定稿」とで決定的に違うのは、プロローグとエピローグの相違である。「準備稿」では、川崎が下田を離れる船に乗り、伊豆の海を見つめていると少年に出会い、二人は会話を始める。その会話の途中から川崎は、踊子一行との旅を振り返る。新緑の伊豆の街道で、川崎は修善寺で流して歩く一行、特に踊子・薫を注視する。道中、川崎は一行と出会い知り合いとなり、踊子・薫の可憐な姿に惹かれ、意識が高揚してくる。湯ヶ野では、川崎の自室に一行を招いたりしているうちに、薫との距離もぐっと迫ってき、薫は川崎を兄貴のように無邪気に慕い始める。下田で活動に連れて行ってもらう約束をするが、お芳の反対があって、約束は反故となる。翌朝早く、川崎は下田を発つ。見送りには薫と栄吉が来る。乗船した川崎は海を見つめているが、少年に声を掛けられる。映画の最後には、踊子・薫の悲観した顔が映し出される。少年に声を掛けられることにより、川崎はついさっきまでの踊子、そして旅芸人一行との旅を回想し、現在に戻る内容になっている。この映画の季節は若葉の美しい頃で、川崎と薫との出会い、慕い合い（恋情）、そして、別れが映像化されているが、とくに注意すべきは、一高生が制帽から鳥打帽に変えることもなく、時折制帽がクローズアップされること、「土方風の男」や「可哀想な婆さん」が登場しないことである。

「決定稿」での映画冒頭は、現在大学教授である川崎が大教室で「西洋哲学史」の講義を行っていて、それはモノクロで放映される。講義後、退校しようとする川崎に当代風の川崎の教え子が、ダンサーと結婚をするのでその仲人を頼みに来る。一人になった川崎は、四十年前、二十歳の自分が夏休みを利用して一人伊豆の旅に出て、踊子と出会ったことを回想する。この回想場面以後はすべてカラーで放映される。回想の場面内容は「準備稿」と同じであるが、回想後の現在の川崎は、再度、モノクロで幕を閉じる。このモノクロの効果については「うまく機能していない」(片岡義男)との見解がある。また、回想するのは川崎であるが、回想の設定が異なる。思うに、「準備稿」では、別れた直後での回想で、しかも涙を払拭できないため、全体を通して暗い映画内容になってしまう。一方、「決定稿」では、過去に踊子一行と楽しい旅をしたことが、元気で溌剌とした現在の教え子を見た時、時間の経過とともに思い出される、それは明るく健気な、美化された踊子である。そこには、時間的な距離空間と学生気質ともいうべき変化・変質があり、懐かしい思い出として放映されている。また、予告篇映画ではまた異なるはじまりが放映されている。

十重田裕一は『「名作」はつくられる――川端康成とその作品』(先掲)で、吉永・高橋版『伊豆の踊子』に注目し、西河監督の意図をくみ、「経済成長によって繁栄した日本の現在がモノクロームの映像で、過去の回想がカラーの映像」の理由を「今は失われてしまった日本の美しさが、カラーの映像によって表象されていた」と説明している。そうすると、「準備稿」での「受験生」に声を掛けられて回想する川崎だと、船中と踊子一行との時間的隔たりはほとんどなく、十重田の指摘は成立しなくなる。すなわち、モノクロとカラーとを併用する手段・方法があったとして、一高生川崎のおかれている時間によってこの映画の主意が決まってくる。

そして、原作にない内容に、これはほかの映画にも盛り込まれているが、温泉場で体を売った女性、本作では十朱幸代が演じる「お清」が病で死んでいく内容がある。この場面は、山口・三浦の映画でも織り込まれ、「温泉宿」（昭4・10『改造』）の次の箇所がヒントになっているという。吉永・高橋版では、この小説に登場するお咲、そしてお清は名前だけでなく、彼女等の行動も、この「温泉宿」から引用、映画化されている。お咲は、温泉村の風儀を乱すとのことで村から追放され、お清はお咲に唆されて体を壊し、死んだと噂されている。

お瀧にことわりを言つてゐるのは、胡瓜といふ渾名のある——胡瓜のやうに痩せて、背がころもち曲つて、青ざめて、病気でよく寝る、子供好きのお清だつた。近所の赤ん坊の守りをさせて貰つたり、幼児を三四人も共同湯で洗つてやつたり、この子供いぢりだけが、彼女の楽しみらしかつた。そして村との約束——曖昧宿の女は土地の男を客に取らないといふ約束を、お清一人は厳しく守つてゐた。勿論渡り者だが、この村で体をこはした彼女は、この村で死ぬことを考へてゐた。可愛がつてやつた子供達の群が、柩のうしろに長々と並んで野辺送りをする——その幻を、彼女は寝込む度に描くのだつた。

映画には、村を離れたお咲に村の男から誘いの葉書があって、お咲は村にやって来て、夜、誰もいない村の竹林で村の男を待ち、関係を持つ場面もあるが、これも「温泉宿」に描かれている。ただ、お清の死をお咲に知らせたのは映画では「宿の女」となっているが、小説では「村の男」になっていて、相違がある。さらに、映画には受験生も登場していない。

『伊豆の踊子』撮影ロケは、昭和三十八年四月十二〜三十日、ほぼ伊豆を中心に行われた。吉永は、伊豆ロケに来る前に、鎌倉の川端康成を訪問。川端に市中のレストランで夕食を馳走になりながら「とにかくのびのびとやって欲しい」という言葉を貰ったという（吉永小百合「伊豆の仙境に想う倖せの味」『別冊近代映画　伊豆の踊子　特集号』昭38・7　近代映画社）。その川端が、撮影途中の四月二十九日、下田東急ホテルに到着。吉永は連絡を受けて直ぐに急行し二人で一時間ほどの話を持った。その際、夜に、吉永のほかに、西河監督、高橋英樹とともに、川端のもとに行く予定が川端からの連絡で、川端が吉永らの宿泊する下田遊仙に来るとのことで、実際川端が来て、それから二時間ほどの歓談を持ったという。その歓談の中で、当時、「伊豆の宿賃」「茶屋の茶代」の質問があり、川端は前者については、「たしか一円か一円五十銭くらいだったかしら」、後者には「一銭か二銭ぐらいではなかったでしょうか?」と答弁したという。翌日、川端は、当日のロケ地である国士峠に来て、大変珍しそうに撮影を眺め、吉永との会話を持ったそうである。川端にとっても初めての経験であった。ロケ地訪問にあたって、川端は事前に吉永の幼年時代の作品（本誌別冊六月号に発表されたもの）を読み、激賞し、中学時代の習字を所望した、と藤村正泰は「吉永小百合の2つの顔」（『別冊近代映画　伊豆の踊子　特集号』先掲）で語る。

一九六三年六月封切に向けた「日活ぷれすしーと」（一九六三）には「総天然色　伊豆の踊子」と題して「解説」「物語」の記述はもちろん、「宣伝文案」九つ、例えば、「やさしくそっと知りそめし流れ旅路の花かんざし」のような表現がなされ、作成のために「宣伝ポイント」六つ、そして、上映館内用に「放送文案」が提示されている。さらに、地区ごとに「宣伝企画」なるものもある。興味を引くものに、キャストの「序列」に（特A）と（A案）が提案され、前者に記載ない六名の役者が後者に記載されているが、実際には多少の異動があった。そして、この「日活ぷれすしーと」には、「西河監督談」「吉永談」「原作者　川端先生談」が掲載されていて興味深い。

西河監督談　「川端文学の不朽の名作だけに、これまで戦前戦后としばしば映画化されてきたが、私はリバイバルということではなく、原作のテーマである永遠に変ることのない青春の清らかな魂を、吉永クンという最適のヒロインを得て、詩情豊かに描いてみたい」

吉永談　「私の念願の作品だけに、こんなに早く実現出来て嬉しくて、嬉しくて、たまりません。もちろん、こんどのヒロイン役は難かしいと思いますが、私の代表作の一つになるよう、一生懸命やりたいと思っています。原作も、もう十回以上も読みかえしましたが、いまの若い人たちはもちろん、多くのかたにも共感出来るような作品にしたいと思っています」

原作者川端先生談

「小百合クンは、〝青い山脈〟を見て、いっぺんにファンになってしまった。日本映画界まれにみる清純さと、若いにもかかわらず、ひたむきでしかも天稟の演技力のある女優さんだけに、私は、心から期待をもって、映画の出来るのを楽しみにしたい」

日活の封切前の力の入れようが伝わってくる。封切後の『キネマ旬報』（昭38・6上旬号）には「この日活作品は現代にも通ずる若い世代の初恋の美しさを描く」「古きよき時代の初恋の物語に、いかに現代的感覚を加えるか、興味が持たれる」と評されているが、実際はどうであったか。近年、志村三代子は「川端康成原作映画事典」（平28・12『川端康成スタディーズ』笠間書院）で、当時の批評「吉永版は、第一回の映画化は戦前田中絹代で成功、ついで二作ほど戦後製作されたが失敗、今回は吉永小百合という適役を得て成功している」を引用しながら、自身の見解は「本作では、西河が望んだアンハッピーエンドは達成されているが、「屈託のない少女」「戦後民主主義の〝人はみな平等である〟という理念を具現化した存在」である吉永小百合が踊子に扮すると、原作が持つ本来の結末とはややそぐわないアンハッピーエンドであるように見えてしまう」と指摘する。志村の指摘にはないが、西河監督がいう「永遠に変ることのない青春の清らかな魂」が、「準備稿」では明確に映像化されることもなく、むしろ、東京の男たちが地方の、この場合は伊豆がその対象になるが、伊豆の女性に一時的な、仮初の恋愛感情を抱かせ、伊豆を離れるときには何事もなかったように女性を捨てていく。年齢を重ねた伊豆の女性たちは、この現実を過去に何度も見てきている。四十女が、薫を活動に出さなかったのにはかつて自分たちと同じ境遇の女性の悲恋・偽恋愛を見知っていたからであり、一高生がたとえいい人であったとしても、伊豆の女性の現実を無視することはできなかった。つまり、この部分の内容がある限り、「準備稿」では監督の目指す内容を映画化することは不可能である。

「決定稿」では、この内容がカットされている。そのため、監督自身の目指す内容が達成されたといえるのではないか。ただ、映画鑑賞者にとっては意見の分かれるところであろう。

(2) 山口百恵・三浦友和の場合

山口百恵の踊子・薫が決定するまでにはちょっとした経緯があったようである。西河克己『「伊豆の踊子」物語』（先掲）によると、ホリプロ企画社長堀威夫、同副社長笹井英男に呼ばれた西河に対し、山口は歌手としての人気の割にレコードの売れ行きがパッとしないので、この際、歌手よりも女優で売り出してはどうかとの相談が持ち込まれた。話は進み、「伊豆の踊子」の薫役でまとまったという。

原作はもちろん川端康成。脚本は若杉光夫。監督西河克己。キャストは以下の通り。

かほる（脚本表記）　山口百恵　　鳥屋　　江戸屋猫八
川島憲吾　　三浦友和　　よし子（酌婦）　　宗方奈美
のぶ（千代子の母）　一の宮あつ子　　おきみ（酌婦）　　石川さゆり
栄吉　　中山仁　　紙屋　　三遊亭小円遊
千代子　　佐藤友美　　しの（酌婦）　　田中里代子
百合子　　四方正美　　おとき（福田屋の女中）　　有働由見子

本映画の撮影日程はかなり厳しいものであった。ホリプロでは、正月の十五日を過ぎてからのクランクインと考えていたが、東宝側は十一月二十七日封切を予定。結果、「撮影オモテ話☆撮影ウラ話☆ハラハラ話」（『別冊近代映画　冬の号』昭49・12）によると、次の日程で撮影が実施された。

昭和49・9・27　クランクイン。お茶をこぼすシーンの撮影。

10・9　伊豆安良里漁港〜戸田（東海汽船による旧式黒煙汽船で別れの場面撮影）〜安良里　漁港〜湯ヶ野温泉（夜間ロケ）

10　湯ヶ野温泉（幼馴染の「おみきちゃん（石川さゆり）との再会・一高生と大島の見える峠・踊子の裸の場面（一部は奥多摩））

11　湯ヶ野温泉（峠で一高生と休む場面）

11中旬　撮影終了（伊豆・奥多摩）

撮影はほぼ一か月で終了。夜の歌謡番組に多く出演していた山口百恵にとって、伊豆での宿泊を伴った撮影は困難との判断で、極力伊豆を避け、代わりに奥多摩を撮影現場にあてた。

こうして短期間のうちに製作された映画『伊豆の踊子』の梗概は、川島憲吾（宇野重吉）のナレーションで始まる。数え年二十歳の第一高等学校（旧制）三年の川島は一人、天城峠を登っていた。間もなく雨脚に追われ、峠の茶店に入ったが、前夜、湯ヶ島の宿で踊っていた旅芸人一行に出会う。ほぼ原作通り、踊子に座布団を差し出されたり、婆さんから「旦那様」といって火のある部屋に通されたり、雨後、一行を追いかけるように茶屋を出る。途中、一行を追い越しそうになって、栄吉から声を掛けられ、湯ヶ野まで同行する。湯ヶ野でのシーンは、原作に近いが、差別される一行がやや顕在化され、前作同様、原作にはない結核を患う「おきみ」が登場するなど相違がある。下田では、やはり、踊子と書生（学生）との身分の違いが四十女の口からいわれる。原作にある、下田からの船中で出会う受験生は登場していない。

原作と比較して、この映画で注目されねばならないのは、川島自身が両親を亡くしていることを栄吉に話す場面、かほると川島との心的交情にやや齟齬があるのと、〝差別〟がクローズアップされていることであろうか。川島が栄吉と河原を散歩しているとき、川島は栄吉に「父はぼくが二つの時に母は三つの時に」と話す。『別冊近代映画　冬の号』（先掲）は「山口百恵　伊豆の踊子特集号」と銘打って「フレッシュなヒロイン」「山にうたう踊子の恋」などが収載されている。これらの中に山口・三浦による「共演対談」で、三浦は山口に対し「一つは15歳の平凡な少女の顔で、もう一つが女優の顔。カメラの前に立ったとたん、平凡な少女から一人前の女優の顔にサッと変るのは実に見事だと思ったよ。」「ぼくが演じた一高生の川島が、〝かほる〟に惹かれたのも、そういう社会的地位に置かれた踊子への同情が含まれているような気がするな。（中略）だって身分が違うもの一高生と踊子ではあまりにも……」と、彼女について発言している。川島を演じた三浦は、かほるを演じた山口を通して、これは山口の演技からといってもいいが、役者としての踊子の二面性を見抜いている。山口の演技のうまさというべきか、二面性を強調する映画の話になっているためなのか、三浦の指摘は評価できる。つまり、三浦の演じる川島がかほるをこれだけ冷静に見届けるのには、川島とかほるとの間には柔軟性のある一定の距離があったと考えられ、これは一方的に、あるいは一途に川島に好意を寄せるかほるとは隔たりが認められる。そして、〝差別〟に関しては、一高生、峠の婆さん・村人・紙屋、踊子一行、おきみ等酌婦（売春婦）と完全に序列化されていて、これは原作には明確に描かれていない。また、効果としてはいかがなものか不明であるが、川島とは別の「朴歯の主、マントを着た高等学校の学生」が登場し、かほるが「力いっぱい吹」いて飛ばした折鶴がその学生の横に落ち、拾われ返されるが、軒先の瓦の上に落ちてしまう。羞恥を抱き、障子に隠れたかほるは立ち去る学生を障子から顔を出して見送る。

映画の最後、甲板にいる川島に、峠の婆さんの「あんな者、今夜の宿のあてなんぞあるものですか、旦那様。お客があればあり次第、どこにだつて寝るんだから、あの連中は。かゝり合わない方がいゝですよ。あゝいう手合とは。お気をつけなさいよ」の声が蘇ってくる。川島はあの旅芸人一行に、とりわけあの無邪気で可憐な踊子に心惹かれたがために峠の婆さんの発言を一時的に失念してしまっていたものの、今こうして踊子に物理的・心的距離を置くことによって自分と踊子との立場の相違を再確認したといえる。多田泰子はこの場面に関して「オリジナルなラストシーンに全てが集約された形で峻烈に体現されている」（昭54・4『キネマ旬報』上旬号）と指摘する。

この映画で垣間見られる、社会的身分制度は、「一高生（書生）」、「峠の婆さん・村人・宿の女」、

「踊子一行」、「よし子・おきみ等酌婦（売春婦）」に峻別・序列化され、各々の会話表現に表れる。

一高生↑峠の婆さん・村人・踊子一行　「旦那〈様〉」・「書生さん」

峠の婆さん・村人・宿の女↓踊子一行　「あんな」「あんな連中」「ああいう手合」・〈物乞い旅芸人村に入るべからず〉

峠の婆さん・村人・宿の女↑踊子一行　「見逃してもらうか」・「恐れ入ります。ちょっと通してもらいます、どうも相すまんことでございます」・「すみませんです。いそいで抜けますから、申訳ございません〈とペコペコ頭を下げる〉」「太いのは盗んだと直ぐに分かつて……」

紙屋↓踊子一行　「あんなもの」「水揚げ」

踊子一行↓おきみ等酌婦（売春婦）　「あんな商売してる子」

踊子一行↑おきみ等酌婦（売春婦）　「流しだろうお前さん」「お前さんだつて今にこうなるんだよ」

鳥屋なども川島を「書生さん」と呼んでいる。踊子一行の村人への格別な気の使いようも原作にはない。また、踊子一行、特に「のぶ」と「よし子」との間には一概に割り切れない関係がある。それは、「のぶ」が「おきみ等酌婦」を売春婦同等の扱いにしているものの、「よし子」にはその意識がない。それは、「よし子」の「おきみ」への発言「こんなになるまで客をとらせといてさ」から理解でき、少なくとも「よし子」は「おきみ」とは異なる自負を抱いている。そのため、「のぶ」と「よし子」の間には相互に一線が引けない思い込みがあり、その背後には、相互に厳しい社会的身分制度を確認している。志村三代子は西河克己の「『伊豆の踊子』の場合、映画化を重ねるにしたがって、原作に近づいている」という発言に「興味深い指摘をしている」と私見を述べている。

(3) 両映画への評価――アダプテーションへの試みとして

東京・大森海岸の花柳界に育ち、そこで見た小料理屋やカフェで、「おぢさん、唄はして頂戴」との光景を記憶する西河克己が『「伊豆の踊子」物語』(先掲)で、踊子を演じた二人の女優について、

一九六三年の吉永小百合の踊子も、十年後の山口百恵の薫も、同じ発想のもとに作りましたが、小百合は暗い運命にも汚れない明るい救いを残しました。百恵の救いのない哀しさが、ぼくの

「唄はして頂戴」のイメージにより近いものになったようです。

と、語っている。さらに吉永を起用したのは「いまの日本の女優でこの踊り子をやれるのは、小百合ちゃん以外にありません。純情可憐さ、その雰囲気は、年令的にみても、小百合ちゃんがピッタリです。和服も似合うし、純日本的な人だ」と、また川野泰彦は「美しき〝ハイティーンの星〟」（『別冊近代映画　伊豆の踊子　特集号』先掲）で吉永について、「一見ひどく庶民的な甘さがある。それと同時に、いわゆる育ちの良さが感じられ、その両極端がうまくプラスされて、親しみやすさを感じさせる」「加工された美しさではない、素顔の魅力であり、ハイヒールよりもサンダルがにあう感じの良さがある」「可憐さと優雅な女らしさ」と指摘する。

これに対して、四方田犬彦は「『伊豆の踊子』映画化の諸相」（『川端康成スタディーズ』先掲）で、「小百合版」と「百恵版」を区別して、各々の特徴及び相違を述べている。

その相違の原因を「日活と東宝／ホリプロという製作会社の違い、二人の女優が携えている資質の違い、一九六〇年代中期と七〇年代中期という時代状況の相違」を前提にし、「小百合版」は「青春時代をめぐる甘やかなノスタルジア」が基調であり、「小百合には暗いところがないというより、そもそも影がない。彼女が踊子を演じるとき強調されているのは、たまたま不遇な境遇に生まれた少女が、にもかかわらず生来の明朗さを失わず、健気に生きて行こうという共感的な姿勢である」のに対して、百恵の方は「小百合のように生きることの悦びゆえではなく、生活のために義務付けられた動作という印象が強い」という。つまり、「小百合が影のない女優であるとすれば、百恵は影そのものの中から這い出てきた女優なのだ」と表現する。そのうえで、「現在の戦後民主主義社会を謳歌する」には吉永小百合以上に体現できる女優はいるだろうかとし、山口百恵にとって重要なのは「原作の根底に潜在的に横たわっていた差別という主題」であり、それは「川端康成の文学の深層構造に垂直に探究の眼差しを向けている」からであると説明する。

一方、当時の映画批評は、やや酷評である。吉永については、押川義行が「この原作の詩情は、文学以外のものではないのだろう。――吉永の踊子はお行儀がよすぎた」（昭38・7『キネマ旬報』下旬号）と述べ、また山口については、黒井和男が「人気の高さ、話題性はやたらに出て山口百恵が、ひいては「伊豆の踊子」が一般的にかなり浸透していることは間違いないところだが、この人気におんぶした興行とあってはまず、大人は吸引できないと考えられる」とし「僕がズレているのかとも思うが、入場料金を取ってみせるには今の山口百恵ではまだ力不足という感じがしてならない」（昭50・1『キネマ旬報』新年特別号）と評する。また、人見嘉久彦による「山口百恵の主題歌を挿入した姿勢の作品に、目くじら立てる気持はないが、一度は原作以上の映画を見せて欲しいものだ」（昭50・2『キネマ旬報』下旬号）との評がある。

思うに、「小百合版」の踊子・薫を演じた吉永が、同時にダンサー・ルミを演じていることの相互の落差に従順できないためではないか。つまり、六十年代中期に生きる大学生（浜田）とルミがプロローグとエピローグに登場し、映画鑑賞者に鋭いインパクトを植え付けてしまい、大正中期の旅芸人のつつましやかな、そして貧しい日常を覆いつくしてしまっている。吉永の演じる薫とルミとに鑑賞者は片方の印象が脳裡に叩き込まれてしまう。押川のいう「お行儀がよすぎた」とはこのためであろうと考える。

一方、「百恵版」の「差別という主題」については、「川島憲吾」を演じた三浦友和が〝差別〟を感じたようであったが、山口にはそれほどの意識はなかった。踊子以外の一行が抱く〝差別〟への認識が彼女にはなく、原作の踊子・薫が持つ〝差別〟を今一つ理解していなく、従って役を演じることができなかったといえそうである。歌手としての人気が、そのまま演技力に通じることはない。西河が「伊豆の踊子」で目指したものについて、南部僑一郎は「伊豆の詩情は限りなく」（『別冊近代映画　伊豆の踊子　特集号』先掲）で、西河に質問し、西河が答えた内容を紹介している。それによると、「この原作小説の美しい詩を、どんな風に映画の上にうつし植え、その詩情をどこまで見てくれる人々に伝えることができるだろうか」、「大正末期という時代でなしに、現在でも多感な青年や娘さんたちには、この詩情は充分わかるものだと信じています。手も握らない恋、というものは誰にとってもあるものじゃないでしょうか」という。この内容は今まさに論じようとするアダプテーション映画としての「伊豆の踊子」にヒントを示唆していると考えられる。

また、川端の発言をもとに、戦後の社会の変容に着目した十重田は、川端の発言「伊豆の変りやうにおどろくよりも、私はやはり変わらぬ伊豆の美しさをなつかしくおもつた」を引用し、「伊豆の踊子」は「高度経済成長のなかで失われていく「日本」へのノスタルジアによつて支えられた世界」と、吉永版に小説「伊豆の踊子」そのものの価値を認めている。

さらに発展的に考えてみたい。「私」が学生の頃、若者の二極化が顕著で、嘱望される職に就くには高等教育が不可欠であり、それは家族のみならず一族郎党が期待することであった。栄吉が「私」に接近する背後には、おふくろの発言である「（栄吉は）学生さんが好きみたい」「昔を思い出すんだろうね」があり、そして、下田の宿で「私」が直接耳にした母親と高校受験を控えた息子の会話〈母が実子の高校入学試験に期待を寄せ、将来は大学に進み、そして学者になる。亡き父の望みだった。自分の身体で自分の身体ではない〉という内容は往時の二極化の片方を象徴している。

しかし、「私」が生きる現在の若者の間ではその二極化は解消されているかのようにみえる。それは「私」に仲人を依頼する学生とダンサーとが結婚することにあらわれている。結婚の条件は、仲人が大学教授の「私」であれば母親に納得してもらえるという。そこには、既に二極化は消えているかのようにみえる。しかし、昭和二十年代後半から四十年代にかけて地方から東京、名古屋、大阪方面へと向かう集団就職が盛んになり、就職者専用の列車、あるいは船が東北から、そして九州からと続いた。それら就職者を支える「若い根っこの会」が発足したのは昭和二十八年。この就職列車の最盛期は「伊豆の踊子」が封切られた昭和三十八年であった。その翌年の三十九年、井沢八郎が歌いヒットした「あゝ上野駅」が発売となる。

一方、吉永の主演作には昭和三十七年四月に公開された『キューポラのある街』がある。郊外に住む女子生徒が貧しい家庭のため進学を諦めざるを得ない状況の中で、新たに定時制高校への進路を見つけ出す。都市部での進路選択で、若者の分断が発生した。都市部での分断と、そして集団就職、すなわち、形こそ異なるものの、この若者の二極化は「伊豆の踊子」を鑑賞する者に理解されるべきであろう。

川端の他作品の映画化でもよくいわれることだが、なかなか原作を越えることができないという。坂井セシルは「川端作品における映画性の特徴」(平28・3『映画と文学　交響する想像力』森話社)で、「全作品において、視覚的な要素が強く反映されている」「「速度」と形容できる、映画特有の時間の空間的表象が随所にわたり効果的につかわれている」「川端文学における省略と喚起性の相互関係」の三点を指摘し、以下のようにまとめている。

映画的な要素が強いと言われている川端の文学は、結局映画化されにくいという結論に達する。それを川端文学の限界と形容するならば、究極的には、同時に映画領域の限界でもあり、逆に文学領域の限りない本質的な可能性に繋がるのかもしれない。

この坂井の指摘に関する意見については、今後の脚本を含めた映画製作の技術の最大限の駆使・活用によるところが求められる。

第四章　川端康成と「地方」――「伊豆の踊子」「牧歌」「雪国」の場合

二十二　「牧歌」「雪国」の場合

川端は先掲の「私の七箇條」に、

私の小説の大半は旅先で書いたものだ。風景は私に創作のヒントを与へるばかりでなく、気分の統一を与へる。宿屋の一室に座ると一切を忘れて、空想に新鮮な力が湧く。一人旅はあらゆる点で、私の創作の家である。

と書いているように、「伊豆の踊子」は伊豆湯ヶ島温泉「湯本館」で執筆し、推敲には梶井基次郎の協力があったことも周知の事実である。川端自身や梶井の発言にもあるし、宿の看板やパンフレットにも「文豪川端康成氏・伊豆の踊子執筆の宿」と記されている。また、「雪国」の場合も、作品の舞台となった越後湯沢温泉高半ホテルは「雪国の宿」として広報している。

ところで、川端の作品の大半は「旅先で書」いた小説であるが、元をただせば比較的名作といわれる作品は東京を離れ、地方で体験した事柄・内容を小説にしている。もちろん、例外もある。川端にとって、東京、そして、地方は小説のヒントになり得ているのかを考えてみることにしたい。

川端康成は、「中央」（この場合、東京、鎌倉をさす）に在住していて、「地方」に赴き、地方の生活、文化、そして、人々の生業をもとに小説に著わしている。「伊豆の踊子」はもとより、例えば、「牧歌」（昭12・6〜昭13・12『婦人公論』）や、「雪国」（昭10・1『文藝春秋』等）もその好例である。

「牧歌」について、「作者」、すなわち川端の分身は「信州見聞記風な長編小説」といっているように、信州の自然・人情・風俗等について人から（作品の中では三人の娘勝子・知子・園子が案内役として登場）話を聞いたり、自分で郷土文献・新聞等で調べたりして作品化した、いわゆる、ルポルタージュ的な内容の小説に仕上げている。そのため、執筆までには紆余曲折的経緯があったが、川端の脳裡には「長野の図書館へ行つて、古新聞と郷土文献を見る」と当初からすでに目論見があった。この事実は、「信濃の話」（昭12・10『文藝』）により具体的に「ひとつ信濃を書いてみようかと思ひ立つて、三四年信濃を勉強してみるつもりで、去年からちよいちよい信州へ来てる」と書いていることからも理解できる。

ところで、この当初の目論見は見事実現されたようで、「牧歌」の初出誌である『婦人公論』（昭12・6）には次の文章が「牧歌」の終了した後、追記の形で書き添えられている。

――お詫び。あわただしい調査旅行のため、作者、疲労発熱、これだけしか書け進まず、御寛容を乞ふ。信濃毎日新聞社、信濃教育会、長野図書館、その他の方々に、種々便宜を与へられた。謝意を表す。

さて、「牧歌」の梗概は先述の三人の娘たちによる信州案内になるが、主人公である「作者」との間には、①郷土文献、②新聞記事、③信州の人々の話、④社会事象、⑤その他、による事柄が介在し、物語は展開していく。

とにかく、「ひとつ信濃を書いてみやう」として信州旅行を始めたが、「作者」は、知子との会話で信濃の現実を直視することになる。

「日本の故郷を書かうとお思ひになつて、奥信濃までいらしてるんですのね。」

と、知子はぽつりと言つた。

そして、遠い山を見た。

「私は故郷を出て行かうとしてゐますのに……。」

「作者」の書く「信濃」はもちろん、ある意味では「知子」のいう「日本の故郷」だったのであろう。というより、「奥信濃」そのものに「作者」の拘泥があって、「信州」とは異なる「伝説・歴史」を伴った地だと考えねばならない。「奥信濃」には、「歴史」では語り尽せない「伝説」もある。日本の誕生は奥信濃にある。その誕生から現在に至るまで通時的に眺められる地、そこが「奥信濃」だったのである。しかし、「知子」には「作者」の持つ意識はなく、「故郷を出て行かう」としている。「知子」にとって「作者」が考える「故郷」はこの奥信濃にはないとみている。だから次のような会話がなされる。

「ええ。兄は、戦地で、反つて日本の故郷を見つけてゐるかもしれませんわ。（中略）あの講中の方々は、肉親を国の犠牲にして、あんなに黙つて、古い神の前に座つてらつしやるんですわ。知らずに、疑はずに……。」

しかし、戦争はいよいよこの奥信濃まではっきりと表れてきて、

「柏原の方はお客が少いから、戦争でガソリンの節約で、今年は通りません。」

ガソリンの節約——といふ言葉が、この巫女姿の少女から聞くと、なにか異様に響いた。

「作者」が求めようとした「故郷」はこの信濃にはすでになく、「軍歌」が横行している。そして、「故郷」を離れるといっていた「知子」の姿もすでにない。川端は当初の目的を「作者」に「故郷が書けたらいいが、まあ、あの故郷も、この故郷も、ただ素通りして歩いて、死ぬことでせうね。つくづく、あさましい根性ですよ。」と語らせたが、達成されることはなかった。「軍歌」一色の東京を離れ、「牧歌」の信濃に「日本の故郷」を探し求めたが、その信濃にも「軍歌」は横行していた。

「軍歌」に辟易した川端は、信濃に期待を抱きつつ、奥信濃に「日本の故郷」を求めたのである。この「日本の故郷」とは、〈日本の伝統・文化〉を指すのかもしれないし、信州の場合には「信州の持つ神話伝説、さらに自然風土」となろう。

一方、「雪国」はどうか。川端が初めて越後湯沢を訪問した日程については、川端本人の発言と秀子夫人との間には異同があるが、夫人の見解が正しいようである。川端「「雪国」の旅」（昭34・10『世界の旅・日本の旅』）には以下のように書かれている。

昭和九年の五月ごろであつた。同じ年の十一月か十二月のはじめ、私は湯沢に行つて、「雪国」

の冒頭の「夕景色の鏡」を、昭和十年新年号の「文芸春秋」のために書き、その続きの「白い朝の鏡」を「改造」の新年号に書いた。

この川端の発言に対して、秀子夫人は、「川端康成の思い出（十五）」（平11・10『川端康成全集』第6巻　新潮社）で以下の記述をしている。

川端が湯沢に行ったのは年譜などでは昭和九年五月となっていますが、川端自身が「『雪国の旅』で書いているのでそうなったのでしょうが、実際は六月に入ってからで、水上から湯檜曾に行き、それから水上駅の一つ手前の上牧駅前の大室温泉旅館に行っています。（中略）六月十三日、「文学界」の原稿（「南方の火」でしょうか）を出しに水上駅へ行ったついでに息抜きをするつもりでトンネルを越えて湯沢に行きました。そこで泊まったのが高半旅館で、十四日にまた大室温泉に荷物をとりにもどり、出直して湯沢に行きます。

秀子夫人は、川端の彼女自身宛の手紙、そして、藤田圭雄宛の手紙をもとに日程を確認している。川端発言より、秀子夫人発言の方が正しいようである。

この日程で、川端は湯沢に行ったが、その目的は、「岩波文庫版『雪国』あとがき」（昭27・12）

に、「水上か上牧にゐた時私は宿の人にすすめられて、清水トンネルの向うの越後湯沢へ行つてみた。水上よりはよほど鄙びてゐた。それから湯沢へ多く行つた。」と書かれている。三国峠のふもとの法師温泉には直木三十五がよく行っていて、川端も直木にすすめられて池谷信三郎と二人で投宿したことがあった。直木は法師から湯沢へは三国峠越えをしたようであったが、川端は歩いてはいない。「雪国」の次の場面は虚構である。

あの時は――雪崩の危険期が過ぎて、新緑の登山季節に入つた頃だつた。
あけびの新芽も間もなく食膳に見られなくなる。
無為徒食の島村は自然と自身に対する真面目さも失ひがちなので、それを呼び戻すには山がいいと、よく一人で山歩きをするが、その夜も国境の山々から七日振りで温泉場へ下りて来ると、芸者を呼んでくれと言つた。

「牧歌」と「雪国」に注目してみると、二作品はほぼ同じ時期に発表されている。「雪国」には描かれていない戦争が、すなわち東京には軍歌が謳歌されている現実があり、もはや「日本の故郷」は、隠蔽されつつある。そんな中、「牧歌」で「その碓氷峠を越えると」と記されているように「雪国」では「国境の長いトンネル」と記されている。東京を現実とすれば、彼地には東京とは異なる現実がある。すなわち、軍歌のない現実があるとおもい、期待を胸に「古志国」「越国」に赴いた。「雪国」の語り手は「島村」、芸者「駒子」などを仕立て、その駒子に「勧進帳」や「都鳥」を奏でさせる。そして、雪国の生活習慣に関しては鈴木牧之『北越雪譜』を参考引用し、「日本の故郷」を語り始める。

「牧歌」にせよ、「雪国」にせよ、川端が中央である東京を離れ、地方の信州や越後湯沢に向かったのには川端なりの事情があったと考えねばならない。

二十三　「伊豆の踊子」の場合——旅の目的と、なぜ「伊豆」なのか

「伊豆の踊子」に、

二十歳の私は自分の性質が孤児根性で歪んでゐると厳しい反省を重ね、その息苦しい憂鬱に堪へ切れないで伊豆の旅に出て来てゐるのだつた。だから、世間尋常の意味で自分がいい人に見えることは、言ひやうなく有難いのだつた。

と書かれているが、作品内での旅の理由としては「自分の性質が孤児根性で歪んでゐると厳しい反省を重ね、その息苦しい憂鬱に堪へ切れない」ためとされている。このことに疑問を抱くことはない。一高文科の高校生であった川端にとって、強いていえば、高校での日常、そして、寮での日常と大別されるだろうが、前者の場合、入学早々、川端は、教師の講義にも興味が持てず、指名されると面倒くさそうに起立して、強い大阪なまりでぼそぼそと発言するだけだったそうである。後者

の生活、すなわち、寮での日常が伊豆行に関与したようである。当時、一高の寮（和寮十番室）は十一時消灯のため、川端は自分で裸蠟燭を購入し、それに点火して分厚い翻訳書などを読んでいたという。

北條誠は「伊豆の踊子・雪国・古都にふれて」（昭47・8『太陽』平凡社）に、「田舎から出てきた社交性に乏しい孤児の先生にとって一高の寮生活は、新しい友人を得たよろこびもあったであろうが、時にはやりきれない息苦しさでもあっただろう。」と書いている。そして、同誌には、鈴木彦次郎が「新思潮前後」（先掲）で、「二年に進んで、同室になっても、川端の孤独な姿は、変わらなかった。石浜や私とは、同じ作家志望だと知って、時折、あのさびしげな微笑をうかべながら、受け答えをすることもあったが、ほかには、人見知りをしない三明と話をするだけで、同室の連中とも、ほとんど、つきあいがなかった」と記している。

また、「油」（大10・7『新思潮』）には次のようにある。

〔「孤児の悲哀」による〕さうした意気張りが却つて私をいびつなものにしてゐることを、高等学校の寄宿寮で私の生活が自由にのびのびとして来た頃から気づき初めた。

「油」には川端の「大方つくりごとである」との発言があるが、小説世界をそのまま川端の実生活に与することには抵抗があるものの、川端が一高寮生活の日常に辟易して伊豆旅行に出た時期と時間的隔たりはそれほどない。つまり、「伊豆の踊子」に書かれている「孤児根性」による「孤児の悲哀」があるとすれば、そのことによって「私」は「伊豆の旅」に出たことになる。

そこで、川端にとって「孤児」との認識はいつなのか、そして、「孤児根性」、「孤児の悲哀」の具体的内容は如何なるものなのかを考えてみたい。

「葬式の名人」（大12・5『文藝春秋』）に、「私（川端）」が小学校入学時に祖母が亡くなり、「私（川端）」が十一、二の時たった一人の姉の死にあい、「私（川端）」が十六の夏に祖父の死があったとある。その祖父の死を機に「私」は「唯一人だといふ感じ」を抱き、「唯一人になつたといふ寄辺なさがぼんやり心に湧いた」ことによって、「私（川端）」には家族、あるいは祖父母・両親・兄弟がすべて亡くなった現実が記されている。しかし、「葬式の名人」には、「孤児」なる言葉は出てきていない。すなわち、川端にとっては、「唯一人だといふ感じ」は、そのまま「孤児根性」、「孤児の悲哀」に繋がるのではなく、これら言葉が川端に認識されるには多少の時間を要し、ある一定期間に川端の周辺に起こった内容により、川端自身に意識化されていったのではないか。その意識を顕著に現実として受け止めた時期は一高の寮生活ではなかったか。「私には少年の頃から自分の家も家庭もない。学校の休暇に郷国へ帰省した時は親戚に寄食する。多くの縁者の家から家へ渡り歩く」、そして、それら家に行くと川端は「お越しやす」ではなく「お帰りやす」と迎えられるという。「孤児根性」、「孤児の悲哀」の起源といえるだろうか。

この「葬式の名人」は、川端発言によると「大体事実に近い」という。

「孤児の感情」(大14・2『新潮』)は、川端によれば「つくりごとである」であるというように、「私」には「千代子」なる妹がいて、「現に生きてゐる」と。この内容は虚構である。

高田瑞穂は「伊豆の踊子」(昭45・2『国文学　解釈と教材の研究』)で、「伊豆の踊子」における「孤児根性」について論じ、この「孤児根性」は、「人々の心の恵みを素直に受」ける内容と、「傲然と反撥」からなる内容に大別され、起源となる作品は、前者では「油」があり、後者には再度、「油」また「葬式の名人」があるという。

そして、川端の「「孤児根性」は、この両極の間を動揺し続ける」のだといい、「伊豆の踊子」の場合は、「傲然」から「素直」に移行するのだという。確かに、「伊豆の踊子」では、「自分の性質が孤児根性で歪んでゐると厳しい反省を重ね、その息苦しい憂鬱に堪へ切れないで伊豆の旅に出て来てゐる」のだから「傲然」といえるだろうし、作品本文に書かれているように「私」の「素直」への心的移行があったと、誰しもが認めるところである。高田のいう川端の「孤児根性」を少し別の文献から垣間見てみたい。

福田淳子は「川端康成「油」論」(平8・6『川端文学への視界11』教育出版センター)で、高田が了解済みであっただろう故に触れることがなかった大正十四年十月の『婦人之友』に注目し、

『新思潮』発表の「油」との書き換え等詳細な比較検討をした。その結果、「〈孤児根性〉からの脱却は〝一時的なもの〟でしかないという「伊豆の踊子」の発想は、既に初出「油」で築かれていた」と指摘している。また、馬場重行は「川端康成「油」私考―「末期の眼」の萌芽―」（平23・6『川端文学への視界』26 銀の鈴社）で、先行文献を概観しつつ、改稿が提示するもの、「伯母の話」を評価し、「油」の語り手が語る内容を精査している。「「油」の語り手は、死者という「無」の「実在」を信じ、それと共生する「新しい」生の獲得を目指している」と説く。

すなわち、「〈語りえぬもの〉としての死者をことばによって語ることで、死者の側から自己を捉えるまなざしを持つこと」としている。卓見であるが、仮に、高田、福田の論を見ても、「孤児根性」の起源や位置を指摘されてはいるものの、肝腎の「孤児根性」の中身には触れられていない。ただ、注意されねばならないのは、これら三作「油」「葬式の名人」「孤児の感情」でいわれ、あるいは想定される「孤児根性」が「伊豆の踊子」での「孤児根性」に該当、もしくは通底するか否かは話は別であるが、馬場は「孤児根性」の中身として「油嫌い」を指摘し、それでも「「油嫌い」以外の「第二第三」の「心のいびつ」は、いまなお「私」に存していよう」と説いている。

しかし、この「心のいびつ」が「伊豆の踊子」の「孤児根性」に反映しているという見方には疑問がある。「伊豆の踊子」の物語内容から判断すると、ほかの要素が想定されなければならない。

そこで、「伊豆の踊子」の次の箇所に注目してみたい。

彼等の旅心は、最初私が考へてゐた程世智辛いものでなく、野の匂ひを失はないのんきなものであることも、私に分つて来た。親子兄弟であるだけに、それぞれ肉親らしい愛情で繋がり合つてゐることも感じられた。

「私」に欠如している「親子兄弟」そして、「肉親らしい愛情」に、「私」は魅せられる。つまり、「私」が抱く「孤児根性」とは、「私」が踊子に「お父さんありますか」と聞かれても応えなかった、あるいは応えられなかったことに表れているのであり、理由としては、「私」の脳裡に「孤児根性」に由来する、家族〈親子兄弟〉の欠損・不在があるがゆえに未知の、体験・経験したことのない「肉親らしい愛情」が欠如でしており、その事実を踊子、ひいては一行に知られたくなかったからなのである。「肉親らしい愛情」を知らない「私」の「孤児根性」は、「油」「葬式の名人」「孤児の感情」では理解できない「孤児根性」なのである。「現在と今後」（大15・3『若草』）によれば「少年時代から肉親がない代りに束縛もなかつた」川端に「学校では高等学校が一番に役に立つた。若し私に少しでも人間的な素地が出来てゐるとすれば、その大部分は一高の寮生活の賜である。あすこ程人間修養の道場としてすぐれた所は少いと思ふ」までに心的成長を促したのであり、伊豆旅行に出たのは、その途次での出来事であった。「束縛」を知らない川端が、寮生活で「束縛」を知り、旅に出た。そして、旅先で、踊子一行と出会い、旅を続けるが「肉親らしい愛情」を知ると同時に、そこには、自身が経験したことのない「束縛」をも確認することになる。

ところで、川端はなぜ伊豆に行ったのか。先述の鈴木彦次郎は「彼は、郷里との往復に、車窓から遥かに眺めて、あこがれの土地だった伊豆の旅を思い立ったというのである」と書いている。一方、鈴木とは別に、湯ヶ島温泉「湯本館」館主が熱心な大本教信者で、一時湯ヶ島はその聖地とも称されていて、その噂なるものを川端は耳にしていてそれで伊豆に行ったとの見解がある。大正七年十月三十日、湯ヶ島温泉「湯本館」を訪れた時、当時の主人は安藤藤衛門、女将はかねといった。「湯ヶ島温泉」（大14・2『文藝時代』）に、「七年前、一高生の私が初めてこの地に来た夜、美しい旅の踊子がこの宿へ踊りに来た。」と書いている。

大正七年十月三十日、当時、全国的にスペイン風邪患者が蔓延していて、東京駅員の罹患者も多く出て、業務に支障をきたす新聞報道がなされるほどであった。もちろん伊豆でも同様で、小学校でも風邪予防対策は県のみならず地域においても頻繁になされた。

この状況下、川端はなぜ、伊豆旅行を決行したのか、これまで川端は先に伊豆旅行をした田山花袋、島崎藤村、蒲原有明、武林夢想庵が旅した大仁、修善寺、湯ヶ島、天城峠、下田、石廊崎、伊東の旅程に触発され憧憬の地としていたのではないかといわれてきた。例えば、「伊豆天城」（昭

4・6・9『週刊朝日』）には、

「私は始め馬鹿にしてたんですよ。天城なんて小さな峠だろうと思つてゐたんですよ。ところがあんなに美しいとは全く思ひもかけなかつた。箱根八里の渓谷なぞよりもどんなに大きくもあるし、美しくもあるかも知れませんね。」

これは田山花袋氏の紀行文の中の会話である。島崎藤村氏も「旅」といふ短篇に馬車での天城越えを書いてゐるさうだ。

模型じみた小さい伊豆半島にあらうとは夢にも思へぬ、この渓谷の深さと美しさとは、しかし歩いて越えなければ見られぬ。

と書いていて、川端の伊豆への憧れがある程度察せられる。しかし、本書では以下の三点に関して考察してみたい。

(1) 川端康成の先祖といわれる川端舎人道政、そして、より以前の北條義時までの足跡を辿る。
(2) 伊豆への川端の思い入れ（あこがれ）
(3) 伊豆の温泉での身体の養生・保養

(1)　家系に関して川端は「末期の眼」（昭8・12『文藝』）に、

芸術家は一代にして生れるものでないと、私は考へてゐる。父祖の血が幾代かを経て、一輪咲いた花である。

と、書いている。川端富枝『川端康成とふるさと』（平2・4　私家版）によると、昭和十二年、秀子夫人から川端岩次郎宛に先祖命日、日付書送付依頼があり、極楽寺老僧清崎上人に調査依頼していたところ川端三八郎筆跡の家系図写しが発見され、その家系図には「川端家は北条泰時の九男駿河五郎道時の三男、川端舎人助道政、是れ川端家の先祖也」と、さらに、「慧光院沿革史に依ると『鎌倉幕府の執権北条泰時の孫北条道成が住持し、その親戚川端舎人助道政が幕府に申請して寺領を得、道政は門前に家を構えたのは正安元年（一二九九）』ともいわれています」との記載があるという。そして、系図を辿ることにより、川端家三十一代に当たるのが康成であった。川端が自身の家系の詳細を知ったのはこの時であったろうと推測される。しかし、「十六歳の日記」に三八郎の発言として「この家は北條泰時から出て七百年も続いたんやさかい、相変らず続きます」と書かれているので、川端は系図の大概を中学の頃には知っていたのではないか。思うに、これが機縁で、川端は北條泰時、そして以後の先祖に興味を抱いたのではないか。北條泰時は駿河伊豆の守護であった義時の子、そして泰時の九男北条（駿河）五郎道時の三男が川端舎人助道政であった。川端が北条の末裔であることを知り、夢のような自分の先祖への興味関心は増幅維持され、義時、泰時が治めた伊豆を知りたいとのおもいはその後ずっと川端の胸中で温められていたのではないか。東海道線で大阪から東京に向かう途中、車窓から伊豆の山々を眺めると同時に伊豆の風物を探ることへの期待が膨らんでいたのではないか。そして、偶然、一高の寮生活に馴染めなかった時期、帰省するにしても自分を迎えてくれるはずの家族もいない、そんな川端を救ったのは、遠い先祖への憧憬ではなかったか。そして、それら先祖が一時期生きた伊豆に川端の傷心を癒すことを認め、大正七年十月末、スペイン風邪が猛威を振るうなか、無理を推してまでも伊豆への旅を決行したのではなかったか。伊豆を探ること、それは川端の先祖を探ることにも通じると川端は考えたとしても間違いはないであろう。

(2) 伊豆への川端の思い入れ（あこがれ）は、十六の時、祖父から聞かされた北條泰時の話によるもので、以来、脳裡の片隅にはいつでもあり、一度たりとも払拭されることはなかった。同年十月三十一日付川端松太郎宛ての絵葉書に、お蔭で、昨夜当地につきました。思つた〔とこ〕ほどよいところではありません。温泉につかつてよい気持になりました。
午后発つて、湯ケ島に行きます。それから湯か野（ママ）、下田の方へ温泉を巡ります。半島の南端まで探りたいと思つてゐます。

と書き、修善寺の風景には馴染めなかつたものの、温泉の良さに伊豆への憧れが現実となった。さらに、同年十一月二日附川端松太郎宛て絵葉書に、

二日天城峠を越えて湯ケ野に参りました。天城の峠路は実によいところです。
此所で二泊ほどして下田の方へ参ります。毎日當もない呑気極まる旅を続けてゐると身も心も清々と洗はれるやうです。東京へ帰るのが厭になります。

と、書いて送る。伊豆への思い入れは、これまでにも、推察の範囲で語られてきたが、北條と伊豆との関わりに川端の関心があったといえる。

さらに、「伊豆温泉記」（昭4・2『改造』）に、伊豆を「詩の国」とし、人々を惹きつける起源

は「伊豆が生き生きと動き出したのは、頼朝が蛭ケ小島で旗を挙げてから」を引用し、その理由は「伊豆が南国の模型」であるからだという。そして、「伊豆序説」(昭6・2『日本地理体系』第六巻B「中部篇」下巻　改造社)では、

伊豆は詩の国であると、世の人はいふ。
伊豆は日本歴史の縮図であると、或る歴史家はいふ。
伊豆は南国の模型であると、私はつけ加へていふ。
伊豆は海山のあらゆる風景の画廊であると、またいふことも出来る。
伊豆半島全体が一つの大きい公園である。一つの遊歩場である。

といい、ここでも「伊豆は詩の国」であると繰り返される。換言すれば、伊豆にはロマンがあり、伊豆を知ることは日本の歴史を知ることであり、絵でもあるし、夢を語れる空間でもあるという。誰しもが、一度は行ってみたい憧憬の地であると川端はいう。

「伊豆温泉記」、「伊豆序説」は共に、大正七年からは時間的経過があり、後日、言葉で表現可能になったものの、当時としては「憂鬱に堪へ切れない」日常からの回復可能な地として伊豆を味わうのが精一杯で、とても伊豆の良さを冷静に、そして、客観視できる余裕はなかった。

(3)

川端は生来的に「私は右脚が痛んで」「神経痛であつたかリユウマチスであつたか」により、伊豆にて頻繁に、しかも長期間の温泉養生をした。「伊豆には、熱海、伊東、修善寺、長岡の四大温泉をはじめ、二十または三十の温泉場」があり、それら温泉は「女の乳の温かい豊かさを思はせ」、「女性的な温かい豊かさが、伊豆の命」と川端は表現している。四大温泉の特色は、鉄道省『温泉案内』（昭2・6　博文館）には次のように記されている。

熱海　目の湯、無塩の湯を除いては皆塩類泉である。（中略）効能は小児の腺病、慢性痛風、炎性滲出、脚気水腫、皮膚病、神経痛によい。

伊東　無色透明の塩類泉で温度百十度乃至百二十度、胃腸病、関節病、脳病等に效がある。

修善寺　透明の塩類泉で温度百二十度、神経痛、消化器の疾患等に效がある。

長岡　無色清澄の塩類泉で、温度百二十度、リユーマチス、慢性湿疹等に效がある。

川端がよく長逗留した湯ヶ島温泉は、「世古の滝、西平、木立の三温泉に分れ、何れも無色透明の塩類泉で、温度百四度乃至百五十度、癥、疝、眼病、打撲傷等に效がある」という。大正八年、足の病で湯ヶ島にきて東京に帰った時、四緑丙午生まれの十四の娘に「もう足はおよろしいですか」と聞かれている。

身体の養生・保養に伊豆が選ばれ、川端が伊豆に来る契機となっている。

これらのいずれかに断じるにはやや無理があろう。これらが複合的に関わって川端の伊豆行が可能となったのではないか。しかし、いえることは、伊豆、信州、越後湯沢のいずれにおいても、訪問の契機となったのは川端自身の精神的苦悩（寮生活の日常や戦争への疑念）からの脱却・解放であり、「身も心も清々と洗はれるやう」は、その証左となる。

あとがき

私は二十歳、ジーパン姿に、リュックを背負い、ひとり伊豆の旅に出ていた。

これといって決まった理由があるわけでもなく、私は学部二年、三月の春休みに五泊六日の伊豆の旅に出た。国立大学の年間授業料が一万二千円の最後の学生である。いわゆる「貧乏学生」が、伊豆大仁、湯ヶ島、湯ヶ野（梨本）、松崎、戸田にあるユースホステルすべてを利用した、徒歩中心の旅である。

伊豆箱根鉄道大仁駅で下車した私は、一泊目を過ごし、二日目は、朝から歩いて修善寺を過ぎて「出口」の「宝蔵院」境内で「いの字石」を見ていた。住職の大沢心一さんに声を掛けられ、「せっかく伊豆に来たのだから、お茶でも飲んでいきなさい」と。卒論に、川端か中世仏教文学かを考えている、これから湯ヶ島湯本館に行くと話すと、それならばバスで「西平」で下車するといいと教えられた。湯本館では、突然訪問し、しかも宿泊の予定もない私に、女将「安藤たまえ」さんは、

「川端さん」を案内してくれ、写真も撮らせてくれた。井上靖旧宅に行ってみるといいと教えてもらった。井上旧宅では二本の大きな翌檜の木に驚き、玄関に出てくださったのは、その後に分かったのだが、井上の実妹「静子」さんであった。三日目、ユースで一緒になった数名の男子中学生らと共に、天城旧街道を歩き、トンネル入り口から八丁池に向かい、再度トンネル北側から南口に通り抜けた。三泊目は梨本のユースに。翌日、河津川を下り、湯ヶ野温泉福田家に着いた。女将「稲穂とし子」さんから川端が泊まった部屋を見せてもらい、説明を受けて失礼した。

その後、私は下田、松崎、堂ヶ島、戸田と向かい、伊豆の旅を終えた。人の恩恵を、そして、親切を、この上もなく感じた旅であった。ウソでもない、ホントの話である。

伊豆を離れるころ、私の卒業論文は「伊豆の踊子」にほぼ固まりかけていた。三年になり、早々に木村幸雄先生に相談したところ、「川端研究者三名を挙げなさい」、「そのうちの一人に手紙を出しなさい」といわれ、長谷川泉先生に不慣れな万年筆を使い、一通の手紙を差し上げた。ご返事は早かった。達筆な字に戸惑いをおぼえた。しかし、先生からのお誘いがあり、「川端文学研究会」に入会した。間もなく、羽鳥徹哉先生から電話、川嶋至先生から手紙をいただいた。

一方、『河北新報』に「伊藤初代」に関する記事が掲載されていることを亡母から教えられ、同紙には以前にも関連する記事が掲載されたことも知らされた。「伊藤初代」調査のはじまりである。それからというもの岩手県岩谷堂、仙台、会津若松、岐阜に赴き、また何度か各市役所、教育委員会、学校にお願いし、戸籍の原本、学校沿革史等のコピーを送ってもらった。

当時、比較的入手可能な川端全集は十九巻本（新潮社）しかなく、全集未収作品も多くあった。「ちよ」は東大駒場図書館で閲覧、神田神保町の古書店街を何度もまわった。『文藝春秋』創刊号から十号までを購入したのもこの時で、六千円だった。授業料半期分である。

大学院入学までには少し時間があった。そのころ、私のお粗末な川端文学研究は、「伊豆の踊子」以外の作品にも当然、注目し始めていた。勿論、文学研究の方法の推移にも注視するようになり、文学研究の現在と川端文学研究との位置関係を明確にしてきた。そこには、学会、研究会、ささやかな読書会等で多くの先生方、仲間たちに教えられ、支えられたことによるところが大きい。

木村先生に直接ご紹介をいただいた吉田精一、平岡敏夫、紅野敏郎、前田愛、小泉浩一郎各先生方をはじめとし、大学院・学会・研究会等では小林一郎、武田勝彦、村松定孝、松坂俊夫、曽根博義、傳馬義澄、今西幹一、林武志、勝倉壽一、澤正宏各先生方、時には仲間として教示いただいた川端康成学会等の多くの学兄の方々、学部、大学院時代の学友の皆さんのもとに現在の私がある。常に叱咤激励してくださった皆さんに心より感謝し、厚く御礼を申し上げます。

最後になりますが、本書の刊行にあたり、森話社の大石良則氏、秋元優季氏より多大なご教示・ご協力を賜りました。厚く御礼申し上げます。

私の川端文学研究は、これからです。仮称「川端康成と戦争」はそう遠くない日に公にされます。

令和六年八月

田村嘉勝

［著者略歴］

田村嘉勝（たむら・よしかつ）

宮城県生まれ。現在、尚絅学院大学名誉教授（2023 年 3 月退職）。

専門は日本近現代文学、国語科教育学。

主な業績に、『井上靖　人と文学』（勉誠出版、2007 年）。共著に『〈転生〉する川端康成Ⅱ　アダプテーションの諸相』（文学通信、2024 年）、『川端文学への視界 38』（叡知の海出版、2023 年）、『川端康成作品研究史集成』（鼎書房、2020 年）などがある。

「伊豆の踊子」論　現実と創造の境域

発行日……………………2024 年 10 月 24 日・初版第 1 刷発行

著者……………………田村嘉勝

発行者…………………大石良則

発行所…………………株式会社森話社
〒 101-0047 東京都千代田区内神田 1-15-6 和光ビル
Tel　03-3292-2636
Fax　03-3292-2638

印刷……………………株式会社シナノ

製本……………………榎本製本株式会社

ISBN 978-4-86405-185-9 C1095

アンソロジー・プロレタリア文学（全5巻）　楜沢健編

① 貧困──飢える人々

小林多喜二「龍介と乞食」／宮地嘉六「ある職工の手記」／林芙美子「風琴と魚の町」／黒島伝治「電報」／伊藤永之介「濁り酒」／宮本百合子「貧しき人々の群」／若杉鳥子「棄てる金」／里村欣三「佐渡の唄」／葉山嘉樹「移動する村落」ほか。各巻四六判 392 頁／ 3080 円

② 蜂起──集団のエネルギー

金子洋文「地獄」／佐多稲子「女店員とストライキ」／黒島伝治「豚群」／葉山嘉樹「淫売婦」／黒江勇「省電車掌」／宮本百合子「舗道」／中野重治「交番前」／大杉栄「鎖工場」／小林多喜二「防雪林」／山中兆子「製糸女工の唄」（詩）ほか。400 頁／ 3300 円

③ 戦争──逆らう皇軍兵士

黒島伝治「橇」／立野信之「豪雨」／新井紀一「怒れる高村軍曹」／中村光夫「鉄兜」／金子洋文「俘虜」／宮本百合子「三月の第四日曜」／中野重治「軍人と文学」／平沢計七「二人の中尉」／高田保「宣伝」／島影盟「麵麭」／小川未明「野ばら」ほか。360 頁／ 3300 円

④ 事件──闇の奥へ

伊藤野枝「転機」／小川未明「砂糖より甘い煙草」／壺井繁治「十五円五十銭」／秋田雨雀「骸骨の舞跳」／中西伊之助「不逞鮮人」／前田河広一郎「労働者ジョウ・オ・ブラインの死」ほか。376 頁／ 3300 円

⑤ 驚異──出会いと偶然

小川未明「空中の芸当」／藤沢桓夫「琉球の武器」／小林多喜二「誰かに宛てた記録」／府川流一「便所闘争」／藤沢桓夫「琉球の武器」／添田啞蟬坊「演歌集」／貴司山治「地下鉄」／黒島伝治「雪のシベリア」／伊藤三郎「医者とエスペラント」ほか。384 頁／ 3300 円